Sammlung Luchterhand 291

Valentin Senger
Kaiserhofstraße 12

Luchterhand

Sammlung Luchterhand, Februar 1980
Lektorat: Thomas Scheuffelen

© 1978 by Hermann Luchterhand Verlag GmbH & Co. KG,
Darmstadt und Neuwied
Gesamtherstellung bei der
Druck- und Verlags-Gesellschaft mbH, Darmstadt
ISBN 3-472-61291-6

Mama

In meiner frühesten Kindheitserinnerung sehe ich mich unter einem runden Tisch mit einem Blechclown spielen, der auf einem Karren sitzt und beim Fahren auf einen Esel einschlägt. Um mich herum sind viele Beine, einige mit Hosen, einige mit Seidenstrümpfen. Ein Paar von denen mit Seidenstrümpfen gehört Mama. Wenn ich mich mit meinem blechernen Eselskarren etwas zu weit unter dem Tisch hervorwage, ziehen sich an dieser Stelle die Beine unter den Stuhl zurück. Das macht auf dem hölzernen Fußboden jedesmal ein schürfendes Geräusch. Ab und zu tatscht mir jemand auf den Kopf, was eine Liebkosung sein soll. Neben mir auf der Erde liegt noch eine grüne Schlange aus vielen Holzgliedern. Wenn ich die hölzerne Gliederschlange am Schwanz packe und sie hochhebe, bewegt sie sich wie lebendig, sogar die Zunge kommt heraus. Über mir redet und redet es, endlos.
Die Beine umschließen mich wie die Gitterstäbe eines Käfigs. In der Runde geht es sehr laut zu, nicht selten wird gestritten, es hört sich zumindest so an, und Mama ist die Wortführerin, ihre helle Stimme übertönt die der andern. Obwohl ich diese Stimme den ganzen Tag höre, kommt sie mir nun fremd vor, anders als sonst. Auch Mamas Lachen klingt anders. Sie ist zwar hier, es wäre mir ein leichtes, ihre Beine zu berühren, und doch ist sie weit weg. Ein dünnrandiger Zwicker, den sie bei solchen Zusammenkünften aufsetzt, verstärkt noch diesen Eindruck. Bei der Hausarbeit und beim Zeitunglesen hat sie ihn nie auf. Wenn alle Platz genommen haben, holt sie ihn mit Daumen und Zeigefinger, die andern Finger abgespreizt, aus dem schwarzlackierten Blechetui heraus, zieht ihn mit beiden Händen auseinander und setzt ihn behutsam auf die Nase. Wie eine Wand steht der Zwicker zwischen ihr und mir.

So weit ich mich zurückerinnern kann, war Mama geschäftig. Ihr Arbeitstag hatte sechzehn Stunden, ihre Arbeitswoche sieben Tage. Sie versorgte nicht nur den ganzen Haushalt einer fünfköpfigen Familie, sondern nähte auch noch alles, was wir Kinder anzogen. Aber ihr Selbstgenähtes war nur praktisch, nie kleidsam, nur auf Zuwachs berechnet, nie ganz passend, die Mäntel waren zu dick, die kurzen Hosen zu lang, die Hemden zu weit. Damit machte sie uns zum Gespött in der Straße und zu Außenseitern in der Schule. Als sie mir einmal eine alte Einkaufstasche aus braunem Wachstuch zum Rucksack für die Ferienspiele umnähte, riefen die anderen Kinder mir einen Sommer lang »Taschenbuckel« nach. Auch für andere Leute nähte sie. Sie wusch unsere Wäsche und die unseres Untermieters, eines jüdischen Reisenden, der ihr seine schmutzigen Sachen eigentlich zur Weitergabe an die Wäscherei überließ. Damit die Schwindelei nicht auffiel, mußte meine Schwester Paula jahrelang fingierte Rechnungen der Wäscherei schreiben, und der Untermieter tat so, als merke er es nicht; aber Paula, die ihm die Rechnung mit der sauberen Wäsche zu bringen hatte, wußte genau, daß er nur so tat. Mama tapezierte, strich Decken und Türen, polsterte das Sofa auf, und außerdem dolmetschte sie noch gelegentlich bei Gericht und machte Übersetzungen aus dem Russischen ins Deutsche.

Wenn man mich heute fragte: Wie hat sie das alles nur geschafft?, dann müßte ich, mit nach oben gewendeten Handflächen, die jüdische Antwort geben: Nun, sie hat es geschafft! Wie, weiß ich nicht, obwohl ich ihr doch täglich zuschaute. Sie legte die eine Arbeit nur aus den Händen, um die andere zu beginnen, nie ruhte sie aus, kannte weder Mittagsschlaf noch Kaffeepause. Als sie schließlich durch eine schwere Herzkrankheit gezwungen wurde, ständig im Bett zu liegen, begann für sie eine schlimme Zeit.

Die Geschäftigkeit von Mama war zwanghaft, es schien, daß sie es darauf anlegte, sich mit der Arbeit allmählich zugrunde zu richten. Sie wurde böse, wenn man ihr die Arbeit wegnehmen wollte, wenn Papa ihr sagte, sie solle sich einmal hinsetzen und zehn Minuten nichts tun. »Ein

Chóchem* bist du, ein großer«, konnte sie ihm darauf antworten, »und wer sonst macht die Arbeit? Du vielleicht?« Papa schwieg, und Mama arbeitete noch verbissener.

Und als ob sie nicht gerade genug mit ihrem Haushalt und dem geschilderten Drum und Dran zu tun gehabt hätte, betätigte sie sich zudem in mehreren politischen Vereinigungen. Sie gehörte gleichzeitig dem Vorstand des linksorientierten Jüdischen Arbeiter-Kulturbunds, der Antiimperialistischen Liga und einer Aktionsgemeinschaft zur Abschaffung des Paragraphen 218 an, war aktiv in der Roten Hilfe und der Internationalen Arbeiterhilfe, die beide der KPD nahestanden, und war auch Mitglied der KPD selbst. Fast jeden Abend mußte sie zu Versammlungen oder Sitzungen, oft kamen ihre politischen Freunde auch zu uns ins Haus, kamen und gingen, wann immer sie wollten und zu jeder Tageszeit, manchmal mitten in der Nacht. Unsere Wohnung war Umschlagplatz für Informationen, Treffpunkt und Schwatzecke für überarbeitete Funktionäre.

Papa war tagsüber in der Fabrik und abends müde. Nach Feierabend holten Paula und ich ihn an der Hauptwache von der Straßenbahn ab. Dann hatte er immer ein paar Bonbons oder ein Stückchen Schokolade für uns, am Freitag aber, dem Zahltag, auch mal eine ganze Tafel oder ein kleines Spielzeug von einem der fliegenden Händler, die an diesem Tag rings um die Fabriktore gute Geschäfte machten. Er konnte, wenn er ausgeschlafen hatte, das heißt also an den Sonntagen, sehr witzig sein. In der Unterhaltung pflegte er jeden Gedanken mit einer russischen oder jüdischen Sentenz auszuschmükken. Fragte man ihn etwas, so antwortete er oft mit einem passenden Sprichwort. Das imponierte mir sehr. Auch nutzte er die jüdische Eigenart, auf eine Frage mit einer Gegenfrage

---

* Chóchem: ein kluger Mann, hier in der Bedeutung von »Neunmalkluger«.

zu antworten – etwa »Warum sollte ich?« oder »Warum sollte ich nicht?«

So sehr ich ihn auch liebte, ich konnte ihm nicht verzeihen, daß er mir nie Vater, sondern immer nur Großvater war. Als ich geboren wurde, war er achtundvierzig, in meiner Erinnerung ein alter Mann mit dem typisch runden Rücken eines müden Gettojuden, in dessen Gekrümmtheit die ganze Tragik jüdischen Lebens ihren Ausdruck findet. Er war zu alt, um mit mir herumzutollen, zu alt, um mir ein verständnisvoller Freund zu sein, er war immer nur gut und gütig.

Mama zerriß sich für uns Kinder, wenn es darauf ankam, für mich, für die zwei Jahre ältere Paula und für den fünf Jahre jüngeren Alex. Da sie sich aber noch für tausend andere Dinge zerriß, blieb ihr für uns nur wenig Zeit übrig, und am liebsten war es ihr, wenn wir sie nicht störten.

*

Du hast in deinem Leben immer nur Gutes gewollt, Mama, für uns, deine Familie, und für andere, deine politischen Freunde. Du hast dich aufgeopfert. Dein Herztod war letzten Endes der Preis, den du dafür zahlen mußtest. Wenn es einen Gott gibt und wenn er gerecht ist, wird er seine Arme ausgebreitet, um dich geschlungen und dich lange festgehalten haben. Eine ganze Kindheit über habe ich mir gewünscht, daß du mich einmal so umarmen würdest. Aber du hattest nie Zeit dafür, warst immer mit anderen Dingen beschäftigt.

Ich spüre noch die Küsse von Papa, seine Lippen, seinen Bart, weiß noch, wie er mich dabei festhielt. Deine Küsse, Mama, spüre ich nicht mehr. In Erinnerung ist mir nur noch der unangenehme Geruch, wenn du den Zipfel eines Taschentuchs über den Finger gezogen und draufgespuckt hast, um mir damit über die Nase oder den Mund zu wischen. Hast du mir jemals einen Kuß gegeben? Ich erinnere mich nicht mehr daran.

Der Revolutionär

Im Dezember 1905 mußte Moissee Rabisanowitsch, Metallarbeiter und Sohn eines Getreidegroßhändlers, aus Rußland flüchten. Die zaristische Geheimpolizei, die Ochrana, war hinter ihm her. Moissee, der aus einer frommen jüdischen Familie stammte, hatte bis zu diesem Zeitpunkt, er war gerade fünfunddreißig Jahre geworden, ein sehr unruhiges Leben geführt. Er studierte an der Universität von Odessa Ingenieurwissenschaften, gehörte dort einem illegalen revolutionären Zirkel an und brach sein Studium nach fünf oder sechs Semestern ab, weil er zu der Meinung gelangt war, die politische Agitation unter der Arbeiterschaft zur Erhebung gegen den Zaren sei wichtiger als das Studieren. Er arbeitete mehrere Jahre in einer Eisenbahnausbesserungswerkstatt, wurde wegen umstürzlerischer Tätigkeit entlassen, vor ein Gericht gestellt, und zu einem Jahr Gefängnis verurteilt. Während seiner Haft in einer alten Festung bei Odessa zog er sich ein Lungenleiden zu, das ihn bis zu seinem Lebensende quälte. Sein schrecklichstes Erlebnis in dieser Zeit war eine Auspeitschung vor allen Gefangenen, weil er mit anderen politischen Häftlingen gegen das schlechte Essen protestiert hatte. Nach seiner Entlassung fand er Arbeit in einem französischen Stahlwerk bei Odessa. Er organisierte zusammen mit einigen Gesinnungsgenossen um die Jahrhundertwende den ersten Streik, als bei einem schweren Unglück zwölf Arbeiter getötet wurden.

Mit siebenundzwanzig Jahren hatte er die damals siebzehnjährige Olga Sudakowitsch geheiratet, obwohl deren Eltern, die eine Fischereiflotte und eine Fischkonservenfabrik am Schwarzen Meer besaßen, gegen diese Verbindung waren. Ihr Vater nannte ihn einen Bosnjak – was so viel wie Hungerleider oder Habenichts heißt – der außerstande sei, eine Familie zu ernähren; ihre Mutter verübelte ihm, daß er sich vom jüdischen Glauben abgewandt hatte, trejfe* aß, den Schabbat nicht einhielt und auch nicht in die Synagoge ging. Doch halfen weder die Verwünschungen des Vaters noch die Tränen der Mutter, Olga folgte Moissee und zog nach Odessa, obwohl sie an Politik kaum interessiert und schon gar keine Revolutionärin war. Dort erlebte sie den Beginn der Ersten Russischen Revolution von 1905, die sich auch im ukrainischen Industriegebiet ausbreitete und in der Moissee wieder eine führende Rolle spielte. Nach der Niederschlagung der Revolution Ende 1905 flüchtete er und ging in die Illegalität.

In einer ärmlichen Wohnung am Rande der Stadt lebte Olga und zitterte um ihn. So hatte sie sich das Leben an seiner Seite nicht vorgestellt. Erst jetzt wurde ihr bewußt, daß sie die meisten Tage und Nächte ohne Mann sein würde und vorerst auch darauf verzichten mußte, Kinder zu haben. »Ich kann es nicht verantworten, daß wir Kinder kriegen, die möglicherweise ohne Vater groß werden müssen«, pflegte Moissee zu sagen. »Weiß ich, was heute oder morgen mit mir geschieht?«

Sein Name stand auf allen Fahndungslisten. In einer abenteuerlichen Flucht durchquerte er die Ukraine und Weißrußland und gelangte über Moskau nach Warschau. Von hier halfen ihm politische Freunde, die Grenze nach Deutschland zu überschreiten. Im März 1906 kam er in Berlin an.

Jener russische Emigrant, Moissee Rabisanowitsch, war mein Vater.

Diese Geschichte der Flucht aus dem zaristischen Rußland stammt von Papa, so hat er sie mir erzählt. Mamas Version dagegen hört sich ganz anders an, ihr fehlt der Glanz revolutionären Heldentums: Papa sei aus Rußland geflohen, um nicht zu den Soldaten zu müssen. Im russisch-japanischen

---

* trejfe = unrein; so wird genannt, was nach den jüdischen rituellen Speisegesetzen nicht erlaubt ist. (Das Gegenteil von trejfe ist koscher, d. h. rein.)

Krieg 1904/05 wurden erstmals auch Juden zwangsrekrutiert. Bis dahin waren die russischen Juden nicht wehrwürdig gewesen. Doch bevor sie sich für den Zaren totschießen ließen, flüchteten viele von ihnen ins Ausland. Auf diese Weise sei Papa nach Berlin gekommen.

Ich neige dazu, Papas Version als die richtige anzuerkennen. Nicht darum, weil sie die interessantere ist, sondern aus anderen Gründen. So war Papa sein Leben lang sehr zurückhaltend, prahlte nie mit etwas und sagte lieber zu wenig als zu viel. Außerdem, als er mir eines Tages auf mein Drängen hin von seinem Leben in Rußland erzählte, war das kein Heldenepos, sondern die nüchtern vorgebrachte Erinnerung an eine Zeit, die für ihn Historie geworden war und in der er selbst eine untergeordnete Rolle spielte.

Nur durch wiederholtes Fragen erfuhr ich, daß er zum Beispiel der Delegation angehört hatte, die mit einer Matrosenabordnung des Panzerkreuzers »Potemkin« verhandelte, oder daß er mehrmals als Kurier nach Sebastopol, dem Heimathafen der Schwarzmeerflotte, geschickt worden, oder daß er Mitbegründer der ersten illegalen bolschewistischen Zeitung namens »Borba« gewesen war. Außerdem erzählte er so viele intime Details aus dieser Zeit, daß er sie nicht alle erfunden haben kann. Gegen Mamas Version spricht auch die Tatsache, daß sie es meisterhaft verstand, ihre und seine Vergangenheit zu vertuschen, aus Angst, sie könnte der Familie irgendwann einmal zum Verhängnis werden. Alles, was ihr früheres Leben betraf, deckte sie mit Lügen zu. In ihrer Vorstellung gab es nur dann eine Überlebenschance für uns, wenn alle Einzelheiten der damaligen Zeit unkenntlich gemacht wurden.

Die russische Emigrantengruppe in Berlin nahm Papa auf. In den nächsten Monaten betätigte er sich ausschließlich für die Bolschewiki, er war Berufsrevolutionär geworden.

Ein Jahr später, im Frühjahr 1907, folgte ihm Mama in die Emigration. Doch auch in Berlin sah sie ihren Mann nicht viel öfter als daheim in Odessa. Er war meistens unterwegs, und im Spätsommer des gleichen Jahres verschwand er, wie Mama mir erzählte, ganz plötzlich aus der Stadt. Warum, ist ihr nie recht klar geworden. Er blieb zwei Jahre fort. Wo er in dieser Zeit gewesen war und was er getan hatte, darüber sagte er nie etwas Genaues und ließ mir damit Raum für alle möglichen Spekulationen, die vom Waffenaufkäufer für die russischen Revolutionäre bis zum Bombenleger, vom Geheimkurier bis zum Spion reichten. Es kann aber auch alles viel harmloser gewesen sein.

Nur von mehreren Aufenthalten in der Schweiz berichtete er und war sehr stolz darauf, in Genf mit Lenin und dessen Frau, der Krupskaja, zusammengetroffen zu sein. Auch andere russische Revolutionäre sah er in Genf, doch was er mit ihnen zu tun hatte, habe ich genausowenig herausbekommen wie den Grund für sein mysteriöses Verschwinden.

1909 kam mein Vater mit einem falschen russischen Paß aus der Schweiz nach Berlin zurück. Er hieß nun Jakob Senger, und seine Frau war eine geborene Fuhrmann. Mit dem neuen Paß und dem neuen Namen trat eine Wende in seinem Leben ein: Er setzte einen Schlußstrich unter seine revolutionäre Vergangenheit, wurde wieder ein legaler, polizeilich gemeldeter Bürger, mietete eine Wohnung in der Schönhauser Allee, und nahm Arbeit als Dreher in einer Aufzugsfirma an. Er war inzwischen neununddreißig Jahre alt.

1911 zogen meine Eltern nach Offenbach und von dort einige Monate später nach Frankfurt. Hier fand Papa Arbeit als Revolverdreher in den Adlerwerken. Trotzdem lebte er immer noch in der Angst, man könnte ihn eines Tages wegen seiner illegalen Vergangenheit belangen; er befürchtete, der falsche Paß würde bei einer polizeilichen Überprüfung entdeckt und er und Mama würden ausgewiesen. Nicht zuletzt machte er sich Sorgen, seine Aussprache könnte ihm einmal zum Verhängnis werden, denn er hat nie richtig deutsch gesprochen, immer nur gejidelt. Auch noch später, während der ganzen Hitlerzeit.

Die Tarnung

Mit der Übersiedlung nach Frankfurt begann die von Mama inszenierte Tarnung, das verzweifelte Bemühen, ihre Vergangenheit auszulöschen oder doch wenigstens die Spuren so zu verwischen, daß niemand zurückfand. Der Ortswechsel nach Frankfurt war der erste Schritt. Mama dachte sich einen Plan voller Winkelzüge aus: Die Abmeldung in Offenbach lautete nach Zürich. Dort beschaffte sich Papa eine Aufenthaltsgenehmigung, meldete sich ordnungsgemäß an, blieb vierzehn Tage, und meldete sich wieder ab. Diese Abmeldebescheinigung legte er der Frankfurter Polizeibehörde vor, so daß in seiner neuen Anmeldung der Vermerk erschien: »zugezogen aus Zürich«.

Je ruhiger und abgeklärter Papa wurde, um so aktiver war Mama. Papa schien müde zu sein, die Spitzen seines einst nach oben gezwirbelten Schnurrbarts hingen jetzt über die Mundwinkel herunter, sein Gang war schlurfend. Mama dagegen verließ die Rolle der traditionellen jüdischen Unterordnung der Frau, nahm die Zügel der Familie fest in die Hand und bestimmte fortan allein deren Geschick. Dieser Rollenwechsel vollzog sich lautlos. Papa ließ sie gewähren; es hatte den Anschein, als wollte er es gar nicht anders. Auch die Familienplanung nahm Mama in die Hand. Zwanzig Jahre nach der Heirat, 1917, kam meine Schwester Paula zur Welt, 1918 ich und 1923 mein Bruder Alex.

Bei all ihren Vorsichtsmaßnahmen bedachte Mama jedoch nicht, daß in einer so liberalen und weltoffenen Stadt wie Frankfurt, in der Juden und Christen seit Jahrhunderten nebeneinanderlebten, es einmal etwas Lebensgefährliches sein könnte, Jude zu sein. Darum hatte sie auch keine Bedenken, wenn in der Einwohnerkartei bei unserem Namen »Religion: mosaisch« stand.

Trotz Papas revolutionärer Vergangenheit fühlten sich meine Eltern stets dem Judentum verbunden, wenn sie auch nur formell der Israelitischen Gemeinde angehörten, kaum Kontakt mit ihr hatten und vom jüdischen Leben ihrer Elternhäuser nicht viel mehr übriggeblieben war als einige wehmütige Erinnerungen: eine jüdische Mamme; Geborgenheit im großen Familienkreis; ein frommer Vater, der über einem Glas Wein vor dem Sabbatessen das Kiddusch sang, den Segensspruch, und betend das Brot brach; die Erinnerung an Púrim*, das lärmende Fest der Kinder; die nach mosaischem Gesetz unter einer Chupe** vollzogene Trauung.

Oft ging Papa mit mir in die reformierte Synagoge in der Freiherr-vom-Stein-Straße. Mama setzte mir schon zu Hause eine Baskenmütze auf, die sie ausschließlich für meinen Synagogenbesuch bereithielt. Papa nahm seinen schwarzen Filzhut, der ebenfalls nur zu diesem frommen Zweck bestimmt war und die übrige Zeit in einer Stoffhülle auf dem oberen Brett im Kleiderschrank lag. Wir gingen meistens an den jüdischen Feiertagen, und selbstverständlich immer an Jom Kippur. Der Besuch der Synagoge an diesem höchsten Feiertag der Juden, an dem man alle Verfehlungen des vergangenen Jahres bereut, einen ganzen Tag lang betet und dann wieder makellos dasteht vor Gott, war etwas ganz Besonderes für mich. Papa nahm mich unterwegs bei der Hand, was er sonst nur selten tat, und hielt mich die ganze Zeit fest. Er erklärte mir die Bedeutung von Rosch Haschone, dem Neujahrsfest, und Jom Kippur, dem Versöhnungstag, und den dazwischenliegenden zehn Bußtagen, und erzählte mir, wie sie diese Hohen Feiertage zu Hause in Rußland begangen hätten. Dann sprach er von der Merkwürdigkeit des Versöhnungstages und war gar nicht damit einverstanden, daß man an einem einzigen Tag ungeschehen mache, was man an den anderen dreihundertvierundsechzig Tagen des Jahres gesündigt habe. Er sagte, die Talmudgelehrten würden zwar

---

* Púrim: Freudenfest zur Errettung der persischen Juden vor dem Tyrannen Haman durch Esther.
** Chupe: Trau-Baldachin

eine solche Auslegung des Sühnungstages ablehnen und davon reden, man könne den göttlichen Richter nicht betrügen, aber sie würden dennoch akzeptieren, wie man es in der ganzen jüdischen Welt praktiziere, daß ein Zerknirschungstag zur Tilgung eines ganzen Sündenjahres genüge. Das sei nicht gut, sagte er, und ich gab Papa recht.

Dazu muß man wissen, daß an Jom Kippur alle Juden, ob sie fromm sind oder nicht, in die Synagoge gehen, um die Sünden der Vergangenheit zu bereuen. Die Bußfertigen werden dafür reichlich belohnt, indem sie aus dem großen Buch Gottes gelöscht werden, in welchem alle Verfehlungen eingetragen sind, die jeder einzelne im Laufe des letzten Jahres begangen hat und für die er sonst nach seinem Tode von Gott zur Rechenschaft gezogen würde. Nimmt ein Jude diese Gelegenheit nicht wahr, dann sind seine Sünden, wenn die Sonne versinkt und sich das große Buch wieder schließt, für ein weiteres Jahr festgeschrieben.

Kein Wunder, meinte Papa, daß an diesem Tag die Synagogen brechend voll sind. Wer schon möchte sich diese einmalige Gelegenheit entgehen lassen, die miesen Eintragungen für ein ganzes Jahr zu löschen, indem er einige Stunden betet, bereut, Zerknirschung zeigt und dann wieder ein guter Mensch ist. Er bezweifelte, daß Gott so ungerecht sein sollte; aber da Papa offenbar nicht ganz sicher war, ob Gott nicht doch Buch über alle Sünden führt und an Jom Kippur tatsächlich den Bußfertigen Absolution gewährt, ging er jedes Jahr wieder mit mir in die Synagoge, manchmal schon am Vorabend, dem Beginn des Hohen Feiertags, wenn zur Einleitung das Kol Nidre* gesungen wurde.

Dann stand ich eingekeilt in der betenden Menge irgendwo im hinteren Teil des Gotteshauses, fast an der Wand – Papa und ich, wir standen immer – und ich sah nichts weiter als die

---

* Kol Nidre: (hebräisch) »Alle Gelübde«, die Anfangsworte des Gebets, das am Vorabend des Versöhnungstags (Jom Kippur) den Gottesdienst in der Synagoge einleitet.

schwarzen Jacken der vor mir Stehenden; Papa war hinter mir und hatte die Hände auf meine Schultern gelegt. Ich hörte den monotonen Singsang der Betenden, gelegentlich die Einzelstimme des Vorbeters, bemerkte, wie sich die rhythmischen Bewegungen der Beter in der Mitte, die ich nicht sehen konnte, manchmal bis in die letzten Reihen der stehenden Beter fortsetzten. Obwohl ich weder etwas sehen konnte noch etwas von den Gebeten verstand und obwohl wir immerhin einige Stunden in der Synagoge verbrachten, wurde es mir keine Minute langweilig, das gemeinsame Beten zog auch mich in seinen Bann.

Und weil Jom Kippur nicht nur der Tag der Versöhnung mit Gott, sondern auch mit allen Menschen ist, gab es da ein endloses Händeschütteln schon auf dem Weg zur Synagoge und erst recht später auf dem Nachhauseweg, jeder wünschte jedem das Beste und Schalom und Vergessen-wir-das. Und wir Kinder machten uns einen Spaß daraus und spielten auch Versöhnung.

Ich empfand, daß meine Eltern dieses Ritual nicht nur einfach mitmachten, weil sie sich dem in ihrem jüdischen Freundeskreis nicht entziehen konnten – es war vielmehr ihre mosaische Tradition, in die sie immer wieder zurückkehrten. Sie konnten gar nicht anders. Die Witze und Majsses*, die Papa vorher und nachher über den Versöhnungstag erzählte, sollten zwar zeigen, wie wenig ernst er diese religiösen Bräuche nahm, machten aber in Wirklichkeit nur die Bindung an die jüdische Religion deutlich.

Wenn Mama an der Nähmaschine saß und eine Bluse oder ein Kleid für fremde Leute nähte, kam es vor, daß sie mich zu sich rief und mir etwas aus der Geschichte des jüdischen Volkes erzählte, zum Beispiel über die Befreiung der persischen Juden durch Esther und Mordechai, oder vom Kampf der Zeloten gegen die Römer im Jüdischen Krieg, oder auch nur Einzelheiten aus ihrem Elternhaus. Sie war es auch, nicht

* Majsse: Geschichte

16

Papa, die mir eines Tages berichtete, daß die Rabisanowitschs Cohenim* waren und in der väterlichen Linie viel in Südrußland bekannte Rabbiner hervorgebracht hätten. Auch mein Großvater, erzählte sie, habe das Rabbinerseminar besucht. Den Grund aber, warum er kein Rabbiner, sondern nur ein Getreidehändler geworden war, sagte sie mir nicht. Einigen Andeutungen Papas habe ich entnommen, daß mein Großvater, den ich leider nie gekannt habe, offenbar die angenehmen Seiten des Lebens sehr zu schätzen wußte. Er war ein gut aussehender Mann – ich konnte mich anhand einer erhalten gebliebenen Daguerreotypie davon überzeugen – der gern den Rubel rollen ließ und die Frauen und das Nichtstun mehr liebte als das Studium. Diese Lebensführung des Rabbinatsschülers Rabisanowitsch vertrug sich nicht mit den Gesetzen rabbinischer Tugend, und er mußte darauf verzichten, einmal das geistliche Oberhaupt einer jüdischen Gemeinde zu werden.

Mama sagte, daß es eine Ehre sei, zu einer Cohen-Familie zu gehören. Das zu wissen, tat mir wohl und hob mich ein wenig aus dem Nichts unserer Hinterhofexistenz heraus. Leider machte sich Papa gar nichts aus dieser Ehre. Er meinte mit einem Augenzwinkern, mittlerweile gebe es bei den Juden so viele Cohenim wie Jesus-Reliquien bei den Christen.

Die Beschneidung

Auch Papa bemühte sich, uns Kinder in der jüdischen Tradition zu erziehen. Er nahm mich nicht nur mit in die Synagoge und sprach mit mir über jüdische Bräuche und

---

* Cohen, Mehrz. Cohenim: (hebräisch) »Priester«, der Name von jüdischen Familien, die ihren Stammbaum auf das alttestamentarische Priestergeschlecht der Ahronssöhne zurückführen.

Gebote, sondern erklärte mir auch die hebräischen Schriftzeichen, lehrte mich das Chanukkalied* und ging eines Tages mit mir auf den jüdischen Friedhof. Das war für mich wichtig, weil ich keine Verwandten in Deutschland hatte und darum auch nie einen Trauerfall in der Familie. Also wußte ich auch nicht, wie die Juden um ihre Toten trauern und wie sie ihrer gedenken. Ich habe nie in meinem Leben Großvater oder Großmutter, Onkel oder Tante, Cousin oder Cousine gekannt; sie alle waren in Rußland geblieben oder in andere Länder ausgewandert. Das mag ein wesentliches Hemmnis in meiner und meiner Geschwister Entwicklung gewesen sein, denn erst die traditionelle jüdische Großfamilie mit ihrem lauten Durcheinander vom Morgen bis zum Abend, der ewigen Aufregung vor Schabbat, der übertriebenen Fürsorge um die Kinder und der Ehrfurcht vor den Alten gibt dem einzelnen Sicherheit und Selbstbewußtsein.

Die einzige Verwandte, die ich je kennengelernt habe, war eine Nichte von Mama, Taja Baumstein, eine außergewöhnlich schöne und temperamentvolle Frau, nach der sich die Männer auf der Straße umdrehten. Sie hatte in den zwanziger Jahren im Hochschen Konservatorium in Frankfurt mehrere Semester Musik studiert und in dieser Zeit bei uns gewohnt. Danach hatte sie geheiratet und war mit ihrem Mann nach Toulouse gezogen. 1937 sah ich sie dort wieder, als ich mit ihrer Hilfe ein Einreisevisum nach Frankreich bekam – und dann Anfang 1946 in Höchenschwand im Schwarzwald, im französisch besetzten Teil Deutschlands, wo sie eine Kur machte. In der Zwischenzeit hatte sich Entsetzliches ereignet. Ihr Mann war im KZ Buchenwald durch Ertränken ermordet worden, wie ihr später Mitgefangene berichteten, und sie

---

* Chanukka: (hebräisch) »Weihe«. Das Fest, Anfang Dezember, zur Erinnerung an die Reinigung des jerusalemischen Tempels vom hellenistischen Götterkult (165 v. Chr.), heute in erster Linie ein Fest der Kinder, bei dem diese kleine Geschenke bekommen.

selbst war drei Jahre im KZ Ravensbrück inhaftiert, wo SS-Ärzte an ihren Beinen medizinische Experimente vorgenommen hatten. Taja konnte sich nur mühsam an einem Stock bewegen, und als sie die Hosen hochnahm, sah ich zwei völlig vernarbte, noch immer an mehreren Stellen eiternde Beine, aus denen ganze Wadenpartien herausgeschnitten waren. Einige Monate später nahm sie sich das Leben.

Ich vergesse nie, wie Papa mit mir durch die Gräberreihen des alten jüdischen Friedhofs in der Rat-Beil-Straße ging, mir die verschiedenen Symbole auf den Grabsteinen zeigte und erklärte, warum auf vielen Gräbern kleine Steinchen lagen. Dann setzten wir uns auf einen Mauervorsprung, und Papa erzählte mir, wie die jüdische Überlieferung verlange – ganz im Gegensatz zu den christlichen Religionen – daß die Beerdigung in einem einfachen Holzsarg so schnell und schlicht wie möglich vonstatten zu gehen habe und die Hinterbliebenen sieben Tage »Schiwe sitzen« müßten, daß heißt, zum Zeichen der Trauer, zu Hause auf niedrigen Schemeln ohne Schuhe sitzend, die Beileidsbesuche empfangen. Dann aber müßten sich die Trauernden, so fuhr er fort, wieder dem Diesseits, dem Leben zuwenden, obwohl sich der Schiwe noch dreißig Trauertage anschlössen; nur beim Tod von Vater und Mutter währe die Trauerzeit ein ganzes Jahr. Die jüdische Religion fordere, den Toten ihre Ruhe zu lassen, damit die Wunden vernarbten, die der Tod geschlagen habe. Das sei auch der Grund, weshalb die Juden so selten auf den Friedhof gingen, obwohl auch sie an ein Weiterleben nach dem Tode glaubten, an eine zukünftige Welt, in der die Gerechten ihren reichen Lohn und die Sünder ihre verdiente Strafe erhielten. Ob Papa an ein Leben nach dem Tod glaubte, weiß ich nicht, aber nach all dem, was er mir erzählte, könnte es durchaus so gewesen sein, ein solches Verhalten würde zu ihm gepaßt haben.

Als mein Bruder Alex geboren wurde, gab es acht Tage später ein großes Fest bei uns. Papa blieb von der Arbeit zu Hause, räumte in aller Frühe schon die Wohnung auf und machte alles blitzblank. Obwohl Mama aus dem Wochenbett aufgestanden war und wieder wie eh und je im Haushalt herumhantierte, übernahm Papa an diesem Morgen die ganze Arbeit allein. Mama mußte auf dem Sofa sitzenbleiben und durfte sich bestenfalls um das Neugeborene kümmern, ihm die Brust geben, es sauber machen. Dem Kind wurde das schönste Wolljäckchen angezogen. Auch meine Schwester Paula und ich mußten unsere besten Sachen anziehen, die Schuhe putzen, die Hände waschen, und Papa und Mama machten sich ebenfalls schön.

Dann war der feierliche Augenblick da: der Mohel, der Beschneider, kam. Er kam pünktlich und gemessenen Schrittes, sich seiner Wichtigkeit bewußt, angetan mit einem schwarzen Kaftan, auf dem Kopf einen steifen schwarzen Hut. Er brachte einen jungen Assistenten mit, der eine kleine abgegriffene Ledertasche trug; sie enthielt die zur Briss Mile, der Beschneidung, notwendigen Utensilien. Im hinteren großen Zimmer, dem Elternschlafzimmer, legte Mama den kleinen Alex, der schon jetzt so jämmerlich schrie, als ahnte er, was ihm bevorstand, auf das dem Fenster nächststehende Bett, damit der Mohel für seine rituelle Handlung das günstigste Licht habe. Sie legte dem Kind noch eine gesteppte Seidendecke unter und zog ihm dann das Strampelhöschen aus. Der bedachtsame und praktische Mohel schob erst mal ein kleines Leinentuch zwischen Kinderpopo und Seidendecke und sprach dann ein Gebet. Damit sie den Mohel nicht störten, mußten die Zuschauer der Beschneidung – einige Freunde der Familie, meine Schwester, und ich mit Baskenmütze – auf der anderen Seite der Ehebetten stehen. Nur Mama und Papa blieben in der Nähe. Papa hatte seinen schwarzen Filzhut aufgesetzt. Der Assistent reichte die Instrumente, und der Mohel – er behielt sein Jackett an, schlug aber die Ärmel um – begann seine Arbeit.

Der arme Alex schrie mörderisch, als ihm das kleine Stückchen Vorhaut weggeschnitten wurde. Ich war noch sehr klein und konnte deshalb von der Operation selbst nicht viel sehen. Es ging alles sehr schnell, Alex bekam zum Schluß einen Verband drum, dann sprach der Mohel noch ein längeres Gebet. Anschließend segneten Mama und Papa den kleinen Alex, indem sie ihm die Hand auf den Kopf legten.

Das ganze war sehr aufregend für mich, und obwohl über fünfzig Jahre vergangen sind, erinnere ich mich noch sehr genau an viele Einzelheiten, so an das von einer Akne oder von Windpocken vernarbte Gesicht des Assistenten, an das schwarze Etui mit dem Skalpell, an eine blecherne Puderdose, die wie eine Pagode geformt war und die der Mohel auf der Marmorplatte der Frisierkommode abgestellt hatte, und daran, wie Mama dem Beschneider aus der blaugeblümten Steingutkanne zur Reinigung Wasser über die Hände goß.

Mama steckte Alex zur Beruhigung einen in Honig getauchten Schnuller in den Mund, der Beschneider trank mit Papa noch ein Glas Wein auf die Briss Mile – der Assistent trank nicht – dann gingen sie ins Nebenzimmer und regelten das Geschäftliche, und bald verschwand der Mohel mit seinem Assistenten.

Nachher kam Mama zu mir und sagte: »Hast du gesehen, Walja? Genau so war es auch bei dir.« Ich verspürte dabei ein komisches, unangenehmes Kribbeln im Bauch.

Dann wurde die Beschneidung gefeiert mit vielen Schüsseln Gekochtem, einem großen Borschtsch, Fleisch und Fisch in Mengen und etlichen süßen Nachspeisen, alles war schon am Tag zuvor hergerichtet worden, mit Bergen von Kuchen und vielen Flaschen Wein. Der Samowar summte den ganzen Nachmittag und auch am Abend. Papa trank nicht viel Wein, aber an so einem Abend zehn bis fünfzehn Tassen Tee. Immer kamen noch neue Gäste, jeder mit einem kleinen Geschenk für Alex. So fröhlich und ausgelassen habe ich Mama und Papa selten gesehen. Papa bediente die Gäste, eine junge Frau half ihm dabei. Mama saß auf dem Diwan, trank koscheren Wein und politisierte mit den Gästen, denn es waren fast alles politische Freunde, die gekommen waren, die Briss Mile mitzufeiern. Zwischendurch erzählte Papa seine Geschichten.

Als Paula und ich am späten Abend ins Bett mußten, war das Fest gerade auf seinem Höhepunkt angelangt. Man lachte, sang russische und jüdische Lieder und fand kein Ende, und wir beide konnten vor lauter Lärm lange nicht einschlafen.

Unsere Straße

Ich hatte die Absicht und habe sie auch jetzt noch, die Geschichte unserer Familie und ihrer wundersamen Errettung zu erzählen, und ich merke, wie meine Gedanken immer weiter und weiter zurücklaufen und nicht bei der Jahreszahl 1933 stehenbleiben. Es ist, als hätte ich mit meiner Erinnerung ein schweres Schwungrad angeworfen, das, wenn es einmal in Gang gekommen ist, sich nicht mehr so schnell abbremsen läßt. Aber bedenke ich es recht, besteht auch kein Grund, es abzubremsen, vielleicht ist es sogar besser, wenn es sich weiterdreht. Denn vieles, was während der Hitlerzeit mit mir, meinen Eltern und Geschwistern geschah, ist schwer zu verstehen, wenn man nicht die Umstände kennt, unter denen wir damals lebten.

Seit 1917 wohnten meine Eltern im Hinterhaus der Kaiserhofstraße 12, einer kleinen Straße zwischen Hauptwache und Opernplatz. Dort kam ich auch zur Welt. Die Kaiserhofstraße ging nur bis Nummer 20 und verband die Hochstraße mit der fast parallel verlaufenden Freßgasse, die in Wirklichkeit Große Bockenheimer Straße heißt, aber von jedermann nur Freßgasse genannt wird. Viele kennen ihren richtigen Namen gar nicht.

Der vornehmste Frankfurter Delikatessenhändler, Rollenhagen, hatte in der Freßgasse sein Geschäft. Oft habe ich mir an seinen Schaufenstern die Nase plattgedrückt, um die wie phantastische Kunstwerke dekorierten Leckerbissen, die ich nicht mal dem Namen nach kannte, und im Ladeninnern die feinen Damen und Herren, die sich solche Genüsse leisten konnten, so lange anzustarren, bis mein Atem die Scheibe blind machte.

Doch Rollenhagen war nur einer von vielen Läden, durch die diese Straße zur Freßgasse wurde. Da waren der Käs-Petri im Eckhaus der Kaiserhofstraße, der in seinem Schaufenster die in Hälften zerschnittenen Riesenräder von Schweizerkäse zu Pyramiden auftürmte; der Fisch-Kremsler, dessen Schaufensterfront ein einziges großes Fischbassin war, in dem Fische aus allen Weltmeeren herumschwammen; der vornehme Pralinenladen von Wörner-Simmer, wo ich mir jedesmal, wenn ich vorbeiging, wünschte, einmal eine der köstlichen Pralinen aus der wundervoll drapierten Auslage zu bekommen; das Delikatessengeschäft Plöger, das damals viel kleiner als Rollenhagen war, aber noch heute existiert, während der große Rollenhagen bald nach dem Zweiten Weltkrieg schließen mußte, woraus man den Wahrheitsgehalt des alten Sprichworts erkennt, daß die Bäume nicht in den Himmel wachsen, auch dann nicht, wenn sie mit den köstlichsten Delikatessen aus aller Herren Länder behängt sind; ferner war da der Obst-Weinschrod, den ich nicht leiden konnte, weil ich dort immer »für zehn Pfennig angestoßenes Obst« holen mußte; aus dem gleichen Grund war mir auch der Metzger Emmerich verleidet, denn da gab es für mich selten etwas anderes zu kaufen als »für zwanzig Pfennig Wurststückchen«; ich erinnere mich auch noch sehr gut an die Bäckerei von Fritz Lochner, den heute weit über die Stadtgrenze hinaus bekannten Bäcker, und an den Metzger Stephan Weiß, der gerade zur rechten Zeit, als nämlich das Luftschiff »Graf Zeppelin« zum ersten Mal in Frankfurt landete, eine neue Wurstmischung zusammenstellte, sie in einen meterlangen, drei Zoll dicken Darm preßte, die Riesenwurst der Luftschiffbesatzung schenkte und damit die Erlaubnis erhielt, diese Wurstsorte

»Zeppelinwurst« zu nennen. Er dürfte bis heute viele Kilometer davon verkauft haben.

Zurück zur Kaiserhofstraße. So kurz sie auch war, schien sie dennoch eine vornehme Straße gewesen zu sein. Leider konnte ich unsere Familie nicht in diese Vornehmheit mit einbeziehen, denn wir wohnten im Hinterhaus, und Papa war Arbeiter. Auf jeden Fall aber war unsere Straße vornehmer als die beiden Parallelstraßen links und rechts von uns, die Meisengasse und die Kleine Hochstraße, die etwa gleichlang waren.

Die aus der Gründerzeit stammenden Häuser unserer Straße hatten größtenteils imposante, gut erhaltene und gepflegte Fassaden mit Ballustraden, Fenstereinfassungen und anderen ornamentalen Verkleidungen aus rotem Sandstein, hinter denen Angestellte, städtische Beamte, Handwerker und Geschäftsleute wohnten. Sogar mehrere Lebensmittelladenbesitzer aus der Freßgasse zählten zu unseren Mitbewohnern. Nicht weniger stolz konnten wir aus der Kaiserhofstraße auf den exklusiven Fechtclub »Hermannia« sein, dem die damals weltberühmte jüdische Fechterin Helene Mayer angehörte. Er war im Haus Nummer 11 untergebracht, und wenn die Fechtmeisterin wieder einmal mit neuem Sportlerruhm nach Hause kam, gab es jedesmal einen feierlichen Empfang für sie, an dem die ganze Straße teilnahm. Nach 1933 zog die »Hermannia« aus und überließ das Haus der NS-Gemeinschaft »Kraft durch Freude«. Zehn Jahre später war es das erste Haus unserer Straße, das ausgebombt wurde.

Auch die studentische Burschenschaft »Rhenania« hielt unsere Straße für würdig genug, um im Haus Nummer 19 Quartier zu beziehen und dort einen Paukboden einzurichten, wo auch richtige Mensuren geschlagen wurden. Dieses Haus hatte an der Straßenfront, in einer Nische eingelassen, eine große, nicht zu übersehende griechische Statue aus Sandstein. Wenn ich mich an der Fensterbank hochzog und auf die Kante des eisernen Kellerlochdeckels stellte, konnte ich die sich schlagenden und blutenden Studenten sehen.

Das Besondere unserer Straße aber war, daß dort einige Maler und Schauspieler wohnten, vor allem Sänger aus dem Ensemble des nahen Opernhauses. Durch sie erhielt die Straße etwas Weltoffenes, vielleicht sogar Frivoles. Dies wurde noch betont durch zwei exklusive Weinlokale, die nur am Abend und in der Nacht geöffnet waren und hinter deren gläsernen Eingangstüren schwere rote Plüschvorhänge die Sicht ins Innere verwehrten. Das eine war zeitweise ein stadtbekanntes Schwulenlokal.

Trotzdem war die Kaiserhofstraße eine gesellschaftsfähige, vom Kleinbürgertum und dem Mittelstand durchaus bewohnbare Straße.

Auch die zwei Nutten aus Nummer 4, eine andere wohnte später sogar in unserem Haus, konnten dem Ansehen unserer Straße nichts anhaben, sie wohnten ja nur dort und bezahlten pünktlich ihre Miete. Auf den Strich gingen die beiden zwischen Goethestraße und Hauptwache, im seriösen Steinweg, oder gleich in der Kleinen Bockenheimer Straße, wo sie zwei Häuser neben der Roten Katze ihre Absteige hatten. Es stimmt, daß sie sich jeden Tag beim Friseur Jung in Nummer 2 die Haare machen ließen, so viel Geld hatten sie. Für den ansonsten braven Friseur war das nichts Anrüchiges. Da die beiden gesundheitsbehördlich überwachten Damen weder ihn noch seine Gesellen zu verführen trachteten und da auch die Friseurmeistersgattin keine Bedenken hatte–was sollte es?

Von den beiden Damen mit den Wackelpopos profitierte ich insofern, als mir meine eineinhalb Jahre ältere Schwester Paula an ihnen zeigen konnte, woran man todsicher Nutten erkennt: daß sie nämlich auffallend starke Strumpfnähte haben, viel stärkere als bei anderen Frauen, und sich damit den Männern bemerkbar machen. Paula mußte es wissen, sie war bereits sieben Jahre alt und schon sehr klug. Seit der Zeit wußte ich Bescheid, mir konnte niemand mehr etwas vormachen. Von da an entlarvte ich aufgrund dieser Intimkenntnisse unheimlich viele Nutten, die sich in der Menge des

Freßgassenpublikums ganz harmlos gaben, so als wäre überhaupt nichts mit ihnen, und die sich durch nichts anderes verrieten als durch ihre markanten Strumpfnähte. Das waren aufregende Stunden. Wohlweislich behielt ich meine Entdekkungen für mich.

Arbeiter und andere Leute aus dem einfachen Volk wohnten selbstverständlich auch in unserer Straße; schließlich gab es genug Hinterhäuser – hinter jedem Vorderhaus eines. Dort waren auch die Mieten billiger. Man hörte schon mal Beschwerden darüber, daß nie die Sonne in die Hinterhäuser komme, daß es dort immer stinke und daß dafür die Mieten ganz schön hoch seien, wie zum Beispiel in Nummer 10, unserem Nachbarhaus. Dieses Haus, dessen Hinterhof von dem unsrigen nur durch eine gut zwei Meter hohe Mauer mit einer eingelassenen Teppichstange, die das Darüberklettern sehr erleichterte, abgeteilt war, gehörte einer Brauereibesitzerstochter, die im zweiten Stock des Vorderhauses wohnte. Ihr Mann, der eingeheiratete Schlossermeister August Walther, hatte im Hof seine Werkstatt. Sie lebten in Gütertrennung, und die Bierbrauerstochter versäumte im Gespräch mit den Nachbarn keine Gelegenheit, um zu betonen, daß das Haus ihr sei; ihm gehörte nichts weiter als das schmiedeeiserne Schild draußen an der Hauswand mit der Aufschrift »Kunst- und Bauschlosserei«, seinem Namen und zwei gekreuzten goldenen Schlüsseln, die man von der Freßgasse aus sehen konnte. Frau Walther – die uns wegjagte, wann immer wir uns ihrem Haus näherten, die Wutanfälle bekam, wenn sie Kritzeleien an der Hauswand oder im Treppenhaus entdeckte, und arme Leute nicht ausstehen konnte, weil die ja immer nur selbst an ihrer Armut schuld seien – reagierte auf Beschwerden über zu hohe Mieten mit dem schnippischen Hinweis, wem es nicht passe, der könne ja ausziehen, ihretwegen in die Meisengasse, sie halte niemanden. Das rief sie vom Vorderhaus über den Hof laut den beschwerdeführenden Hinterhausmietern zu, so daß es die ganze Nachbarschaft mitbekam und die Angesprochenen beschämt ihre Fenster schlossen.

Unsere Straße steckte voller Merkwürdigkeiten, und es wunderte mich, daß es damals und auch später keinem auffiel. Ich meine, die Kaiserhofstraße, von der ohnehin niemand recht weiß, warum sie so heißt, hätte es verdient, daß ihre Geschichte in die städtischen Annalen einginge. Allein schon das, was in meiner Erinnerung zurückgeblieben ist – und es sind doch nur kärgliche Reste von Erinnerung – macht sie bemerkenswert.

In Nummer 6 zum Beispiel wohnte ein Kunstmaler mit dem klangvollen Namen Lino Salini. Ich habe seitdem keinen Menschen mehr kennengelernt, bei dem Name und Habitus so zueinander paßten. Das war ein Auftritt, wenn der stattliche Mann mit dem runden schwarzen Künstlerhut, dessen Krempe breit wie ein Wagenrad war und den er sommers wie winters auf dem Kopf hatte, einen weiten Pelerinenmantel umgehängt, die Kaiserhofstraße hinunterging, nein, -schritt, die Zeichenmappe unter den linken Arm geklemmt, den rechten Arm in einem weiten Bogen pendelnd und immer wieder den von den Schultern gleitenden Wollschal mit lässigem Schwung nach hinten werfend!

Der im gleichen Haus wohnende Transvestit Didi gab sich da unauffälliger. Tagsüber war er in einem vornehmen Damensalon in der Schillerstraße ein begehrter Friseur; abends, wenn er geschminkt und mit hellblonder Perücke entweder in einem eleganten knöchellangen Abendkleid oder einem enganliegenden Damenkostüm mit Pelzstola, Seidenstrümpfen und hochhackigen Pumps ausging, war es ihm am liebsten, wenn er unerkannt blieb. Aber die Leute in der Kaiserhofstraße wußten es natürlich und hänselten ihn. Er nahm das schweigend und lächelnd hin. Als männlichen Didi kannte auch ich ihn gut und war von der Verwandlung am Abend tief beeindruckt, da sich mit den Kleidern auch sein Gang und sein ganzes Gehabe veränderte, sogar seine Stimme. Hätten mich die größeren Buben nicht auf ihn aufmerksam gemacht, allein würde ich ihn bestimmt nicht erkannt haben.

Als Didi schon längst nicht mehr wagte, sich in Frauenkleidern sehen zu lassen, holten ihn eines Tages SA-Leute von seiner Arbeitsstelle ab und schafften ihn in ein Konzentrationslager. Dort ging Didi, der außerhalb seines Frisiersalons niemandem ein Haar krümmen konnte, elend zugrunde.

Einige Häuser weiter, dort, wo sich Mohrhards Weinstuben befanden, war ein sehr originelles Paar zu Hause, die Eheleute Kummernuß. Zwei kleine Emailschilder neben der Haustür, akkurat untereinander, zeigten an, daß sich das Ehepaar in einer geradezu idealen beruflichen Konstellation befand: er war Detektiv, sie war Astrologin. Beide hatten ihren Arbeitsplatz in der gleichen Dreizimmerwohnung. So konnte sich die Klientel frei entscheiden, ob sie sich im vorderen Zimmer etwas auskundschaften oder im Hinterzimmer, bei etwas ungünstigeren Licht-, aber entsprechend günstigeren Honorarverhältnissen und möglicherweise gleichen Erfolgschancen, aus den Sternen weissagen lassen wollte. Ich kann mir vorstellen, daß sich beider Arbeitsbereiche hervorragend ergänzten.

Ein einziges Mal nur versagte die Astrologin Kummernuß, als der Detektiv Kummernuß eines Tages über seine reichlich unkonventionellen Arbeitsmethoden stolperte, zu denen Aktendiebstahl, Versicherungsbetrug, Beamtenbestechung und in einem Fall sogar Brandstiftung gehörten; da konnte die Astrologin leider nicht beizeiten aus der Konstellation der Sterne voraussagen, daß der berufliche Übereifer des Detektivs im Gefängnis enden werde.

Im gleichen Haus im Mansardenstock wohnte noch der Bäckergeselle Peter Weckesser. Er war aktiver Kommunist, ich glaube Stadtteilkassierer, und mit Mama in der gleichen

Straßenzelle der KPD. Er wußte einiges von Papas illegaler Zeit und von unserer jüdischen Herkunft, ahnte aber nichts von Mamas verzweifeltem Bemühen, unsere Vergangenheit unsichtbar zu machen. Auch nach dem Parteiverbot brachte er meiner Mutter noch regelmäßig illegale Flugschriften. Bereits im Sommer 1933 wurde er verhaftet und zu drei Jahren Zuchthaus verurteilt. 1937 – er war nach seiner Entlassung aus dem Zuchthaus in einen anderen Stadtteil gezogen – begegnete ich ihm auf der Straße. Er fragte mich, ob unserer Familie nach seiner damaligen Verhaftung nichts passiert sei. Er erzählte mir, Geheimpolizisten hätten ihn vor seiner Festnahme längere Zeit überwacht, und viele Parteifreunde, die er in diesen Wochen aufgesucht habe, seien ebenfalls verhaftet worden. Außerdem sei im Bericht eines Polizeispitzels, der während der Prozesses verlesen wurde, auch der Name meiner Mutter erwähnt gewesen. Er war höchst erstaunt, als ich ihm sagte, daß es bei uns nicht einmal eine Haussuchung gegeben habe.

Ich erwähne diese Episode eigentlich nur, weil es eine der ersten gefährlichen Situationen während der Hitlerzeit war, in die wir geraten waren und von denen jede das Schicksal unserer Familie hätte besiegeln können.

In Nummer 14 wohnte ein richtiger Weltmeister. Er hieß Walter Lütgehetmann und hatte sich seinen Titel im Billardspielen, und zwar in Cadre 47/2, was immer das heißen mag, verdient. Mehr ist über ihn nicht zu sagen, denn er war für einen Weltmeister auffallend unauffällig, und man sah ihn nur selten, denn er mußte ja, um in Form zu bleiben, den ganzen Tag in seinem Billardkasino hinter dem Säuplätzchen an der Freßgasse üben.

Im gleichen Haus wohnte einer in Untermiete im Mansardenstock, der Klauer hieß und auch einer war und deswegen einmal für ein ganzes Jahr in die Strafanstalt Preungesheim umziehen mußte. Er hatte das Pech, bei einem Kellereinbruch geschnappt zu werden, als er sich mit dem Eingemachten fremder Leute versorgen wollte. Zu seiner Entlastung ist zu sagen – was kein Staatsanwalt beim Strafantrag und kein Richter bei der Strafbemessung berücksichtigte – daß er zum Zeitpunkt seiner Straftat bereits zwei Jahre stempeln ging, von zwölf Mark Arbeitslosenunterstützung in der Woche leben mußte und von dem wenigen, was er hatte, regelmäßig noch ein bis zwei Mark für seine Mutter abzweigte, obwohl diese, als sie noch auf den Strich ging, sich nie um ihn gekümmert und ihn in einer Erziehungsanstalt seinem Schicksal überlassen hatte. Jetzt lebte sie in einem Siechenhaus und bekam keinen Pfennig Taschengeld.

Klauer war ein Genie im Basteln von Radiogeräten. Eines Tages baute er auch eines für unsere Familie, mit dem man sogar ausländische Sender empfangen konnte. Er wollte keinen Pfennig dafür haben. »Ihr habt ja auch nicht mehr als ich«, sagte er nur. Noch zehn Jahre später, im Zweiten Weltkrieg, hörten wir mit diesem selbstgebastelten Gerät heimlich Radio Moskau und Radio London.

Eingraviert in ein blinkendes Messingschild machte Joseph Walcker in Nummer 18 darauf aufmerksam, daß er »Hühneraugenoperateur« mit »Behandlung nach vorheriger Anmeldung« sei. Ich hatte schon ein paar Mal mit großer Neugierde zugeschaut, wie die junge Frau Schwab in unserem Hinterhaus ihrem dicken, ewig nörgelnden Mann, während ich mit ihrem Stiefsohn »Sechsundsechzig« spielte, die Füße in einer kleinen Zinkwanne mit heißem Wasser einweichte, sie abtrocknete und ihm dann mit einem Rasiermesser, das er selbst vorher an einem Lederriemen abgezogen hatte, die Hühneraugen auf den haarigen Zehen beschnitt. Ich stellte mir vor, was das für ein Leben sei, den ganzen Tag Füße einzuweichen und Hühneraugen zu beschneiden, da änderte auch das klangvolle »Operateur« nichts dran, und Herr Walcker tat mir ein bißchen leid.

Bei der jungen Frau Schwab mit dem unfreundlichen Mann,

der gut zwanzig Jahre älter war als sie, fällt mir ein, daß sie mir zum ersten Mal in meinem Leben die Möglichkeit bot, eine nackte Frau von allen Seiten zu betrachten.

Das kam so: Durch das Hinterhaus zog sich ein großer Lichtschacht; auf ihn gingen das Küchenfenster und auf der gegenüberliegenden Seite das Fenster einer Kammer hinaus. So konnte man von der Küche aus bequem in die Kammer hinüberschauen. Diese hatte sich die Familie Schwab zu einem Bad ausgebaut, das aber höchstwahrscheinlich von Herrn Schwab noch nie benutzt worden war.

Eines Tages, als ich wieder einmal mit ihrem Stiefsohn Karten spielte, sagte Frau Schwab, sie gehe jetzt ins Bad. Kaum hatte sie die Kammertür hinter sich verschlossen, zog mich ihr Sohn in die Küche und wies mir einen Platz seitlich zwischen Wasserstein und Fensterrahmen zu. »So kann sie dich nicht sehen«, sagte er leise und stellte sich an die andere Seite des Fensters. Von hier konnte man durch die Spanngardine ungehindert in die erleuchtete Badekammer schauen, wo sich Frau Schwab zu schaffen machte. Sie ließ Wasser in die Wanne ein und begann sich auszuziehen. Mir mit meinen zwölf oder dreizehn Jahren wurde abwechselnd heiß und kalt, als sie sich Kleid und Unterrock über den Kopf streifte, dann am Büstenhalter herumnestelte und mit einem Ruck ihre vollen Brüste hervorquellen ließ, sie in beide Hände nahm, drückte und ein wenig massierte, und schließlich den weißen Schlüpfer auszog und ein dunkelhaariges Dreieck freilegte, riesig groß und regelmäßig wie mit einem Lineal gezogen. Später konnte sie anhaben, was sie wollte, Hose, Rock oder Mantel, geblümt, gestreift oder einfarbig, ich sah immer nur, wenn ich ihr begegnete, das große schwarze Dreieck.

Sie stand in ihrer ganzen Üppigkeit so günstig zum Fenster, daß ich sie von Kopf bis Fuß genau betrachten konnte, jede Einzelheit, jedes Härchen, jeden Pickel, jede Falte. Trotz der roten Striemen des Schlüpfergummis an Bauch und Schenkeln und, wo die Träger des Büstenhalters gesessen hatten, an den Schultern, war sie für mich makellos, schön wie die Venus von Milo und erregend wie die Fotos an der Nachtbar. Jede ihrer Bewegungen löste ein Zucken in meinem Kopf aus, im Bauch und in den Knien. Sie hatte es gar nicht eilig, in die Wanne zu steigen, bückte sich nur einmal und drehte, während die schweren Brüste im Rhythmus der Bewegungen pendelten, die Wasserhähne zu. Dann wandte sie sich wieder zu uns um. Sie spreizte ein wenig die Beine, reckte sich und zeigte dabei ihre dunklen Haare in den Achselhöhlen, knetete Bauch und Schenkel, rieb sich mit beiden Händen zwischen den Beinen – und dann erst bequemte sie sich, das Bad zu beginnen. Ganz langsam stieg sie über den Wannenrand, wobei sie uns noch einmal die pralle Rundung ihres Hinterns entgegenstreckte, und versank bis zum Hals im Wasser. Ein solches Schauspiel hatte ich noch nie erlebt und war vor Erregung einer Ohnmacht nahe. Das gleiche passierte noch zwei- oder dreimal und lief immer ähnlich ab, und ich zitterte, Frau Schwab könne uns irgendwann einmal entdecken. Erst viel später kam mir der Gedanke, ihr Badeeifer am hellichten Tag sei kein Zufall gewesen, sondern ein geschicktes Arrangement. Vielleicht hatte ihr unbefriedigtes Sexualleben sie zu diesen exhibitionistischen Spielen veranlaßt. Jedenfalls verschaffte sie mir damit ein außergewöhnliches Erlebnis.

Wenn aus dem ersten Stock des Hauses Nummer 18 häufig schrille Laute zu hören waren, dann kamen sie nicht, wie die Buben der Kaiserhofclique behaupteten, aus dem Behandlungszimmer des Hühneraugenoperateurs, sondern sie gehörten den beiden unverheirateten Damen aus dem Opernhauschor, die in der gleichen Etage wohnten und immer üben mußten, um bei Stimme zu bleiben.

Noch vieles wäre aus unserer Straße zu berichten, zum Beispiel von der Zigeunerfamilie mit den vielen Kindern aus Nummer 20, die bei ihrem Abtransport durch die SA so herzzerreißend weinten und schrien, daß man hätte mitweinen können, und die von den SA-Leuten nur mit Gewalt in das Transportauto gezerrt werden konnten; oder von der dicken ehemaligen Opernsängerin in Nummer 17, die immer mit drei kleinen Hunden an einer dreigeteilten Leine ausging; oder von dem Stadtsekretär in Nummer 16, der seine Wohnung zu einer einzigen großen Volière umgebaut hatte und dem die flatternden Exoten wichtiger waren als seine Frau. Sie ließ sich darum auch von ihm scheiden, nachdem sie eines Tages ein Fenster geöffnet und einigen der wertvollen Vögel die Freiheit gegeben hatte.

Sie alle und viele andere Mitbewohner prägten so unverwechselbar die Kaiserhofstraße, daß sie sich deutlich von den Parallelstraßen, der Meisengasse und der Kleinen Hochstraße, unterschied.

Leben und Tod eines Don Juan

Uns gegenüber, in Nummer 13, befand sich das Sattlergeschäft von Gustav Lapp, vorne der Laden, hinten die Werkstatt. Benzinautos und elektrische Straßenbahnen hatten das Pferd aus den Städten verdrängt, und damit war allmählich auch des Sattlermeisters Existenzgrundlage geschwunden. Gustav Lapp war nicht einfach nur ein Sattler, er war ein Künstler seines Fachs. Selbst unter den wenigen, die der hochherrschaftlichen Frankfurter Gesellschaft Sättel nach Maß anfertigten, nahm er eine Sonderstellung ein. Aber diese Zeit war vorbei. An sie erinnerte nur noch ein ausgestopftes braunes Rennpferd, die Attraktion seines Schaufensters – ich übertreibe nicht, wenn ich sage: der ganzen Straße. Auf dem Rennpferd, das wie lebend aussah, war ein Sattelzeug, wie ich es seitdem nie mehr gesehen habe. Es war Gustav Lapps Meisterstück.

Die feurige Araberstute zog die Aufmerksamkeit so sehr auf sich, daß man kaum noch einen Blick für die anderen selbstgefertigten Ledersachen hatte, die rund um die schlanken Fesseln des Pferdes ausgelegt waren. Man konnte auch leicht die gerahmten Landschaften und Stilleben in Wasserfarben, Kreide oder Strichtechnik übersehen, die an den Seitenwänden des Schaufensters hingen und so gar keinen Bezug zu den übrigen Ausstellungsstücken hatten. Gustav Lapp malte nämlich in seiner Freizeit und hängte einige seiner Bilder unauffällig zu der Stute ins Schaufenster.

Er dachte nicht daran, das aufzugeben, was er vom Vater übernommen hatte und was sein Lebensinhalt gewesen war. Lieber stand er stundenlang unbeweglich in der Nische seiner Eingangstür, ein Standbild seiner eigenen Vergangenheit, und wenn man sich die Trennwand zwischen Nische und Schaufenster wegdachte, dann sah es aus, als flüstere das treue Rennpferd seinem Herrn etwas ins Ohr.

Im ersten Stock, unmittelbar über dem Laden, hatte er seine Wohnung. Dort lebte er mit seiner zwei Jahre älteren Schwester Helene. Beide waren unverheiratet, und sie machte ihm den Haushalt. Als die Mutter sehr früh starb, Gustav war noch nicht in der Schule, hatte Helene ihn schon versorgt. Das tat sie sehr intensiv. Inzwischen war er fünfundsechzig, und sie tat es noch immer. Sie war eine liebe Frau mit einer sanften, verzeihenden Stimme, aus der, was sie auch sagen mochte, ein Vorwurf herauszuhören war. Das Verzeihen hatte sie in vielen Jahren lernen müssen, denn Gustav machte ihr Kummer, sobald er sich mit Frauen abgab. Mit ihrer sanften Stimme und mit Beharrlichkeit schaffte sie es erstaunlicherweise immer wieder, daß er seine Affären nach einer gewissen Zeit beendete und bei ihr blieb.

Obwohl Helene jeden Morgen das schöne Fell des Rennpferdes mitsamt der Mähne und dem stolz geschwungenen langen Schwanz bürstete und mit einem Wollappen das Lederzeug mit den Messingbeschlägen auf Hochglanz brachte, war ihr Arbeitstag nicht recht ausgefüllt, es gab ja niemanden, der Schmutz machen konnte. So lag sie manche Stunde des Tages im Fenster der guten Stube, in die außer ihr und gelegentlich Gustav niemand hineinkam. Das einzige, was Helene sich dort erlaubte, war, das Fenster zu benutzen. Sie hätte bestimmt das danebenliegende und ebenfalls zur Straße führende Schlafzimmerfenster zum Hinauslehnen benutzt, wenn sie nicht befürchtet hätte, daß das leicht mißdeutet werden könnte, denn in der Regel lehnten sich nur unsolide Frauenspersonen zum Schlafzimmerfenster hinaus. Direkt über der Eingangstür zur Sattlerei lag Helene mit verschränkten Armen auf einem eigens zu diesem Zweck bereitliegenden Zierkissen und schaute auf die Straße hinunter. Wenn ich aus unserer Einfahrt herauskam und Gustav Lapp in seiner etwas erhöhten Eingangstür sah und genau obendrüber Helene am Fenster, hatte ich den Eindruck, sie könnten auch ein einziges Wesen sein, mit zwei Köpfen übereinander, die durch eine unsichtbare Stange verbunden waren.

An den Sonntagen schaute Gustav ebenfalls aus dem Fenster auf die Straße, nur mit dem Unterschied: das Fenster blieb dabei geschlossen, und er saß nicht, sondern stand hinter der Scheibe und sah hinaus, und immer war er allein. Wenn er am Fenster war, ließ Helene sich dort nicht blicken.

Gustav Lapp hatte ein Auge auf Johanna Volk, die genau gegenüber wohnte, in unserem Haus, und wie er im ersten Stock. Sie war des letzten Rothschildschen Silberdieners einzige Tochter. Es gelang Gustav, seine Schwester zu überreden, hin und wieder Johanna zum Kaffee, zu einem Spaziergang oder auch mal zu einem Ausflug einzuladen.

Eines Sonntags verabredeten sie sich zu einem größeren Spaziergang mainabwärts. Man wollte bis nach Niederrad laufen und auf Gustavs Vorschlag dort in der Gaststätte »Frauenhof« einkehren. Dort spielte zum Nachmittagskaffee eine Damenkapelle. Star der Truppe war eine spanische Geigerin. Alles war spanisch an ihr, ihre Abstammung, ihre schwarzen Zigeunerhaare, in denen eine rote Rose steckte, ihr Geigenspiel, ihr Temperament, spanisch jedes ihrer mindestens achtzig Kilo, die sie mit sich herumschleppte und in ein teerosengelbes, schwarzpaspeliertes Seidenkleid gezwängt hatte, in das normalerweise nur sechzig Kilo paßten.

Johanna bemerkte sehr bald, daß Gustavs Interesse ausschließlich der spanischen Geigerin galt. Auch diese war auf Gustav aufmerksam geworden und kam an den Tisch, um extra für die kleine Gesellschaft aus der Kaiserhofstraße ein Solo zu spielen.

Eine halbe Stunde später war die Nachmittagsmusik zu Ende. Während die Damen ihre Instrumente einpackten, entschuldigte sich Gustav für einen Augenblick und verschwand dort, wo es zu den Toiletten ging; auch die Damenkapelle zog sich zurück. Gustav kam nicht wieder, und Johanna drängte zum Aufbruch. Ohne ihn fuhren die beiden Frauen mit der Elektrischen nach Hause.

Als Gustav spät in der Nacht heimkam, machte ihm die Schwester heftige Vorwürfe. Aber diesmal ließ er das Gezeter nicht wortlos über sich ergehen. Er verbat sich jede Einmischung in seine Angelegenheiten und schrie sie an, daß man es bis zur Freßgasse hören konnte.

In diesen Minuten brach für Helene eine Welt zusammen. Ein Leben lang hatte sie alles für ihren Bruder getan, hatte sich für ihn aufgeopfert, und als Dank dafür gab er ihr jetzt einen Tritt. Sie bekam einen Weinkrampf, dem eine schlimme Herzattacke folgte, und Gustav mußte Doktor Maier in der Bockenheimer Landstraße aus dem Bett klingeln, der sie mit Spritzen und Tabletten wieder beruhigte.

Helene, die selbst vom Leben so stiefmütterlich behandelt worden war, hatte instinktiv die Gefahr erkannt, Gustav durch diese späte Leidenschaft zu verlieren, und wenn er ging, hatte das Leben für sie keinen Sinn mehr. Aber Gustav blieb fest. Die seit seiner Jugend geübte Rücksicht auf die Schwester galt nicht mehr. Jeden Abend ging er nun zu seiner Freundin, zeigte sich öffentlich mit ihr und brachte sie sogar, zum Entsetzen Helenes, mit nach Hause.

Erstaunlicherweise wurde die spanische Musikerin aus dem

»Frauenhof« eine liebevolle Partnerin Gustavs. Wenn sie ihr teerosenfarbenes Kleid, sozusagen ihre Arbeitskleidung, abgelegt und die Papierrose aus dem Haar genommen hatte, wurde aus der temperamentvollen Carmen eine ganz normale und sympathische Frau. Um mit Gustav zusammenbleiben zu können, verließ sie sogar die Frauenkapelle, als diese wieder auf Tournee ging, und nahm sich in der Hochstraße, ganz in der Nähe von Gustavs Werkstatt, eine Wohnung. Sie wären auch zusammengezogen, hätten nicht beide Rücksicht auf die unglückliche Helene genommen.

Lange hielt Gustavs Glück nicht an, acht oder zehn Wochen. Dann geschah das Schreckliche – schrecklich für die, die es überlebten: Gustav erlitt eines Nachts im Bett seiner Carmen einen Herzanfall und starb in ihren Armen.

Von diesem Schicksalsschlag erholte sich Helene nicht mehr. Sie siechte dahin, kaum ein halbes Jahr später starb auch sie.

Die traurige Carmen aber packte ihre Sachen, fuhr der Frauenkapelle nach und zwängte sich wieder in ihr teerosenfarbenes Seidenkleid mit den schwarzen Spitzen.

Ein Schatten an der Hauswand

Wenn ich aus dem Fenster unserer Hinterhauswohnung hinaussah, hatte ich, etwa in acht Meter Entfernung, die graue rissige Fassade des Vorderhauses vor mir, und ich mußte, obwohl wir im zweiten Stock wohnten, den Kopf weit zurücklegen, wenn ich ein Stück Himmel sehen wollte. Vor fast allen Fenstern mit den häßlichen Spanngardinen waren Leinen gezogen, auf denen immer viele Wäschestücke hingen. Flaschen, Kannen, leere Blumentöpfe und anderer Kram stand auf den Fensterbänken herum. Aus dem vergitterten Waschküchenfenster im Hof zogen Dampfschwaden die Hauswand hoch, so daß an dieser Stelle der Verputz faulte

37

und abbröckelte. Auf gebogenen Rundeisen staken paarweise angeordnete Porzellanisolatoren, die in der Dämmerung wie Katzenaugen aussahen und über die sich elektrische Leitungen zum Hinterhaus spannten. So war es in allen Hinterhöfen, sie nahmen sich gegenüber den protzigen sandsteinverzierten Straßenfassaden trist aus. In der Mitte des Vorderhauses zogen sich wie eine schmale Leiste die hohen Treppenhausfenster bis unter das Dach, wo ein kleineres rundes Fenster den Abschluß bildete. Wenn ich die Augen schließe, sehe ich einen Schatten an diesem runden Fenster. Von diesem Schatten möchte ich erzählen.

An einem kalten Morgen des Jahres 1924 gab es im Vorderhaus große Aufregung. Autos hielten vor der Toreinfahrt, Männer liefen die Treppen hoch, und neugierig steckten Frauen und Kinder die Köpfe aus den Wohnungstüren. Dann war ein Lärm auf dem Mansardenstock, man klopfte mit Fäusten gegen eine Tür, und eine Stimme rief: »Aufmachen! Polizei!« Einen Augenblick Stille, dann noch einmal: »Aufmachen! Polizei!« Türen wurden geschlagen, Männer schrien: »Haltet ihn!« und ein Mann hastete die Treppe hinunter.
Es war ein seit langem von der Polizei gesuchter Betrüger. Einige Wochen vorher war er als Untermieter des Hauptbuchhalters Apfelstedt, der in seinem Leben noch nie etwas mit der Polizei zu tun gehabt hatte, wie seine Frau hernach ausdrücklich festgestellt haben wollte, in dessen Mansarde eingezogen. Niemandem war der etwa vierzigjährige Mann aufgefallen, der seine Miete pünktlich im voraus bezahlte, sich immer korrekt kleidete, freundlich grüßte und einmal sogar Frau Walther die schwere Einkaufstasche in den zweiten Stock hinaufgetragen hatte. »Das sind oft die Schlimmsten, die sich so harmlos geben, als könnten sie keiner Fliege etwas zu leide tun«, sagte, als schon alles vorbei war, unsere Hinterhausnachbarin, die Gewerkschaftsfunktionärswitwe Schmidt.

Was der Mann genau getan, wie er und wen er betrogen hat, das weiß ich nicht, das wußte auch sonst keiner im Haus. Doch es war auch nicht so wichtig, Hauptsache, die Polizei hatte seinen Schlupfwinkel ausfindig gemacht und war gekommen, ihn zu verhaften. Aber er riß sich von dem Polizisten, der ihn bereits am Arm gepackt hatte, los und flüchtete. Die Kriminalbeamten waren darauf gefaßt und hatten auch unten an der Treppe Posten aufgestellt. Er sah, daß ihm der Fluchtweg abgeschnitten war, und rannte wieder die Treppe hoch. Vielleicht glaubte er, über das Dach entkommen zu können. Oben standen, mit entsicherten Pistolen, die zwei Kriminalbeamten und schrien ihm zu: »Stehenbleiben!« Da riß er das kleine runde Fenster am letzten Treppenabsatz auf und zwängte sich zwischen zwei Eisenstäben hinaus. Er tat einen gräßlichen Schrei und ließ sich fallen. Ein Polizist hatte noch versucht, ihn am Fuß festzuhalten, aber es war zu spät gewesen.

Wir im Hinterhaus bekamen natürlich den Lärm und das Schreien im Vorderhaus mit, hatten aber keine Ahnung, was geschah. Auch ich starrte zum Fenster hinaus und versuchte, mit Hilfe eines Fußschemels in den Hof zu schauen. Da plötzlich schrien die Leute auf und auch Mama, die hinter mir stand und mich festhielt, und ich sah einen länglichen Schatten, der sich unterhalb des Daches von der Wand des Vorderhauses löste und in den Hof hinabfiel. Der Mann lag auf dem Rücken, die Arme ausgebreitet. Zweimal noch schlug er die Arme zusammen, so wie man sich im Winter wärmt, wenn man kalte Hände hat. Dann bewegte er sich nicht mehr.

Jetzt erst merkte Mama in ihrer Erstarrung, daß ich alles mitbekommen hatte, und zerrte mich vom Fenster weg. Für mich war das, was sich in den letzten Sekunden abgespielt hatte, durchaus nicht entsetzlich, nur sehr aufregend, und ich lief an das andere Fenster im vorderen Zimmer, um sehen zu können, was weiter geschah. Männer kamen in den Hof, immer mehr, einer brachte aus der Weinhandlung einen großen Bogen Packpapier und legte ihn über den Körper. Später kamen Leute mit einem Sarg – ich weiß noch, daß sie schwarze Schildmützen und graue Kittel anhatten –, legten ihn da hinein und trugen ihn weg. Dort aber, wo der Kopf des Toten gelegen hatte, zwischen dem Hintereingang und der Treppe zum Keller der Weinhandlung, war ein roter Fleck zurückgeblieben. Jemand schüttete einen Eimer Wasser darüber, aber der Fleck blieb, wenn auch etwas verblaßt, deutlich sichtbar.

Auch in den nächsten Tagen und Wochen sah man die Stelle, wo der Körper aufgeschlagen war, sie verschwand nur allmählich. Die Kinder von Nummer 12, die sonst im Hof herumspielten und über die Drückkarren turnten, stellten sich im Kreis um den Fleck und erzählten sich Gruselgeschichten, eine schrecklicher als die andere. Von Ermordeten mit Messern im Rücken und Messern im Bauch; von Selbstmördern, deren Geist durch die Keller spukte, weil Selbstmörder keine Ruhe finden und, wenn sie keine Lust zum Spuken haben, hinter den aufgeschichteten Briketts sitzen; von Toten, die nur scheintot waren und im Sarg wieder aufwachten. Da begann ich, mich vor der Stelle zu fürchten, erst recht, als irgendwer aufbrachte, man dürfe nicht auf sie treten, sonst sterbe man in diesem oder im nächsten Jahr. Dieses Tabu beachteten wir sehr lange, Monate später noch, als keine Spur vom Blut mehr zu sehen war. Um nicht versehentlich draufzutreten, schoben wir einen Handkarren über die Stelle.

Doch die schlimmste Gruselgeschichte erfand Kurt Katscher, der Druckereibesitzerssohn aus dem Vorderhaus. Wir sollten uns einmal vorstellen, sagte er, daß der Mann, der sich zwischen den Gitterstäben hindurchzwängte, nicht fallen konnte, weil er mit dem Fuß in den Stäben hängengeblieben war. Niemand könne ihn zurückziehen, weil der Fuß verklemmt sei, und nach unten fallen könne er auch nicht. Da hänge er nun, mit dem Kopf und den Armen nach unten, zwischen Himmel und Erde und schreie gellend. Und der

Schlossermeister Walther aus dem Nebenhaus werde geholt, und er bekomme von der Polizei den Auftrag, die Stäbe, in die der Fuß verklemmt sei, durchzusägen, damit der Selbstmörder fallen könne. Eigentlich war das eine alberne, unwahrscheinliche Geschichte, sie machte aber auf mich einen tiefen Eindruck. Häufig stand ich vom Spielen in der Wohnung auf und ging ans Fenster, um zu sehen, ob der Selbstmörder an den Eisenstäben hing. Ich sah ihn sogar vor mir mit dem Kopf nach unten hängen, wenn ich gar nicht hinschaute. Jahrelang sah ich ihn im Traum da oben am runden Fenster.

Später, in der Nazizeit, als wir in unserer Wohnung wie in einer Falle saßen und jeden Tag darauf warteten, von der Gestapo oder der SA abgeholt zu werden, schaute ich oft, ohne es zu wollen, in den Hof hinunter, ob nicht gerade in dem Augenblick wer käme, uns zu holen. Wenn ich dann den Kopf hob und die Hauswand hochblickte, sah ich auch am runden vergitterten Fenster einen mit dem Kopf nach unten hängen, der nicht zurück und auch nicht fallen kann. Aber das war nicht mehr der von der Polizei Gejagte, das war ich selbst. Ich nahm die Hände vor die Augen, um den Spuk zu verscheuchen; es war vergeblich, ich sah mich weiter an den Stäben hängen.

Sogar jetzt, während ich diese Erinnerung niederschreibe, sehe ich mich dort mit dem Kopf nach unten hängen.

Die närrische Modistin

Anna Leutze bewohnte in unserem Vorderhaus Hochparterre zwei große Zimmer, einstmals Büroräume, mit den Fenstern zur Straße. In ihnen herrschte eine kaum vorstellbare Unordnung. In dem einen Zimmer waren Tische und Stühle, Bett, Frisierkommode und Vertiko mit Wäsche, Hausrat und Kleidern belegt. Wenn sie mal ein Plätzchen zum Sitzen oder zum Essen brauchte, schob sie den ganzen Kram einfach zusammen. Sie verdiente ihr Geld damit, daß sie allen möglichen Tand auf Damenhüte nähte, Stoffblumen, künstliche und echte Federn, ausgestopfte und nachgemachte Vögel, Pailletten aller Größen und Farben und noch vieles andere, was sie in dem zweiten Zimmer, ihrem Arbeitsraum, in Dutzenden von Schuhkartons, die Schränke und Regale füllten, aufbewahrte. Im Auftrag einiger Frankfurter Hutgeschäfte machte sie daraus Frühlings-, Sommer- und Herbstarrangements. Überall auf dem Fußboden standen die Hutkartons herum.

Anna Leutze war eine hagere, häßliche Frau, ihr Alter war schwer zu schätzen, vielleicht war sie vierzig, vielleicht fünfzig Jahre alt. Und sie war ein wenig verrückt. Diese Verrücktheit verband sich mit einer übertriebenen Zuneigung zu Kindern. Sie zog sich selbstgeschneiderte Kleider an, mit Vorliebe aus schwarzem Spitzenstoff, auf die sie große bunte Blumen genäht hatte, setzte sich den größten Hut ihrer Kollektion auf mit ausladenden Pleureusen in Süßlila, und ging nie ohne einen rüschenbesetzten Sonnenschirm aus dem Haus. Auffällig war auch ihr tänzelnder Gang. Sie machte ganz kleine Schritte und bewegte den Oberkörper geziert nach links und rechts, wie wenn ein Mann die Gehbewegungen einer Frau nachmacht. Rief einer von uns Buben ihr in einem bestimmten Singsang »Anna Anna Leutze« nach, dann spannte sie ihren Sonnenschirm auf, nahm ihn mit zwei Händen über die Schulter, lächelte dem Kind neckisch zu und verstärkte ihre Tänzelschritte.

Ihr Wohnzimmer mit der phantastischen Unordnung war Treffpunkt aller Kinder unseres Hauses. In Anna Leutzes Zimmer hielten sich ständig fünf, sechs Kinder auf, die machen durften, was sie wollten. Wir spielten am liebsten Verstecken in Schränken, in der Kommode oder unterm Bett, und sie schimpfte nur freundlich, wenn wir in ihr Arbeitszimmer wollten, denn sie hatte täglich eine bestimmte Anzahl Hüte anzufertigen und mußte sich sputen. Oft spielten wir auch Theater und benutzten dazu ihre Kleider. Auch dagegen hatte sie nichts. Ab und zu kam sie zu uns herüber, um uns zu ermahnen, nicht so laut zu sein, damit sich die Nachbarn nicht beschwerten, oder um uns Kekse und ein Glas Himbeerwasser zu bringen.

Auch sonst zeigte sich ihre merkwürdige Schwäche für Kinder. So ging sie an keinem Kinderwagen vorbei, ohne sich hinunterzubeugen, mit dem Säugling zu schäkern und dann der Mutter einige Worte des Entzückens über das Kleine zu sagen. Wenn sie sah, wie ein Kind geschlagen wurde, mischte sie sich grundsätzlich immer ein und machte den Großen heftige Vorwürfe.

So war sie, närrisch, lieb und harmlos. Viele Jahre lebte sie friedlich unter uns, bis einer der Burschen aus der Kaiserhofclique entdeckte, daß man an der Straßenfront des Hauses über einen Absatz in ihr Fenster klettern konnte. Von da an hockten immer einige aus der Clique in ihrem Zimmer herum oder saßen auf der Fensterbank und ließen die Beine nach draußen baumeln. Sie war machtlos dagegen und mußte die Burschen gewähren lassen. Jetzt wurde in Anna Leutzes Wohnzimmer nicht mehr Krankenhaus oder Schule, Verstecken oder Theater gespielt, jetzt wurden böse Streiche ausgeheckt und Straßenkämpfe gegen die Meisengassenclique beraten.

Auch ich gehörte zur Kaiserhofclique, obwohl ich jünger als die andern war und außerdem klein, schmächtig und verängstigt. Ich prügelte mich nicht, wurde immer nur von den Jungen der Meisengassen- oder Hochstraßenclique verprügelt, wenn sie mich erwischten. Die Prügel bekam ich, weil ich der Kaiserhofclique angehörte. Sie taten mir aber auch Schlimmeres an. Eines Tages beispielsweise schnappten mich zwei von der Meisengassenclique und zwangen mich, mit in die Zwingergasse zu gehen. Ganz hinten, wo einige alte Schubkarren standen und uns niemand sehen konnte, drehte mir einer beide Arme nach hinten. Der andere knöpfte sich in aller Ruhe den Hosenlatz auf, holte seinen Pimmel heraus und pißte mir gegen die Beine. Die beiden Meisengässer wollten sich totlachen, als ich betröppelt und weinend abzog.

Ich vermute, die Großen hatten mich nur darum in die Kaiserhofclique aufgenommen, um jemanden zu haben, den sie herumkommandieren und auf dessen Kosten sie sich lustig machen konnten. Ich empfand deutlich das Entwürdigende ihrer Späße mit mir, war aber nicht imstande, mich dem zu entziehen, denn aus der Clique konnte man nicht freiwillig austreten, man konnte nur ausgestoßen werden.

Die Jungen von der Clique – Holle, Schorschi, Hans, Paul und wie sie alle hießen – waren nicht böse, sie langweilten sich einfach. Ihre Eltern, meist Geschäftsleute mit dem Kopf voller Sorgen um den täglichen Umsatz, hatten nie Zeit für sie. Oder sie kamen aus den dunklen Hinterhäusern mit zu vielen Menschen auf zu kleinem Raum und waren um jede Stunde froh, die sie aus diesem Zuhause flüchten konnten.

Alles Gezeter, alle Verbote der närrischen Modistin halfen nichts, die Burschen kamen trotzdem, und sie kamen grundsätzlich nur noch durchs Fenster. Wenn Anna Leutze einmal gar zu sehr schimpfte, drängte man sie kurzerhand in ihr Arbeitszimmer, schloß es ab und schüchterte sie zudem noch mit wilden Drohungen ein. Die Clique trieb es immer ärger, und eines Tages kam irgendwer auf die Idee, im Zimmer ein Lagerfeuer zu machen. Einer holte ein Küchenblech aus dem Herd, ein anderer brachte Papier und Holz, und dann machten sie auf dem Blech ein »Feuerchen«.

Anna Leutze stürzte aus ihrem Arbeitsraum, schrie wie eine Besessene, nahm einen Handfeger und schlug auf die Burschen ein. Die rannten lachend davon und entwischten durchs Fenster. Nur einer, der nicht schnell genug war, bekam noch einige Schläge mit dem Handfeger auf den Rücken und verstauchte sich beim Hinunterspringen auf die Straße den Fuß. Im Davonhumpeln schrie er, daß es in der ganzen Nachbarschaft zu hören war: »Die Alte ist übergeschnappt!

Die Alte ist übergeschnappt!«

Die Hausbewohner, die keine Ahnung hatten, was in der Wohnung vorgefallen war, glaubten, Anna Leutze sei nun ganz verrückt geworden, und jemand verständigte die Polizei. Kurze Zeit später erschienen zwei Beamte vom nahen Revier. Anna Leutze hatte mittlerweile, in großer Erregung mit sich selbst redend und die Burschen verfluchend, das Feuer gelöscht. Sie holte eben vom Treppenflur einen Eimer Wasser, denn sie hatte in der Wohnung keinen eigenen Wasseranschluß. Die Polizisten klopften an ihre Tür und verlangten Einlaß. Sie schrie: »Niemand kommt mir rein! Niemand!« Doch die Polizisten drückten mit Gewalt die Tür auf. Anna Leutze schüttete ihnen den Eimer Wasser entgegen. Da verzichteten die beiden auf ein Protokoll und zogen sich zurück.

Vor unserem Haus war es zu einem Menschenauflauf gekommen. Ich stand mitten in der Menge. Warum ich draußen und nicht bei der Clique im Zimmer war, daran erinnere ich mich nicht mehr, aber das tragische Geschehen selbst ist mir in vielen Einzelheiten vor Augen. Deutlich sehe ich Anna Leutze vor mir, wie sie noch einmal mit aufgelösten Haaren und einem vor Entsetzen geweiteten Blick ans Fenster trat, sich hinausbeugte, irgend etwas Unverständliches zu den Menschen auf der Straße sagte, dann das Fenster schloß und die Vorhänge zuzog.

Keiner der Draußenstehenden, so schien es mir, wußte recht, was da eigentlich vorging. Die wildesten Gerüchte kamen auf. Es hieß, die verrückte Modistin habe zwei Kinder eingesperrt, in einem Holzverschlag, wie die Hexe bei Hänsel und Gretel. Andere meinten, sie wolle sie möglicherweise umbringen. Schließlich hieß es, sie habe sie bestimmt schon umgebracht. Dazwischen hörte man Mütter ängstlich nach ihren Kindern rufen.

»Man kann doch nicht zusehen, wie eine Verrückte Kinder umbringt«, sagte jemand, »man muß etwas tun.«

»Man muß die Kinder retten!« rief eine Frau.

Ein Mann fuchtelte mit den Händen in der Luft herum. »Holt doch die Hexe aus ihrem Loch heraus!«

Die Menge wurde unruhig und drängte in die Toreinfahrt. Ein Stein flog gegen das Fenster. Nur noch wenige Minuten, und die aufgebrachte Menge würde in Anna Leutzes Wohnung eindringen.

Im letzten Augenblick kam mit lautem Hupen ein Krankenwagen angefahren und hielt vor unserem Haus. Er kam aus der Nervenklinik Niederrad, und zwei Wärter waren mitgekommen. Auch die beiden Polizisten tauchten wieder auf. Zu viert drangen sie in die Wohnung ein. Unter ihrem Bett, so sagten später Hausbewohner, hätte man Anna Leutze entdeckt. Die Wärter kamen heraus, holten eine Krankenbahre und verschwanden wieder im Haus. Nach dem schrillen Geschrei und dem Gepolter zu urteilen, muß sich Anna Leutze verzweifelt gewehrt haben. Als man sie eine Weile später, auf die Bahre geschnallt, durch die gaffende Menge trug, hatte man ihr einen Mantel über den Kopf gelegt.

Anna Leutze kam nicht mehr zurück, und niemand im Haus hat je wieder von ihr gehört.

Aus der Clique ausgestoßen

Als ich zehn Jahre alt war, hatte ich ein Erlebnis, das mir noch lange Zeit danach schlaflose Stunden bereitete. Erna, damals etwa zwölf, war als einziges Mädchen in die Clique aufgenommen worden, denn sie war flink und draufgängerisch und auch für Straßenkämpfe brauchbar. Sie rannte so schnell wie die Buben und konnte auch genau so gut über Mauern klettern. Sie war ein schmales, hochaufgeschossenes Mädchen mit Streichholzbeinen und einem farblosen Gesicht, blonden strähnigen Haaren, aber einem schon deutlich sichtbaren

Busen, mit dem sie den Buben zu imponieren versuchte. Wie zwei Apfelsinenhälften steckten die kleinen Brüste unter ihrer weißen Bluse, die beim Laufen ganz eng wurde, weil Erna dann die Schultern stark nach hinten drückte. Jetzt kam es auch öfter mal vor, daß zwei oder drei von den Älteren allein mit ihr loszogen. Eines Abends, als es schon dunkel war, sah ich vom Fenster aus Erna mit einem Jungen in dem Toilettenverschlag im hinteren Teil des Hofs verschwinden und wurde sehr erregt bei der Vorstellung, was die beiden dort treiben könnten.

Irgendwann einmal saßen wir in der Hecke hinter dem Opernhaus, wo wir uns nach der Vertreibung aus Anna Leutzes Wohnung immer trafen, als Erna plötzlich sagte: »De Vali is'n Judd!« Wo sie das her hatte, weiß ich nicht, jedoch befolgte ich Mamas strenge Anweisungen und bestritt es entschieden. Erna beharrte darauf und meinte, das lasse sich leicht feststellen, man brauche mir nur die Hose herunterzuziehen. Bevor ich mich noch wehren konnte, hatte mich einer der Älteren mit seinem Spezialgriff gefaßt, wobei er mir die Handgelenke schmerzhaft verbog, ein anderer riß mir die Hose auf und hob das Hemd hoch. Ich schämte mich zu Tode, weil Erna dabei war, und die anderen grölten: »De Vali is'n Judd! De Vali is'n Judd!«

Es muß Schorschi gewesen sein, der meinte, Juden hätten nichts in der Clique zu suchen, und man beschloß, daß ich ab sofort nicht mehr dazugehöre. Sie schickten mich weg, keiner tat mir etwas, nicht einmal Holle stellte mir ein Bein, was er sonst mit Vorliebe machte.

Dieses Verdikt war ein Bruch für immer, ich hatte nie mehr etwas mit der Clique zu tun. Die Trennung wurde mir dadurch leichter gemacht, daß ich kurz darauf in die Mittelschule kam. Das bedeutete eine gewisse gesellschaftliche Gleichstellung mit denen aus dem Vorderhaus und stärkte ein wenig mein kaum ausgeprägtes Selbstwertgefühl.

Wenn es einem Hinterhofkind gelungen war, aus dem gesell-schaftlichen Souterrain in die schon etwas erhabeneren Mit-telschulräume aufzusteigen, dann sorgte ein standesbewußter Mittelschullehrer, der auch großen Wert auf die richtige Berufsbezeichnung legte, schon dafür, daß dieses Kind nie vergaß, wo es herkam. Ob nun der Mathematiklehrer Weyel nach einer verpatzten Klassenarbeit in väterlich-gütigem Ton zu mir sagte: »Nicht jeder muß die Mittlere Reife machen, man braucht auch Maurer und Metallarbeiter«, wobei er geschickt auf den Beruf meines Vaters anspielte; ob Rektor Beyer, bei dem wir »Geschichte« hatten, mich süffisant tadelte: »Gerade du hast es nötig, Senger – steh gefälligst auf, wenn ich mit dir spreche – gerade du hast es nötig, mit deinem Geschwätz den Unterricht zu stören«; oder ob der Klassen-lehrer Arz sich vor uns aufstellte und erläuterte: »Senger und Peters« – das war der andere »Arme« in der Klasse – »haben von zu Hause schriftliche Erklärungen mitgebracht, daß sie die zwei Mark für den Klassenausflug an den Rhein nicht aufbringen können. Ich denke, wenn jeder von euch einen Groschen mehr mitbringt, brauchen wir nicht beim Schulamt betteln zu gehen, kriegen das Geld auch so zusammen und die beiden können mitkommen. Senger und Peters werden es euch bestimmt danken.«

Er zog die Geldbörse aus der Gesäßtasche seiner Hose, schubste mit Daumen und Zeigefinger das Münzgeld durch-einander, hielt drei Groschen in die Höhe, sagte generös: »Ich mache den Anfang«, und legte die Geldstücke in eine leere Kreideschachtel. Ich weiß nicht mehr, ob er noch hinzufügte: »Armut ist keine Schande«, aber diese Bemerkung würde fehlen, hätte er sie nicht getan. So schaffte er es, daß nicht nur die Armut der beiden »Minderbemittelten« für jedermann sichtbar wurde, wie mit dicker Kreide an die Wandtafel gemalt, sondern daß wir auch noch mit der zur karitativen Sammelbüchse erklärten Kreideschachtel als Almosenempf-änger der Klassenkameraden abgestempelt waren. Das war für mich schlimmer als eine Tracht Prügel.

Die Kaiserhofclique löste sich in den folgenden Jahren von selbst auf. Doch wir sahen uns fast täglich im Vorübergehen auf der Straße. Eine ganze Reihe ehemaliger Cliquenmitglieder waren, wie ihre Eltern, Hitleranhänger oder wurden es später. Schon vor 1933 traten Hans und Holle in die Hitlerjugend ein, Hans wurde ein hoher HJ-Führer, Schorschi ein SA-Mann, einer ging sogar zur SS. Auch Erna brachte es als Scharführerin im BdM zu einer gedrehten Kordel von der Brusttasche zum Knopfloch ihrer weißen Hemdbluse. Und sie alle hatten damals in der Hecke hinter dem Opernplatz meine Entlarvungsszene miterlebt.

Wir wohnten weiter zusammen in der Kaiserhofstraße, Hitler kam, der Judenboykott, die Kristallnacht, die Judenverfolgungen, der Krieg, und immer sah ich die von der Clique, oft in ihren Uniformen, und sie sahen mich, sprachen sogar mit mir. Jeder einzelne hätte fragen können: »Wieso bist du noch da? Warum trägst du keinen Judenstern? Was ist mit dir los?« Ich bekam Herzklopfen, wenn ich einen von weitem kommen sah. Doch keiner fragte.

Ich erinnere mich, mitten im Krieg einmal Paul auf der Freßgasse getroffen zu haben. Er war als Soldat an der Front und für einige Tage auf Urlaub. Überrascht fragte er mich: »Haben sie euch denn nicht geholt?«

Ich antwortete: »Du siehst es ja, wir sind da, auch meine Eltern und Alex und Paula.«

»Wieso? Das verstehe ich nicht. Ich dachte –«

»Du hast falsch gedacht, Paul, bei uns ist alles in Ordnung.«

Und Paul sagte: »Um so besser, wenn ihr keine Juden seid.«

Wir sprachen noch einige belanglose Worte miteinander und trennten uns wie alte Freunde.

Der Weltreisende

Unser Hinterhof war ein Ort immerwährender Geschäftigkeit. Menschen kamen und gingen, Handkarren zuckelten hin und her, oder Spenglermeister Reiter knatterte mit seiner »Horex«-Seitenwagenmaschine in den Hof, daß die Spatzen davonstoben. Häufig konnte ich die Geschicklichkeit der Kutscher bewundern, wenn sie mit lautem »Brr« und »Hüh« ein vollbeladenes Pferdefuhrwerk rückwärts durch den langen Hauseingang und dann im scharfen Winkel in den hinteren Hof bugsierten, um dort Fässer und Flaschen in die tiefen Kellergewölbe der Weinhandlung zu schaffen. Ich hätte nicht zum Fenster hinauszuschauen brauchen, um zu wissen, was abgeladen wurde. Der Geruch der Weinfässer war so stark, daß man ihn noch im zweiten Stock bemerken konnte.

Roch es dagegen nach Käse, dann war der Lagerarbeiter vom Käs-Petri damit beschäftigt, aus dem Käselager, das sich neben dem hinteren Hauseingang befand und den Hinterhausbewohnern Mäuse und Kakerlaken in Mengen bescherte, Schweizerkäse in die Freßgasse zu transportieren. Zuvor zerteilte er die großen Käseräder in zwei Hälften. Das machte er mit einem einfachen Werkzeug. Es bestand nur aus einem dünnen Stahldraht, der an der einen Seite einen Holzgriff, an der anderen eine Schlinge hatte. Die Schlinge hängte er an einem gebogenen Nagel am unteren Karrenteil ein, legte den Draht der Länge nach genauf auf die Mitte der Pritsche und den Käselaib auf den Draht, dann stemmte er den Fuß gegen den Käse, damit er nicht wegrutschte, und zog den Draht am Holzgriff der Länge nach durch.

Wenn aber der Gestank verbrennender Schweißdrähte ins Fenster drang, wußte ich, daß der Fahrradmechaniker und -reparateur Wagner in seiner Werkstatt wieder ein Rennrad zusammenbaute. Seine handgefertigten Rennräder waren weit über Frankfurt hinaus bekannt.

Ganz anders roch es dagegen, wenn Herr Schmidt, der Fahrer

vom persischen Teppichhändler Janny, im vorderen Hof unter unserem Wohnzimmerfenster Teppiche wusch. Es roch dann wie nach verbrauchter Waschbrühe, der man viel Salmiak und einen Schuß Fliederduftessenz beigemengt hatte. Herr Schmidt schrubbte die wertvollen Stücke aus dem Orient mit seiner Spezialbrühe so heftig, daß die bunten Wollflocken später den Hof bedeckten, als sei dort ein Blumenbeet. Mindestens zweimal habe ich ihn bei Dunkelheit, als in den Werkstätten im Hof längst Feierabend war, mit einer Dame aus dem Vorderhaus in der Garage, die gleichzeitig als Lagerraum für die Teppiche diente, verschwinden sehen.

Aus einer Ecke des hinteren Hofs roch es eine Zeitlang nach frischer Ölfarbe. Dort geschah etwas Besonderes: ein Hausbewohner bereitete sich auf eine Weltreise vor. Er gehörte zu dem Millionenheer der Arbeitslosen. Während seine Frau an fünf verschiedenen Zugehstellen putzen ging, um ihre vier Mädchen satt zu bekommen, versuchte er, sich bei einem der Handwerker im Hof für ein paar Groschen nützlich zu machen. Die übrige freie Zeit bastelte er an irgend etwas herum, hatte tausend Ideen und Pläne im Kopf, die er mit jedem besprach, der bereit war, ihm zuzuhören, sogar mit mir, obwohl ich noch ein Kind war, kaum zwölf Jahre alt. Deswegen mochte ich ihn.

Er beschrieb mir ein Fahrrad mit Federaufzug, auf dem man mindestens zehn Kilometer fahren konnte ohne zu treten und dessen Konstruktion er komplett im Kopf hatte, und eine todsichere Alarmanlage gegen Kellereinbrüche, damit sich in diesen Notzeiten die Leute nicht mehr gegenseitig das Eingemachte, die Kartoffeln und die Kohlen aus den Kellern klauen konnten. Er fühlte sich verkannt und meinte, es könne nur mit den schlechten Zeiten zusammenhängen, daß niemand an seinen Erfindungen interessiert sei. Ich erinnere mich auch noch an die Krönung seiner Erfindertätigkeit, ein Perpetuum mobile. Einmal nahm er mich mit in seine Kammer, und ich durfte das Wunderwerk betrachten. Es sah aus wie ein

Miniaturmühlrad, das in einem komplizierten Drahtgestell über einer halb mit Wasser gefüllten Blechschüssel aufgehängt war. Gab er dem Rad einen leichten Stups, begann es sich zu drehen, wobei es auf der einen Seite Wasser aufnahm und auf der anderen wieder abkippte. Es drehte sich wirklich erstaunlich lange. Der Erfinder versicherte mir, ihm fehle nur noch eine winzige Kleinigkeit an der Konstruktion, um zu erreichen, daß das Rad nie mehr aufhören würde, sich zu drehen.

Eines Tages hatte er in der hintersten Ecke des Hofes, neben dem hölzernen Aborthäuschen, das schon lange nicht mehr benutzt wurde, aber immer noch stank, einen provisorischen Arbeitsplatz eingerichtet und bastelte dort um sein altes Fahrrad einen merkwürdigen Winkeleisenrahmen. Auf diesen baute er aus Sperrholz einen Verschlag, der wie eine zu große Hundehütte aussah und sich von oben und von hinten öffnen ließ. Dann montierte er links und rechts an die mit dem Fahrrad verbundene Holzhütte je ein normales Vorderrad. Allen, die neugierig stehenblieben und fragten, was das werden solle, erläuterte er bereitwillig, daß er sich entschlossen habe, mit dem Fahrrad die Erde zu umrunden. Manche lachten über ihn und nannten ihn meschugge, andere bewunderten seinen Mut zu einem solchen Abenteuer. Jedenfalls war es ihm bitter ernst damit. Das war die große Tat, von der er ein Leben lang geträumt hatte.

Immer wieder veränderte und verbesserte er etwas. Bei einer Weltreise, sagte er, müsse man schließlich mit allen Möglichkeiten rechnen. Wochenlang saß er in seiner Ecke, schraubte und sägte und teilte das Innere der rollenden Hütte sinnvoll ein, denn sie mußte nicht nur alle notwendigen Utensilien eines Weltreisenden, sondern in den Nächten auch ihn selbst aufnehmen. Mit Hilfe zweier Taschenlampenbatterien konnte er sich auch im Innern Licht machen. Nach eigenen Plänen hatte er sogar ein Schiebedach konstruiert, um sich gegen Regen zu schützen. Zum Schluß machte er das ganze mit einer dicken Ölfarbenschicht wetterfest. Eine Seite versah er mit einer Zeichnung der genauen Route, auf der er die Welt umrunden wollte, und auf der anderen Seite stand in großen Buchstaben: In 3 Jahren von Frankfurt am Main (Germany) um die Welt.

Oft saß ich bei ihm und schaute ihm zu, und er erklärte mir immer wieder, warum er das Gewinde hier eindrehte und das Winkelblech dort anschlug. Und dabei erzählte er mir, durch welche Länder er fahren wolle und daß es ihm auf ein Jahr mehr oder weniger nicht ankomme, hier in Deutschland habe er sowieso keine Arbeit. An einem ganz gewöhnlichen Gummiball, der die Erde darstellen sollte, machte er mir verständlich, was Antipoden sind, und daß er die eines Tages auch besuchen werde. Damals wußte ich noch nicht, daß unsere Antipoden, wenn wir welche hätten, mitten im Pazifischen Ozean säßen.

Endlich war die farbenfrohe rollende Hütte des Weltreisenden startbereit. Es folgte eine Probefahrt um unseren Häuserblock, und am andern Tag fuhr er los. Nicht zu früh, denn alle Hausbewohner sollten seinen Aufbruch miterleben. Noch einmal umarmten ihn die vier Mädchen und seine dicke Frau, er schüttelte ein Dutzend Hände, schwang sich auf den Sattel und fuhr flott die abschüssige Kaiserhofstraße hinunter. Er schaute sich um, winkte mit der Schiebermütze, zog an der Klingelschnur und bog um die Ecke der Freßgasse, um dann weiter in Richtung Türkei zu fahren, seinem ersten großen Etappenziel.

Vierzehn Tage gingen ins Land, und von dem Weltreisenden kam keine Post. Wenn man die dicke Frau darauf ansprach, meinte sie, es sei doch sehr vernünftig von ihm, wenn er so sparsam mit seinem Geld umgehe, er werde sich schon früh genug melden, vielleicht erst, wenn er das Ausland erreicht habe.

Doch dann stand, zur Überraschung des ganzen Hauses, eines frühen Morgens die beräderte Hundehütte wieder im Hof. In der Nacht war der Weltreisende klammheimlich zurückgekommen. Am Nachmittag zeigte er sich auch wieder selbst. Den Arbeitern der Weinhandlung und den Handwerkern im Hof, die ihn umringten, während er die Schutzplane von seiner Hütte nahm, erklärte er mit freundlichem Lächeln, daß er nur zurückgekommen sei, um einen Konstruktionsfehler am Schiebedach zu beheben, denn als er in der Nähe von Karlsruhe in einen richtigen Regen gekommen sei, habe sich das Dach als undicht erwiesen.

Wieder saß er mindestens zehn Tage im Hof und bastelte und schraubte. Dann fuhr er ein zweites Mal los, etwas weniger spektakulär und drei Stunden früher als das erste Mal, mit einer leicht veränderten Reiseroute, denn angesichts der anhaltenden Bürgerkriegsunruhen in China hatte er sich entschlossen, das Reich der Mitte links liegen zu lassen. Und als er um die Ecke der Kaiserhofstraße bog, zog er nur noch ganz kurz an der Klingelschnur.

Er war nun mal vom Pech verfolgt. Ohne seine Fahrradkutsche, die hatte er unterwegs irgendwo abgestellt, kehrte er vier Wochen später per Anhalter zurück. Er verkroch sich in seiner Kammer und war mehrere Tage für niemanden zu sprechen. Als er sich wieder zeigte, war er ein anderer und nicht mehr so gesprächig wie früher. Aber dann erzählte er doch, daß er den Wolf bekommen habe, jene schmerzhafte Entzündung am Gesäß. Trotz aller Salben sei der Wolf nicht zu heilen gewesen. Dreimal habe er ihn behandelt und dreimal versucht, erneut zu starten, dann habe er aufgegeben.

»Ich bin froh, daß er wieder da ist«, sagte die dicke Frau und faßte ihn liebevoll am Arm.

Nachzutragen bleibt noch, daß er schon ein Jahr darauf einen für einen Weltreisenden doch recht erbärmlichen Tod starb. Er hätte es viel mehr verdient, vom Medizinmann eines Papuastammes irgendwelchen Göttern geopfert zu werden, und noch eher hätte ich ihm gewünscht, er wäre mit seinem Fahrrad im ewigen Eis des Himalaja oder im glühenden Sand der Sahara steckengeblieben, als sich beim Schneeschippen, einer Notstandsarbeit für Stempelgeldempfänger, eine Lungenentzündung zu holen, von der er nicht mehr genas.

»Religionszugehörigkeit: mosaisch« stand in unserem polizeilichen Meldebogen und in der Einwohnerkartei; so stand
es auch in dem falschen Paß, den sich Papa aus Zürich besorgt
hatte. In der Schule aber meldete Mama mich und Paula als
»religionslos« an. Daraus wurde in den Klassenbüchern
»freireligiös«. Was sich Mama dabei gedacht hat, weiß ich
nicht, sie hat nie versucht, uns verständlich zu machen,
warum wir unser Judentum verschweigen sollten, doch hielt
sie uns an, es zu tun, obwohl wir zu dieser Zeit noch der
Israelitischen Gemeinde angehörten. Und wir richteten uns
danach. Einen Widerspruch gegen Mama gab es nicht.
Mir fiel das Verschweigen nicht schwer, denn ich hatte bisher
nur schlechte Erfahrungen gemacht, wenn ich mich als Jude
zu erkennen gab oder als solcher entlarvt wurde. Nicht besser
erging es meinen Geschwistern. In der Volksschule wußte der
Klassenlehrer von Paulas jüdischer Abstammung und ver-
spottete sie deswegen oft vor der ganzen Klasse, und er wußte
immer neue Schreckensgeschichten über die Juden zu erzählen. Mein Bruder Alex, obwohl auch er sich nie als Jude zu
erkennen gab, bekam in der Schule einige Male Prügel, weil er
sich schützend vor einen jüdischen Mitschüler gestellt hatte.
Und da er nicht so ängstlich war wie ich und nicht weglief,
kam er manchmal ziemlich ramponiert nach Hause.
Mamas Tarnungsbemühungen waren voller Widersprüche.
Die meisten Bewohner des Hauses wußten, daß wir Juden
waren, und doch schärfte sie uns Kindern ein, es niemandem
zu sagen. Sie ließ Alex und mich mit allem jüdischen Zeremo-
niell beschneiden, und dann trat sie aus der Israelitischen
Gemeinde aus. Als Paula 1934 die Schule verließ, ging Mama
mit ihr zum »Arbeitsnachweis für jüdische Frauen und
Mädchen« in die Lange Straße, wo Paula als kaufmännischer
Lehrling in eine jüdische Firma vermittelt wurde. Dort blieb
sie bis zu deren Zwangsliquidation im Jahr 1938.
Als sich schon längst kein Arier mehr von einem jüdischen

Arzt behandeln lassen konnte, kam Dr. Maier, den jedes Kind unserer Straße kannte, mindestens einmal die Woche in unser Haus, um Mamas krankes Herz zu behandeln. Sie weigerte sich beharrlich, einen andern Arzt zu nehmen. Noch bis zum Spätsommer 1937 waren wir bei der »Jüdischen Wohlfahrtspflege« in der Königswarterstraße gemeldet. Jeden Mittag holten wir uns dort einen Tender voll Essen, zu Pessach* kostenlos Mazzes und im Winter Gutscheine für verbilligte Kohlen.

Unter uns im Hinterhaus wohnten der Polizist Heinrich Busser und seine Frau. Sie hatten keine Kinder, und Frau Busser saß den ganzen Tag auf einem Hocker und nähte und klebte Pantoffeln. Wenn der Polizist mich im Hof oder im Treppenhaus sah, begrüßte er mich mit der immer gleichen Redensart: »Na, Jiddche, wie hammer's?« Dabei legte er mir freundlich die Hand auf den Kopf, und gelegentlich schenkte er mir auch mal einen Fünfer, denn er war sehr kinderlieb. Den jüdischen Kaufmann Strausser aus unserem Haus trafen wir einmal in der Freiherr-vom-Stein-Synagoge, Papa sprach mit ihm einige nachbarlich-freundschaftliche Worte, und an Jom Kippur schüttelten sie sich die Hände und wünschten sich was. Und mit dem ledigen jüdischen Hilfsarbeiter Max Himmelreich, der in der Metzgerei von Emil Soostmann, unserem Hausbesitzer, beschäftigt war und auf dem gleichen Flur mit Anna Leutze wohnte, unterhielt sich Papa oft in der Durchfahrt zum Hinterhof. Sie verstanden sich sehr gut, denn sie mauschelten beide.

*

Ich weiß nicht, Mama, was in deinem Kopf vorging, als du beschlossen hast, deine und Papas Vergangenheit zu tilgen. Ging es dir wirklich nur darum, die Familie gegen die

---

* Pessach: Erinnerungsfest in der Osterzeit an den Auszug der Juden aus Ägypten, an dem während acht Tagen nur ungesäuertes Brot, »Mazza«, gegessen werden darf.

vermeintlichen Gefahren abzuschirmen, die sich aus Papas illegaler revolutionärer Vergangenheit hätten ergeben kön- nen, oder wolltest du – allein aus politischen Gründen – mit der jüdischen Tradition brechen, mit allem, was dir und deiner Familie noch an gesellschaftlich und religiös Überlie- fertem anhaftete? Es gab ja in deinem Freundeskreis genug ähnliche Beispiele. Beides ist voller Widersprüche. So bleibt mir nur noch die Vermutung, daß du, mit dem Ballast deiner eigenen leidvollen Erfahrungen beschwert, uns, vor allem den Kindern, einfach nur die Demütigungen und Kränkungen ersparen wolltest, denen Juden in einer nichtjüdischen Um- welt immer ausgesetzt sind, Kinder ebenso wie Erwachsene. Deine Absichten mögen gut gewesen sein, aber du konntest nicht voraussehen, was du damit angerichtet hast, diese seelischen Verwachsungen, die aus einem jahrzehntelangen Selbstverleugnen entstehen mußten, und die zu überwinden mich noch einmal Jahrzehnte kostete, bis ich endlich ohne Zittern in der Stimme sagen konnte: »Ich bin ich, der Sohn von Moissee Rabisanowitsch aus Nikolajew und Olga Mois- sejewna Sudakowitsch aus Otschakow, ein Ostjude, in Frankfurt geboren und aufgewachsen, und durch tausend Zufälle den Häschern des Hitlerfaschismus entgangen.«

*

Daß zeitweise gleich vier jüdische Parteien in Nummer 12 wohnten, obwohl die Kaiserhofstraße keine jüdische Wohn- gegend war und also nur wenige Juden hier lebten, war Zufall. Mit allen hatten wir Kontakt, so auch mit den Geschwistern Fraker, den drei ledigen Modistinnen aus Galizien, die im Vorderhaus auf dem gleichen Stockwerk mit dem vornehmen Herrn Johann wohnten, dem pensionierten Silberdiener der Rothschilds, der mit Nachnamen Volk hieß. Die drei waren immer guter Laune, doch kamen sie langsam aber unaus- weichlich in ein Alter, in dem man bei Männern nicht mehr so sehr wählerisch sein kann. Die etwas untersetzte Rosalie mit den flinken Trippelschrittchen und dem runden Puppengesicht, die kleinste von ihnen, bekam dann doch noch einen Mann, David Schimkowitsch, den geschäftstüchtigen Fotografen.

Es war erstaunlich, was sich schließlich alles in dieser Vierzimmerwohnung abspielte. Da waren also David Schimkowitsch und seine Frau Rosalie und einige Monate später noch ihr Sohn Leo, dazu die beiden ledig gebliebenen Schwestern, die in der Wohnung auch weiterhin ihre Hüte fassonierten und mit Modewaren handelten. Außerdem gab es Leni Berger, das Hausmädchen. Ein Zimmer wurde Davids Fotoatelier, ein anderes sein Büro, und schon kurze Zeit später holte er sich den jungen Albert Maierhofer ins Kontor, der, auch noch in der gleichen Wohnung, das Kaufmännische erledigte.

Zwar ist es unvorstellbar, aber irgendwie klappte es. Rosalie blühte in der Ehe auf; die beiden zu kurz gekommenen Schwestern sangen immer noch bei der Arbeit ihre Lieder aus der polnischen Heimat, und im Sommer, wenn das Fenster offenstand, konnte man ihren Gesang bis auf die Straße hören. Davids Atelier und Fotohandel florierten, ihm bekam die Ehe offensichtlich gut.

Und auch Albert schien sich wohl zu fühlen. Neben seiner Büroarbeit übte er sich in der Mittagspause, oder auch schnell mal nach Feierabend, bei einigen Frauen des Vorderhauses als Casanova. Aber er hatte noch eine zweite Vorliebe: die Politik. Er war Mitglied der KPD, kannte darum Mama und unsere Familie sehr gut und wußte auch etwas über unsere Herkunft. Als David, der Fotograf, mit seiner Frau und den Schwestern noch vor 1933 aus unserem Haus auszog – später emigrierten sie nach England –, nahm Albert eine andere Stelle an, und wir verloren ihn aus den Augen. Erst 1945 sah ich ihn wieder. Er gründete die Stadtteilgruppe Westend der KPD mit und war im Plakatkleben und Flugblattverteilen ebenso fleißig wie im Umgang mit Frauen. Die zwölf finsteren Jahre hatten seinen beiden Leidenschaften nicht viel anhaben können.

30. Januar 1933

An einem Nachmittag saßen Mama, der Arzt Sely Hirschmann und der Metallarbeiter Iwan Tabacznik in der Ecke am Fenster und unterhielten sich. Ich saß am großen Eßtisch in der Mitte der Stube und machte Schulaufgaben. Plötzlich hörte man die laute Stimme eines Zeitungsverkäufers auf dem Hof. Deutlich war »Extrablatt!« zu verstehen. Mama riß das Fenster auf, und da vernahmen wir es: »Hitler zum Reichskanzler ernannt!« Und noch einmal: »Hitler zum Reichskanzler ernannt! Extrablatt!« Auch Sely Hirschmann und Iwan Tabacznik waren aufgesprungen und schauten zum Fenster hinaus, als ob sie von dort noch mehr erfahren könnten.

Schnell wickelte Mama einen Groschen in ein Stück Zeitungspapier und warf ihn in den Hof hinunter. Der Zeitungsverkäufer hob das Geldstück auf und legte ein Blatt auf die Stufen zum Hintereingang. Ich mußte es hochholen.

Zu dritt starrten sie auf die wenigen Zeilen des Extrablatts. Dann sagte Sely Hirschmann: »Mehr als sechs Monate geb' ich ihm nicht.«

Iwan Tabacznik meinte: »Nicht mal das.«

Und Mama: »Ein totgeborenes Kind.«

Mama macht sich Vorwürfe

Es mag im April 1933 gewesen sein, vielleicht auch schon im März, als in unserer Wohnung eine ziemliche Unruhe entstand. Politische Freunde von Mama kamen und berieten mit ihr hinter verschlossenen Türen. Beim Abendessen sagte sie: »Wir bekommen für einige Tage Besuch.« Und nach einer Pause: »Es ist jemand, der von der Polizei gesucht wird. Kein Mensch im Haus darf etwas davon erfahren.«

»Muß das sein?« fragte Papa und schüttelte verständnislos den Kopf. »Gibt es kein besseres Versteck als ausgerechnet unsere Wohnung? Müssen wir da auch noch mit hineingezogen werden?«

Gereizt gab Mama zurück: »Meinst du vielleicht, mir paßt es?«

Ich mußte die hintere Kammer mit dem Fenster zum Lichtschacht räumen, und bereits am anderen Abend kam die Angekündigte, eine junge Frau. Sie hieß Franziska Kessel und war kommunistische Reichstagsabgeordnete, ich glaube, sie war zu der Zeit die jüngste deutsche Reichstagsabgeordnete überhaupt. Ich kannte sie gut von ihren früheren Besuchen bei Mama. Sie hatte bei der alten Frau Röhrig in der Adlerflychtstraße gewohnt. Nachdem Franziska Kessel untergetaucht war, wurde Frau Röhrig zwei Tage eingesperrt und dabei pausenlos verhört. Die alte Dame war »aus gutem Hause«, unverheiratet, und sympathisierte mit den Kommunisten. Sie unterstützte karitative und politisch linksorientierte Hilfsorganisationen mit Geldbeträgen, war auch selbst aktiv und stellte in den ersten Monaten der Hitlerzeit ihre Wohnung als Treffpunkt zur Verfügung. Nach dem Verbot der Linksparteien kümmerte sie sich um die Illegalen. Wiederholt wurde sie auf die Polizei bestellt und nach Personen befragt, die auf den Fahndungslisten standen. Zweimal kurz hintereinander durchsuchte die Gestapo ihre Wohnung bis in den kleinsten Winkel, weil sie hoffte, Hinweise auf Kommunisten zu finden. Trotzdem sah ich sie später gelegentlich bei den heimlichen Zusammenkünften der kleinen politischen Gruppe, zu der Mama gehörte und die sich fast ausschließlich aus jüdischen Intellektuellen zusammensetzte.

Bis sich Franziska Kessel an einem neutralen Ort verstecken konnte, sollte sie in unserer Wohnung bleiben, weil sie nach Meinung ihrer politischen Freunde bei uns für wenige Tage immer noch sicherer war als in einem Hotel. Mama hatte große Angst, die prominente Kommunistin könne ausgerechnet bei uns entdeckt werden. Darum drängte sie, daß Franziska Kessel uns bald wieder verlasse. Einmal hörte ich aus dem Nebenzimmer Teile eines erregten Gesprächs, bei dem Mama irgendwen beschwor, schnellstens ein anderes Quartier zu finden, die Polizei wisse doch, daß die Gesuchte mit ihr bekannt sei.

Ihr Drängen hatte Erfolg. Franziska Kessel verließ uns am darauffolgenden Abend. Schon einige Tage später wurde sie verhaftet. Mama machte sich Vorwürfe, daß sie möglicherweise mitschuldig an der Verhaftung sei; da sie schon einmal bei uns einen Unterschlupf gefunden hatte, wäre es auf zwei oder drei Tage auch nicht mehr angekommen. Im nachhinein halfen die Vorwürfe niemandem, eindeutig aber war Mamas Angst um ihre Familie stärker gewesen als die Solidarität mit einer verfolgten Gesinnungsgenossin.

Man machte Franziska Kessel den Prozeß, verurteilte sie im Herbst 1933 zu mehreren Jahren Zuchthaus, und ein halbes Jahr später war sie tot. Nach schweren Mißhandlungen in einer Mainzer Strafanstalt soll sie sich in ihrer Zelle erhängt haben.

Mama weinte, als man uns die Nachricht überbrachte. Obwohl sie später kein einziges Mal mit mir darüber sprach, spürte ich, daß sie sich in gewisser Weise mitschuldig fühlte am Tod Franziska Kessels. Sie hat den Schock nie überwunden.

Denkmalsturz

Ein Erlebnis, das unsere Familie zwar nicht unmittelbar betraf, das ich aber wie ein Menetekel kommender Schrecken empfand, fällt, wenn ich mich nicht täusche, in die Zeit, als sich Franziska Kessel in unserer Wohnung versteckt hielt. Ich war, von Bekannten aus dem Ostend kommend, auf dem Nachhauseweg und ging durch die Pfingstweidstraße in

Richtung Zeil. Es war schon sehr spät und kaum noch jemand unterwegs. Da sah ich am Anlagenring, wo die Zeil beginnt, eine Gruppe von vielleicht zehn oder zwölf Personen. Zu dieser späten Abendstunde war das sehr ungewöhnlich, darum ging ich auf die Gruppe zu, um zu sehen, was sich da tat. Beim Näherkommen erkannte ich, daß es alles junge Burschen waren.

Ein paar Schritte entfernt blieb ich stehen. Einer der Jugendlichen wandte sich um, ging auf mich zu und und fragte: »Was willst du denn hier? Hau ab!«

»Ich wollte nur sehen, was hier los ist«, gab ich wahrheitsgemäß zur Antwort.

»Sieh zu, daß du verschwindest!« raunzte er mich an. »Aber schnell!«

Ich zögerte ein wenig, denn auf diese Antwort war ich nicht gefaßt. Da packte mich der Bursche heftig am Arm und drohte mir: »Wenn du nicht gleich abhaust, dann knallt's! Hast du verstanden!«

Das ließ ich mir nicht zweimal sagen, ich sah auch, daß die andern auf uns aufmerksam wurden, und machte mich davon. Aber meine Neugier war geweckt, ich wollte wissen, was sich da am Zeileck abspielte. Deshalb ging ich nicht die Zeil geradeaus, sondern bog etwa hundert Meter weiter nach rechts in die Seilerstraße ein, machte einen Bogen durch den Anlagenring und näherte mich den Burschen von der anderen Seite. Ich wußte, daß sie mich von dort nicht bemerken konnten, überquerte die Straße und stellte mich in einen unbeleuchteten Hauseingang. Trotz der Entfernung konnte ich die Gruppe gut beobachten.

Mittlerweile war mir klar geworden, daß da nichts passiert war, sondern erst etwas passieren sollte. Ich wartete. Es sah aus, als ob alle um einen herumstünden, der ihnen etwas erzählte. Plötzlich kam Bewegung in die Gruppe, drei Personen lösten sich von ihr und liefen nach hinten zur Straße, um, wie mir später klar wurde, Neugierige abzuhalten. Die andern gingen auf das etwa fünfzig Meter entfernte Heine-Denkmal zu, das zwischen mir und ihnen stand. So kamen sie mir doch noch recht nahe, und es war mir gar nicht wohl in meinem Versteck.

Was dann geschah, dauerte nur wenige Minuten. Von allen Seiten versuchten die Burschen, die von Georg Kolbe geschaffenen zwei Figuren des Heine-Denkmals, ein sitzendes junges Mädchen und einen schreitenden Jüngling, mit Stemmeisen aus dem Steinsockel herauszubrechen. Aber es ging offenbar nicht so leicht, die Figuren waren zu fest verankert. Deutlich hörte ich das Knirschen der Eisenstange auf dem Stein. Dann kletterte einer an dem Sockel hoch, und während unten erneut das Stemmeisen angesetzt wurde, rüttelte er mit aller Kraft an der Jünglingsfigur. Die Verankerung mußte nachgegeben haben, denn einer reichte jetzt einen Strick nach oben, der um die Figur geschlungen wurde, dann zerrten die anderen sie von ihrem Sockel. Schon beim ersten Ruck stürzte der bronzene Jüngling herunter. Fast ohne ein Geräusch bohrte er sich in das Blumenbeet am Fuße des Denkmals. Kurz darauf stürzte auch die zweite Figur zur Erde.

Ich sah noch, wie sich zwei Burschen an der Plakette mit dem Bildnis Heines, die an der Vorderseite des Denkmals angebracht war, zu schaffen machten, dann zogen sie geschlossen in Richtung Berger Straße ab. Sie gingen ganz gemächlich, denn sie hatten keine Verfolgung zu befürchten. Sie wußten, niemand würde sie wegen dieser Tat belangen.

Als ich über die Konstablerwache nach Hause ging, erfaßte mich ein unheimliches Gefühl, eine Mischung aus Wut, Angst und Ohnmacht. Wut auf die, die schamlos solche Zerstörungen anrichteten, Angst, daß sie es nicht damit bewenden lassen würden, und Ohnmacht, selbst nichts dagegen unternehmen zu können.

Ich erinnere mich nicht, in einer Frankfurter Zeitung jemals etwas über den Denkmalsturz gelesen zu haben. Warum, ist mir nicht klar, denn sollte diese sicherlich von höherer Stelle angeordnete Aktion gegen den jüdischen Dichter Heinrich

Heine eine Wirkung in der Öffentlichkeit haben, mußte man auch den Denkmalsturz in den Zeitungen publizieren, als spontane Reaktion der deutschen Bevölkerung gegen das Judentum. Es ist auch denkbar, daß kaum zwei Monate nach der Machtübernahme die Redakteure liberaler Zeitungen diese Denkmalschändung als so peinlich empfanden, daß sie die Meldung darüber unterdrückten.

Ich bin sicher, daß niemand außer mir das Herunterstürzen der Kolbeplastik beobachtet hat. Von meinem Versteck konnte ich bis hinüber zur Zeil schauen und weiß deshalb, daß während dieser Zeit kein Mensch vorübergegangen ist. Zweifellos waren es Hitlerjungen, die man zu dieser Zerstörungsaktion, einer der ersten in Frankfurt, abkommandiert hatte. Doch waren sie im Frühjahr 1933 noch Anfänger und beschädigten, wie sich später herausstellte, die Figuren nur leicht. Fünf Jahre später, in der »Kristallnacht«, beherrschten sie dann ihr Handwerk perfekt.

Zwei Träume

Erinnern ist für mich so wie Wasserholen am Brunnen. Ich werfe den Eimer hinunter, lasse soviel vom Seil nach, bis ich spüre, wie sich der Eimer mit Wasser füllt, und ziehe ihn dann langsam wieder hoch. Ganz selten ist das Wasser so klar, daß ich bis zum Boden des Eimers sehen kann, und doch überrascht es mich immer wieder, was ich dort alles entdecke; einmal fand ich sogar einen Traum, der sich in meiner Kindheit und Jugend oft wiederholte und den ich lange vergessen hatte.

Ich soll bei Kleinböhl auf der Freßgasse Milch holen. Wie ich beim Metzger Rullmann um die Ecke biege, bemerke ich ein ungewöhnlich großes Tier, das fast wie ein Elefant aussieht. Es hat menschenähnliche Gesichtszüge, auffallend rote, her-

vorquellende Basedowaugen hinter einer schwarzumrande-
ten Hornbrille mit breiten Bügeln, wie sie der Arzt Sely
Hirschmann trug, und große Elefantenohren, mit denen es
ständig wedelt. Merkwürdig ist auch, daß das Tier eine
Kopfbedeckung trägt, eine schwarze Baskenmütze, die sehr
groß und ganz auf die Seite gezogen ist.

Eine ähnliche Baskenmütze hatte damals das Frankfurter
Original Karlchen Waßmann aus dem Riederwald, und wie
das Elefantentier trug auch er sie genau so schräg und weit
über seinen weißen Haarschopf hinuntergezogen. Dieser
freundliche, verschrobene Menschheitsbeglücker zog in den
zwanziger und dreißiger Jahren jeden Abend von Kneipe zu
Kneipe, winters wie sommers nur mit Hemd, kurzer Hose,
Sandaletten und jener Baskenmütze angetan, eine grüne
Fahne als Zeichen der Hoffnung auf eine bessere Zeit über der
Schulter. Er verkaufte für einen Groschen seine im Selbstver-
lag herausgegebene Zeitung »Die Liebe« mit eigenen Gedich-
ten, Erzählungen und Aufrufen für den Frieden der Welt.
Wenn er in einem Lokal in der Tür erschien, sangen die Gäste
im Chor: »'s Karlche Waßmann kimmt, 's Karlche Waßmann
kimmt, die Liiiebe« – und er grüßte freundlich und war
keinem böse, der Witze über ihn machte, ging von Tisch zu
Tisch und bot in dem ihm eigenen Singsang seine Zeitung an.
»Die Li-hiebe für nur zehn Pfennige – Leute kauft die
Li-hiebe!« Viele nahmen ihm aus Jux, Mitleid oder auch ein
wenig Neugier ein Exemplar ab, und Karlchen Waßmann
sagte fünfmal »Danke«; und wenn ihm wer eine Laugenbre-
zel spendierte, wie man sie in Sachsenhausen zum Apfelwein
ißt, sagte er in seiner typischen Art: »Der Herrgott vergelt's
Euch, ein langes Leben in Frieden, und meine Empfehlung
der Frau Gemahlin.«
Nur der in Frankfurt Fremde, der Ahnungslose, ließ sich mit
ihm in ein Gespräch ein, über Weltfrieden, Nächstenliebe
und Abstinenz, denn sein missionarischer Eifer kannte keine
Grenzen.

Den Nazis aber paßte Karlchen Waßmann mit seiner »Liebe« nicht, und weil er keiner anderen Beschäftigung nachging als der Herstellung und dem Verkauf seiner Zeitung – er selbst bezeichnete sich mit einem naiven Stolz als Schriftsteller und Schriftsetzer – nannten sie ihn einen Parasiten der Volksgemeinschaft, schafften ihn eines Tages in ein Konzentrationslager und brachten ihn dort um.

Das böse Tier, das ich im Traum in der Menschenmenge entdeckt habe, mit der gleichen Baskenmütze auf dem Kopf wie sie Karlchen Waßmann trug, scheint mich zu verfolgen. Komisch ist nur, daß keiner der vielen Menschen auf der Straße sich an ihm stört, obwohl es doch so groß ist und so auffallend aussieht. Ich versuche, schneller zu gehen, aber es tappt schwerfällig hinter mir her, der Abstand bleibt gleich. Ich bin nicht imstande, mich zu beeilen, meine Beine sind wie gelähmt, nur mit einem gewaltigen Kraftaufwand kann ich ein Bein vor das andere setzen, es ist, als ob man in einem Fluß gegen die Strömung geht. Immer wieder schaue ich mich ängstlich um, das Tier scheint es nicht eilig zu haben, es kommt nicht näher, aber entfliehen kann ich ihm auch nicht. Ich weiß, daß es unfähig ist, schneller zu laufen, aber da ist ja noch sein Rüssel. Wenn es will, kann es mich jederzeit mit seinem langen Rüssel erreichen. Und davor habe ich schreckliche Angst. In dem Moment, in dem ich mich langsam und verzweifelt am Obst-Weinschrod vorbeiquäle, fällt eine Apfelsinenkiste um. Vielleicht habe ich sie umgestoßen, um für meinen Verfolger den Weg zu blockieren, ich weiß es nicht mehr so genau. Jedenfalls gewinne ich dadurch einen kleinen Vorsprung, denn das Tier hebt mit seinem Rüssel erst alle Apfelsinen von der Straße auf und schiebt sie sich ins Maul, bevor es weitertappt. Trotzdem komme ich nicht aus der Reichweite des gefährlichen Rüssels. Aber jetzt habe ich endlich die Eingangstür zum Milchladen erreicht, und es gelingt mir auch, in den Laden hineinzukommen und die Tür hinter mir zu schließen.

Ich bin in Sicherheit, denn ich weiß, hier darf es nicht rein, es muß also vorbeilaufen, und ich bin gerettet. An der Theke stehen noch einige Frauen, die vor mir bedient werden müssen. Das ist gut so, denn dann kann ich länger im Laden bleiben. Immer wieder schaue ich durch das Ladenfenster auf die Straße hinaus und warte darauf, daß mein Verfolger endlich vorbeigeht. Er kommt und kommt nicht. Und nun geschieht etwas Ungewöhnliches: der Milchmann nimmt mir die Kanne ab und füllt sie, obwohl ich noch gar nicht an der Reihe bin. Ich muß also jetzt den Laden verlassen. Ich öffne die Tür, die ungefähr einen Meter von der Straße zurückgesetzt ist.

Genau in dem Augenblick, in dem ich die Ladentür hinter mir schließe, kommt mein Verfolger mit der Baskenmütze vorbei. Entsetzt bleibe ich in der Nische zwischen Tür und Straße stehen und presse mich an die Wand. Vielleicht entdeckt mich das Tier nicht. Und tatsächlich, es tappt vorbei, den Rüssel weit vorausgestreckt. Schon will ich erleichtert aufatmen, als das Tier genau vor der Nische stehenbleibt. Ich bin in der Falle. Zurück kann ich nicht mehr, denn die Ladentür geht nach außen auf. Ganz langsam dreht das Tier den Kopf herum, hebt seinen Rüssel hoch und stößt ihn direkt auf mich zu. Ich schreie auf und erwache von meinem eigenen Schreien, das aber mehr ein Stöhnen ist. Ich bin schweißgebadet und kann lange nicht wieder einschlafen. Bei den späteren Wiederholungen dieses Traumes passierte es, daß ich in dem Augenblick, da ich in der Falle sitze, weiß, daß ich träume, und bevor das Tier seinen Rüssel auf mich niederstoßen kann, reibe ich mir schnell die Augen, damit ich aufwache. Und es gelingt mir, ich erwache und habe auf diese Weise das Tier überlistet, zumindest bin ich ihm noch einmal entkommen.

Und noch ein zweiter, sich oft wiederholender Traum tauchte in meiner Erinnerung auf: Ich gehe im Strom vieler Menschen eine Straße entlang. Es ist immer die gleiche Straße, das Stück Kaiserstraße zwischen Frankfurter Hof und Salzhaus, und immer gehe ich in Richtung Salzhaus. Auf einmal entdecke ich, daß ich splitternackt bin.

Ich schaue mich um, ob es die anderen Passanten auch schon gemerkt haben. Einige bleiben stehen und schauen mich an, deuten auf mich und lachen. Ich versuche, mit beiden Händen meinen Penis zu verdecken, aber irgendwo schaut immer ein Stückchen heraus, einer zieht mir die Hände weg und ich merke, daß mein Penis erigiert, das ist das Allerschlimmste, und die Leute ringsum lachen noch lauter.

Jetzt sehe ich, daß ich meine Hose über dem Arm hängen habe. Schnell will ich sie anziehen, aber ich komme in kein Hosenbein hinein, wie sehr ich mich auch anstrenge. Ein Junge reicht mir einen Sack. Ich versuche, da hineinzuschlüpfen, denn jetzt ist es mir schon egal, mit was ich meine Blöße bedecke. Aber auch das geht nicht, ich trete immer auf den Sack, und wenn ich ihn schon ein Stückchen hoch habe, ziehen ihn die Leute wieder herunter. Ich flüchte aus der Menschenmenge, die sich um mich gebildet hat. Der Kreis öffnet sich und ich laufe davon, die johlende Meute hinter mir her. Ich renne die Straße entlang und suche einen Hauseingang, wo ich mich verstecken kann. Aber die Häuser haben auf einmal keine Eingänge mehr, oder ich finde sie nicht, obwohl ich weiß, daß irgendwo Eingänge sein müssen. Mehrmals laufe ich um das Häuserviereck, vergebens. Da sehe ich die Linie 3 der Straßenbahn kommen, sie fährt zum Opernplatz und hat hier eine Haltestelle. Wenn ich mit ihr fahren würde, wäre das die Rettung. Sie hält nicht, ich laufe ihr noch ein Stück nach, aber sie fährt davon, meine letzte Hoffnung fährt davon, meine Lage ist ausweglos.

Auch bei diesem Traum erinnere ich mich an Variationen. Mal kommt die Straßenbahn gleich, als ich noch in der Menge stehe und versuche, den Sack hochzuziehen. Aber immer fährt sie vorbei, oder sie ist so überfüllt, daß ich nicht zusteigen kann. Mal taucht ein Polizist auf, vor dem ich wegen meiner Nacktheit große Angst habe, mal sind in der Menschenmenge Hunde, die mich anbellen und nach mir schnappen.

Polizeimeister Kaspar

Irgendwann im Sommer 1933 kam Polizeimeister Kaspar vom 4. Polizeirevier in unsere Wohnung. Das war nichts Ungewöhnliches, denn wir wohnten schon viele Jahre in der Kaiserhofstraße und kannten den Polizeimeister gut. Er kam öfters, wie das früher üblich war, in dienstlicher Eigenschaft in die Wohnungen seines Reviers, wenn ein Bescheid zugestellt, ein Formular ausgefüllt oder etwas unterschrieben werden mußte. In der Regel blieb er dabei auf dem Treppenflur stehen, doch diesmal ging er mit Mama in das vordere Zimmer, das wir an den jüdischen Vertreter vermietet hatten, der die meiste Zeit nicht zu Hause war. Sie schlossen die Tür hinter sich und flüsterten so leise miteinander, daß ich nichts verstehen konnte. Als Kaspar dann ging, war Mama sehr aufgeregt.

Erst viel später erfuhr ich, was er meiner Mutter so geheimnisvoll mitgeteilt hatte. Die Staatspolizei habe alle Einwohnermeldeämter, das waren die Polizeireviere, angewiesen, eine Liste der Personen zusammenzustellen, deren Religion in der Einwohnerkartei mit »mosaisch« angegeben sei. Damit wollte man auch noch die letzten Juden erfassen, die in Frankfurt lebten und nicht der Israelitischen Gemeinde angehörten. Der Polizeimeister mußte also gewußt haben, vielleicht hatte es ihm Mama einmal erzählt, daß sie und Papa schon vor Jahren aus der Gemeinde ausgetreten waren.

Noch ahnte niemand, sogar Polizeimeister Kaspar nicht, trotz seiner großen Besorgnis, daß die Anfertigung dieser Judenlisten, in die später, nach dem Inkrafttreten der Rassengesetze, auch alle »Halb-« und »Vierteljuden« aufgenommen wurden, erste vorbereitende Maßnahmen für die »Endlösung der Judenfrage« waren.

Nachdem Kaspar das mit der Judenliste Mama berichtet hatte, fragte er, ob wir die Absicht hätten, in nächster Zeit Deutschland zu verlassen. Mama verneinte das mit der plausiblen Erklärung, daß man dazu ja Geld brauche.

In diesen ersten Jahren der Hitlerherrschaft emigrierten, sieht man von den politisch Verfolgten ab, meist nur wohlhabende Juden, die nicht nur genügend Geld hatten, um einen Umzug ins Ausland finanzieren zu können, sondern darüber hinaus die notwendigen Mittel zum Aufbau einer neuen Existenz.

Zu denen, die beizeiten Deutschland verlassen konnten, gehörte auch die Familie des Metzgermeisters Emil Soostmann, unseres Hausbesitzers. Sie machten ihre Habe, soweit das noch ging, zu Geld und emigrierten nach Frankreich, Herr und Frau Soostmann und ihre drei erwachsenen Kinder. Ein halbes Jahr später kam der älteste Sohn, der achtundzwanzigjährige Kurt, heimlich und für uns alle überraschend nach Frankfurt zurück. Er wollte nur kurze Zeit hierbleiben. Der Grund für seine Rückkehr war, daß man bei dem überstürzten Aufbruch nach Frankreich ein Safe bei einer Frankfurter Bank, in dem sich Aktien und andere Wertpapiere befanden regelrecht vergessen hatte. Kurt Soostmann wurde noch in der Bank verhaftet. Die Staatspolizei hatte das Safe längst entdeckt. Man machte ihm nicht einmal einen Prozeß, sondern schaffte ihn sofort in ein Konzentrationslager. Wir haben nie mehr etwas von ihm gehört. Die übrige Familie Soostmann wanderte nach dem Überfall deutscher Truppen auf Frankreich in die Vereinigten Staaten aus.

Einige Tage nach seinem ersten Besuch kam Polizeimeister Kaspar wieder in unsere Wohnung, und es gab noch einmal ein Gespräch mit Mama hinter verschlossener Tür. Er sagte, er habe sich erkundigt und glaube zu wissen, daß es uns bald sehr schlecht ergehe, wenn wir in die Judenliste der Staatspolizei aufgenommen würden. Man munkele, in Kürze müßten die Juden erheblich mehr Steuern zahlen als die Arier, außerdem wolle man sie in geschlossene Wohnviertel umsetzen. Weitere, vielleicht noch strengere Maßnahmen seien in Vorbereitung. Wir brauchten uns aber keine Sorgen zu machen, fuhr er fort, für uns gelte das nicht, denn er habe nach langem Überlegen unsere Familie nicht in die Judenliste aufgenommen. Auf Mamas Frage, wie das möglich sei, ohne daß ihm daraus größere Schwierigkeiten entstünden, erklärte Kaspar, er habe einfach unsere Karte in der Meldekartei abgeändert und aus »mosaisch« »Dissident« gemacht. Er beschwor Mama, von nun an dürfe sie sich nirgendwo mehr als jüdisch bezeichnen. Wann immer sie ein behördliches Formular auszufüllen habe – er wußte ja, daß das in unserer Familie allein Mama machte – müsse sie künftig, wenn nach der Religionszugehörigkeit gefragt werde, »Dissident« oder »religionslos« schreiben. Und das gelte für die ganze Familie. Bevor sich Polizeimeister Kaspar verabschiedete, gab er meiner Mutter noch zu verstehen, daß auch er in große Verlegenheit käme, wenn bekannt würde, daß mit unserer Abstammung etwas nicht in Ordnung sei.

Man könnte mit Recht fragen, was den Polizeimeister Kaspar veranlaßt hat, eine so riskante Korrektur an unserer Einwohnermeldekarte vorzunehmen. Ich weiß es, bei Gott, nicht. Er tat es einfach. Er hatte keine näheren oder gar freundschaftlichen Beziehungen zu uns, kannte unsere Familie nur durch seine dienstlichen Aufgaben, und war außerhalb der Dienstzeit nie mit uns zusammengekommen. Möglicherweise war er über die politische Einstellung meiner Eltern informiert, aber kein einziges Mal hat er darüber ein Wort verloren, und es ist auch kaum anzunehmen, daß ihm die politischen Gruppierungen, für die sich Mama engagierte, besonders sympathisch waren. Ich habe die von ihm veränderte Meldekarte mit dem durchgestrichenen »mosaisch« und dem daruntergesetzten »Dissident« selbst gesehen. Es waren viele Eintragungen und Veränderungen auf ihr verzeichnet, wie sich eben eine Familie in zwanzig Jahren polizeibehördlich verändert, und auf der rechten Seite war die Religionszugehörigkeit handschriftlich korrigiert.
Aber Polizeimeister Kaspar ging noch einen Schritt weiter. Als 1935 die sogenannten Nürnberger Gesetze, das »Reichsbürgergesetz« und das »Gesetz zum Schutze des deutschen

Blutes und der deutschen Ehre« mit einem gewaltigen Agitationsaufwand verabschiedet wurden und die Progromstimmung einem gefährlichen Höhepunkt entgegentrieb, war ihm die Korrektur in der Meldekartei nicht mehr sicher genug. Möglicherweise befürchtete er, ein übereifriger Kollege könne, durch die Korrektur mißtrauisch gemacht, Nachforschungen über unsere Familie anstellen. So vernichtete er kurzerhand die alte Meldekarte und stellte eine neue aus. Er sagte uns aber nichts davon. Erst als unsere Aufenthaltsgenehmigung verlängert werden mußte, bemerkte Mama, daß eine neue Einwohnermeldekarte angelegt worden war.

Auch eine spätere Begebenheit hätte Polizeimeister Kaspar, von dem mir nur noch seine etwas polternde Art und sein militärisch kurzer Haarschnitt in Erinnerung geblieben sind, leicht zum Verhängnis werden können.

Es war im Spätsommer 1937. In der Menschenschlange vor dem Küchenschalter im Haus der Jüdischen Fürsorge in der Königswarterstraße stand Papa und wartete, daß man ihm in den mitgebrachten dreistöckigen Essentender das Mittagessen einfülle. Seit sechs Jahren war er arbeitslos, und wir wurden in dieser Zeit von der Jüdischen Fürsorge mit kleinen Geldbeträgen, fast kostenlosem Mittagstisch für die ganze Familie, Kohlen im Winter, Schuhen und Kleidungsstücken unterstützt.

Die wenigen Räume waren überfüllt, alle Tische in dem kleinen Eßsaal besetzt, die Schlange vor dem Schalter reichte bis zur Tür. Plötzlich war lautes Geschrei auf den Gängen, Türen wurden aufgerissen und von allen Seiten drängten SA-Leute in den Eßsaal. Einer postierte sich breitbeinig im Mittelgang und rief: »Jeder bleibt auf seinem Platz! Ausweiskontrolle!« Die SA-Männer gingen durch die Bankreihen und an der Menschenschlange vor dem Ausgabeschalter entlang und prüften sorgfältig Ausweis für Ausweis.

Als Papa an der Reihe war, hielt er dem SA-Mann seinen Fremdenpaß hin. Der blätterte ihn auf, stutzte, schaute Papa an, blätterte noch einmal nach hinten, klappte den Paß zu und steckte ihn in die Tasche. Er müsse den Paß überprüfen lassen, sagte er. Wenn er in Ordnung sei, könne mein Vater ihn in den nächsten Tagen auf dem Polizeirevier wieder abholen. Offenbar hatten »staatenlos« und »Fremdenpaß« den SA-Mann irritiert, und er war mißtrauisch geworden. Der SA-Trupp zog endlich ab. Mehrere Juden, die keine Ausweispapiere bei sich hatten, wurden mitgenommen.

Zu Hause erzählte Papa nichts von der Razzia, erst recht nichts davon, daß der SA-Mann seinen Paß einbehalten hatte. Er befürchtete, Mama könne sich zu sehr aufregen, da ihr Herz schon sehr krank war. Sie hatte oft genug gesagt, wir sollten endlich damit aufhören, das Essen zu holen, es werde von Monat zu Monat gefährlicher, sich in der Jüdischen Fürsorge blicken zu lassen. Aber Papa zögerte. Er machte einen Zwanzigminutenmarsch, um einen Laib Brot zwei Pfennige billiger zu kaufen, und eilte jeden Abend wenige Minuten vor Ladenschluß in die Gemüseabteilung vom Kaufhaus Tietz an der Hauptwache, weil dann die leicht verderbliche Ware im Preis herabgesetzt wurde. Für ihn waren die zwei Portionen Essen aus der Jüdischen Fürsorgeküche, von denen seine fünfköpfige Familie satt wurde, eine notwendige Entlastung des Arbeitslosenhaushalts.

Doch sehr schnell sollte Mama erfahren, was sich in der Jüdischen Fürsorge abgespielt hatte. Am anderen Tag gegen Abend schellte es an der Wohnungstür. Mama ging öffnen. Polizeimeister Kaspar, zornig, wie ich ihn noch nie erlebt hatte, stand in der Tür und fragte schroff: »Kann ich Sie einen Augenblick sprechen, Frau Senger?« Mama bat ihn herein. Er war schrecklich wütend, vergaß jegliche Vorsicht und wurde so laut, daß Papa, Paula und ich hinter der Verbindungstür des angrenzenden Zimmers jedes Wort verstehen konnten. Wir seien wohl wahnsinnig geworden, schimpfte er. Was wir denn bei der Jüdischen Fürsorge noch verloren hätten? Ob wir so ahnungslos oder nur dumm seien. Ob wir nicht wüßten, was die Stunde geschlagen habe. Er wurde etwas ruhiger. Wenn wir schon so unvernünftig seien, uns selbst in Gefahr zu bringen wegen eines lumpigen Tellers Suppe, ob wir nicht daran dächten, daß wir auch ihn in den Schlamassel mit hineinziehen würden. Von Rücksichtslosigkeit sprach er noch und davon, daß wir das Vertrauen derer mißbrauchen würden, die es gut mit uns meinten.

Mit bleichen Gesichtern lauschten Paula und ich an der Verbindungstür. Papa ging im Zimmer auf und ab und knetete vor Erregung mit einer Hand die andere. Polizeimeister Kaspar berichtete nun meiner Mutter, einige Stunden zuvor sei von der Staatspolizeistelle in Frankfurt Papas Paß ins Revier geschickt worden mit der Anweisung, den Paßinhaber zu überprüfen und, falls irgend etwas in den Papieren nicht in Ordnung sei, sofort Meldung zu machen. Es sei reiner Zufall gewesen, sagte er, daß ausgerechnet er den Paß von dem Boten erhielt, weil der Reviervorsteher gerade außer Haus war und er ihn vertrat. »Was haben Sie dazu zu sagen?« wollte Kaspar wissen. Aber Mama hatte nichts zu sagen. »Können Sie sich vorstellen, was passiert wäre, wenn ein anderer den Paß in die Finger bekommen hätte?« Mama schwieg. »Ich hoffe nur, keiner meiner Kollegen hat bemerkt, daß ich den Paß verschwinden ließ«, fuhr Kaspar fort. »Hier, nehmen Sie ihn!« Dann ging er.

Seit dem Tag verzichtete Papa darauf, das Mittagessen bei der Jüdischen Fürsorge zu holen – von nun an schickte er meinen Bruder Alex. Dieses Verhalten scheint an Wahnwitz zu grenzen, und ich bin außerstande zu sagen, wer dafür verantwortlich war, Mama oder Papa oder beide zusammen, ich weiß nur, daß Papa erzählte, bei der Razzia seien ausschließlich die Erwachsenen, nicht aber die Kinder kontrolliert worden, und darum ließen sie noch mehrere Wochen lang den zwölfjährigen Alex das Essen holen.

Und doch ist diese unverständliche Leichtfertigkeit meiner Eltern, die Mißachtung oder Verkennung der tödlichen Gefahr nicht außergewöhnlich. Kurt Soostmann wurde sie zum Verhängnis und vielen anderen Juden und auch dem Börsenmakler Oppenheimer aus Nummer 19 in unserer Straße. Er wohnte später in der Uhlandstraße, hielt Hitler für einen großen Staatsmann und weigerte sich bis zu seinem Abtransport in ein Vernichtungslager, Deutschland zu verlassen, obwohl Freunde es ihm dringend rieten.

*

Ein Wunder ist's, Mama, daß wir aus dem Schlamassel herauskamen, und sicherlich ist es zum Teil deinem Reschel* zu verdanken, denn du allein hast dir ausgedacht, wie man Behörden und Nachbarn, Lehrer und Ärzte und wen sonst noch alles hinters Licht führt – aber eben nur zum Teil, darüber hinaus auch einer gesunden Portion Masel**. Ich höre schon, wie du fragst, die Handflächen in der den Juden eigenen Weise umwendend: »Was ist schon Masel, Walja?« Recht hast du, Mama, was ist schon Masel? Ich weiß es nicht. Aber wir überlebten. Und je mehr ich in meiner Erinnerung herumkrame, um so erstaunter bin ich darüber, daß Papa überlebt hat, daß ich noch lebe und daß Paula noch lebt. Und ich frage mich, ob es das wirklich gibt, daß in einem einzigen Leben so viele Zufälle Platz haben?

»Haben wir nicht schon genug Zores?«

Mit Lappalien fing es an, zum Beispiel mit zwei Ohrfeigen, die ich von Oskar Ungeheuer bekam, dem strammen Nazilehrer, der, kaum war Hitler an der Macht, nur noch in SA-Uniform und wadenhohen Schnürstiefeln in die Schule kam. Er hatte in der Klasse ein Merkblatt verteilt, daß die NSDAP offizielle Staatspartei sei und die Schüler sich ihr und der Hitler-Regierung gegenüber loyal verhalten sollten.

---

* Reschel: kluger Kopf
** Masel: Glück

Der SPDler Helmut Blumenstock zerknüllte das Blatt und schob es unter die Schulbank, aber so, daß es Ungeheuer nicht merkte. Ich dagegen glaubte, es meiner politischen Haltung schuldig zu sein, das Blatt vor der ganzen Klasse zu zerreißen, an die Tafel zu gehen, wo der Papierkorb stand, und die Schnipsel dort hineinzuwerfen.

Ungeheuer brüllte los und schlug mir mit aller Kraft ins Gesicht, einmal, zweimal. Dann mußte ich zu Rektor Beyer gehen und ihm meine Schandtat melden. Der, ein ehemaliger Offizier und Deutschnationaler mit Vatermörder und Steh-harrschnitt, schrie mich fast genauso an, aber er schlug nicht. Ich bekam einen schriftlichen Verweis, und Mama wurde zum Klassenlehrer Arz bestellt. Dieser hatte sich in der nächsten Unterrichtsstunde nur stumm vor mich gestellt und vorwurfsvoll den Kopf geschüttelt, als wolle er sagen: Junge, mach mir doch mit solchen dummen Geschichten keine Scherereien!

Das Schlimmste aber kam zu Hause. Mama schüttelte die Fäuste, jammerte und schimpfte und wollte nicht aufhören. »Du Idiott!« Sie sprach es in ihrem russisch-jüdischen Tonfall mit zwei T. »Du Idiott! Bringst noch die ganze Familie ins Unglück. Was sollte das mit dem Papier? Willst du den Helden spielen, die Hitlers allein erledigen? Haben wir nicht schon genug Zores?«

Von nun an versuchte ich keine derartige Demonstration mehr in der Schule. Ich verlegte mich darauf, an den Litfaß-säulen und Zäunen Hitlerplakate zu beschädigen, bis ich auch dazu die Lust verlor. Hätte ich damals bereits gewußt, wie gefährlich das ist, würde ich es gelassen haben, denn besonders mutig war ich nicht.

Ich hätte mich beispielsweise nie allein an Erich Hügel, den Obernazi unserer Klasse, herangetraut, obwohl ich bestimmt Sieger geblieben wäre. Er war der Sohn eines selbständigen Malermeisters und Altparteigenossen und brachte schon vor 1933 die Hitlerparolen gegen Juden, Marxisten und Novem-berverbrecher mit in die Schule. Er war, wie sein Alter, fanatisiert, und wenn er wegen seiner Nazisprüche einmal eine geschmiert bekam, schrie er sie noch lauter. Dabei war er ein Wichtigtuer und ein Muttersöhnchen, und ich hätte mir nichts sehnlicher gewünscht, als ihn einmal richtig zu verhauen. Aber nur dann, wenn ihn Blumenstock oder der starke Kreiling im Schwitzkasten hatten, schlug ich auch mal drauf.

In dieser Zeit, es mag Mai oder Juni 1933 gewesen sein, hatte ich ein Erlebnis mit einem marschierenden SA-Trupp, das mir Entsetzen einjagte. Ich kam von der Schule. Unmittelbar hinter dem Bahnhof, am Postamt, hörte ich den Gesang einer Marschkolonne. Ich blieb stehen. Ein Trupp von hundert oder hundertfünfzig Uniformierten, die Sturmriemen ihrer SA-Mützen unters Kinn gespannt, kam die Straße entlang, in der ich stand. Als die Marschreihen näher kamen, hörte ich deutlich, Wort für Wort, die SA-Männer singen: »Ja und wenn Judenblut am Messer spritzt, ei, dann geht's noch mal so gut.« Und weil das der Refrain ihres Marschlieds war, sangen sie ihn gleich zweimal hintereinander.

Erstarrt stand ich am Bordstein. Ich stellte mir das Bild vor: Mama, Papa und ich mit Messern im Bauch und in der Kehle, Blut spritzt aus den Wunden, und dazu fröhlich singende SA-Männer: »Ja und wenn Judenblut am Messer spritzt, ei, dann geht's noch mal so gut.« Der Trupp bog bereits auf den Bahnhofsplatz ein, und ich stand noch immer wie gelähmt. Später habe ich dieses Lied noch oft und bei verschiedenen Anlässen gehört. Und noch ein anderes SA-Lied ist mir in Erinnerung, das diesem an Scheußlichkeit nicht nachsteht und ebenfalls oft gesungen wurde. Die erste Strophe heißt: »Wetzt die langen Messer, wetzt die langen Messer, wetzt die langen Messer auf dem Bürgersteig. Laßt die Messer flutschen, laßt die Messer flutschen, laßt die Messer flutschen in den Judenleib. Blut muß fließen, Blut muß fließen, Blut muß fließen knüppelhageldick. Wir scheißen auf die Freiheit der Judenrepublik.«

So wie ich konnte jeder hinhören, wenn er nur hören wollte,

was die SA-Männer sángen, oder besser grölten, denn diese Sorte Lieder konnte gar nicht gesungen, sie mußte gegrölt werden.

Darum war nach dem Zusammenbruch des Hitlerreichs mein Mißtrauen so groß, und ist es noch heute, wenn deutsche Biedermänner, die das Tausendjährige Reich gut überstanden haben, andere glauben machen wollten, sie hätten von nichts gewußt, seien selbst die Opfer einer Täuschung geworden und während der ganzen Zeit ahnungslos über die wahren Absichten Hitlers gewesen.

Der deutsche Gruß ·

Der Unterricht ging in den ersten Monaten so weiter wie bisher, es gab kaum Veränderungen. Was machte es, wenn Lehrer Ungeheuer in seiner SA-Uniform und mit den eisenbeschlagenen Stiefeln durch die Gänge marschierte, als sei er auf dem Weg zur Feldherrnhalle. Was machte es, wenn er jeden mit »Heil Hitler« begrüßte – noch grüßten die meisten freundlich zurück: »Guten Morgen, Herr Kollege.«

Auch uns Schüler zwang er, ihn mit »Heil Hitler« zu begrüßen, schon bevor der Hitlergruß in den Schulen obligatorisch wurde. Er stellte sich akkurat vor die mittlere Bankreihe und »machte Männchen«. So bezeichneten wir damals noch geringschätzig seine manierierte Pose beim Hitlergruß. Ungeheuer war sehr klein. Vielleicht war darum sein Hitlergruß besonders zackig. Er legte die linke Hand flach auf das Koppelschloß am Bauch und stach gleichzeitig die rechte in einem Winkel von sechzig Grad in die Luft. Dabei war die Hand anfangs noch geschlossen. Erst in letzter Sekunde, wenn man schon glaubte, jetzt müsse es im Ellenbogengelenk krachen, denn der angewinkelte Arm schnellte mit einem Ruck nach vorn zu einer Geraden, ging die Hand auf und die

Finger reckten sich noch ein wenig mehr nach oben. Und während er über unsere Köpfe hinweg »Heil Hitler« schmetterte, wippte er leicht auf den Fußspitzen.

Aus der Art des Grüßens war deutlich zu erkennen, in welchem Maße und wie schnell der Nazibazillus den Lehrkörper infizierte. Man kann sagen, dieser Körper war von Anfang an weder resistent gegen den Bazillus, noch entwickelte er Abwehrstoffe. Ganz im Gegenteil: ich habe keinen Lehrer in Erinnerung, der den Faschisten ernsthaft Widerstand entgegengesetzt hätte. Gewiß, Braunhemd und Reitstiefel waren bei den meisten Mittelschullehrern anfangs noch unbeliebt, man schämte sich, mit Ungeheuer auf eine Stufe gestellt zu werden, aber die Veränderung, die sich im Lehrkörper vollzog, war nicht zu übersehen.

Unser Klassenlehrer Arz war Protestant, ging regelmäßig in die Kirche, gab manchmal stellvertretend Religionsunterricht und könnte nach meiner Einschätzung vor 1933 die Deutsche Volkspartei oder das Zentrum gewählt haben. Auch er grüßte in den ersten Monaten noch mit »Guten Tag«. Dann aber sah ich, wie er schon mal auf Ungeheuer provokatives »Heil Hitler!« die rechte Hand, die er nur so weit öffnete, als wolle er eine Kugel stoßen, leicht über die Schulter hob und mit »Heil Hitler« antwortete – möglicherweise mit einem inneren Widerstand, aber er überwand ihn, ohne Schaden zu nehmen, und gewöhnte sich so allmählich an den Deutschen Gruß. Er sagte ihn immer häufiger und schon nicht mehr nur, wenn Ungeheuer vorbeiging, und dann auch vor der Klasse, denn etwa ab Mai lag eine Anordnung vor, daß in den Schulen nur noch mit »Heil Hitler!« zu grüßen sei. Bei dieser etwas lässigen Grußform ist es dann auch die ganze Zeit geblieben. Lehrer Arz hat es nie bis zum ausgestreckten Arm gebracht. Er paßte sich eben an, wie er das immer getan hatte, ob er etwas als unrecht empfand oder nicht. Beispielsweise hat er nie die Maßnahmen gegen die Juden im Unterricht gutgeheißen – aber er fand auch nicht ein einziges Mal ein kritisches

Wort über die Verfolgung der Juden, und sei es noch so vorsichtig formuliert. Seinen halbherzigen Hitlergruß konnte man so deuten: Seht, wie ich mich von den Nationalsozialisten distanziere, und im Grunde habe ich auch nichts gegen die Juden – aber was soll ich tun?

Rektor Beyer, den wir »Vatermörder« nannten, grüßte da schon anders. Er hatte es im ersten Weltkrieg bis zum Hauptmann gebracht und trug Stahlhelm und Eisernes Kreuz in Miniaturausgabe auf dem Revers seines Jacketts. Vorne abgewinkelte Stehkragen, sogenannte »Vatermörder«, waren bei ihm obligatorisch. Er war immer in Eile, auf dem Weg in die Klasse, beim Unterricht, beim Bestrafen. Zeit nahm er sich nur, wenn er zu seinem Lieblingsthema kam, den Landsknechten. Er war ein Choleriker, und er duldete keinen Widerspruch. Wagte einer, seinen Vorstellungen von Disziplin und Gehorsam zuwiderzuhandeln, dann schrie er, daß sich seine Stimme überschlug und drosch mit dem Stock oder mit bloßen Händen auf Freund und Feind, das heißt auf alle, die zufällig in seiner Reichweite waren.

Vatermörder grüßte immer laut und deutlich mit »Heil Hitler!« Nicht, weil er ein begeisterter Nationalsozialist, sondern weil es Vorschrift war. Vorschriften und Befehle waren für ihn, den deutschen Offizier, eben Vorschriften und Befehle. Aber er machte in der Handbewegung den deutschen Gruß so kurz und knapp, als wolle er eine Fliege am Ohr verscheuchen.

Aus dem ganzen Lehrerkollegium der Westend-Mittelschule war es nur Zeichenlehrer Schweighöfer, der sich von den Nazis distanzierte und das auch im Unterricht zu verstehen gab, wenngleich sehr vorsichtig. Ich registrierte, daß er als letzter den Nazigruß gebrauchte. Allerdings machte er es so komisch, daß sich einige Hitlerjungen aus meiner Klasse bei Rektor Beyer beschwerten, Schweighöfer verunglimpfe damit den Führer und den neuen deutschen Geist. Trotzdem grüßte er weiter so: er hob, selbst bei offiziellen Feiern, wenn alle ihn beobachten konnten, nur so die Hand an, wie man es üblicherweise tut bei der abwehrenden Redensart: »Nun mach's mal halblang«.

Im Turnunterricht war am stärksten spürbar, daß der Hitlergeist schon seinen Weg in die Westend-Mittelschule gefunden hatte. Unser Turnlehrer war Otto Röhre, genannt »Röhren-Otto«, und die Turnhalle war sein Kasernenhof. Die Springgrube verwandelte sich bei ihm in ein Schützenloch, Gymnastikkeulen in Handgranaten, und Barren wurden zu Sperrgürteln erklärt, die wir beim Sturm auf die feindlichen Gräben zu überwinden hatten. Er war nicht Mitglied der NSDAP, aber trotzdem ein Nazi. Seit Anfang 1933 trug er gut sichtbar im Knopfloch ein kleines silbernes Hakenkreuz.
Einen großen Teil jeder Turnstunde mußten wir in Dreierreihen in der Turnhalle herummarschieren und dabei aus vollem Halse singen. Röhren-Otto marschierte entweder links innen neben der ersten Reihe mit oder er stand in der Mitte und beobachtete uns. Und wehe, wenn einer den falschen Schritt hatte. Während wir singend weitermarschierten, mußte der Ertappte zehn oder zwanzigmal pumpen, das heißt, er mußte so oft Liegestütz machen. Bei jedem zweiten oder dritten Mal drückte ihn Röhren-Otto kräftig zu Boden. Seit dieser Zeit habe ich eine fast krankhafte Abneigung gegen den Viervierteltakt und gegen das Marschieren im Gleichschritt. Der Anblick einer Marschkolonne verursacht mir ein körperliches Unbehagen, nicht nur in Deutschland.
Bis zur Hitlerzeit war Röhren-Ottos Lieblingslied, auf das wir marschieren mußten, »Turner, auf zum Streite, tretet in die Bahn«. Das änderte sich. Neue Lieder entstanden, und bald sangen wir beim Marschieren das HJ-Lied »Auf hebt unsre Fahne in den frischen Morgenwind.«

Am meisten litt ich während des Unterrichts von »Pilo-Peter«. Das war der Spitzname unseres Gesangslehrers. Und genauso sah er aus: wie die damalige Werbefigur auf den

Herdblank- und Schuhcremedosen, klein, dick, mit vorge-
wölbtem Bauch und viel zu kurzen Beinen.

Pilo-Peter sagte nicht einfach: das Weltjudentum ist unser
Unglück, alle Juden sind Schacherjuden; er benutzte auch nur
selten die »Stürmer«-Schlagworte von den stinkenden Juden
und geilen Judenböcken. Pilo-Peter pflegte einen subtileren
Antisemitismus. Er erzählte »Geschichten aus dem Leben«.
Immer hatte er welche zur Hand, und stets waren sie selbst
beobachtet, selbst erlebt. Mehrere handelten von Judenärz-
ten, die sich an ihren Patientinnen vergingen; eine ganz
delikate war darunter von einer Vergewaltigung in Narkose.
Die folgende Geschichte gehörte ebenfalls zu seinem Reper-
toire: Eine brave Kaufmannsfamilie, die natürlich in seiner
Nachbarschaft wohnte, bewahrte durch eine selbstschuldne-
rische Bürgschaft einen Juden vor dem Bankrott. Aus Dankbarkeit, so schien es, kam der Jude häufiger in die Wohnung
der Kaufmannsfamilie. In Wirklichkeit war es aber nicht
Dankbarkeit, die ihn trieb, er war vielmehr scharf auf das
unschuldige dreizehnjährige Töchterlein. Und prompt, als er
es eines Tages allein in der Wohnung antraf, tat er ihm Gewalt
an. Kommentar von Pilo-Peter: »Das also verstehen die
Juden unter Dankbarkeit.«

Eine andere Geschichte: Ein Judenweib holte sich aus dem
Waisenhaus Mädchen, um ihnen angeblich in häuslicher
Atmosphäre Arbeit und Geborgenheit zu gewähren. In
Wirklichkeit führte sie die armen Waisenmädchen ihrem
Mann zu, der frühmorgens schon die bedauernswerten Chris-
tenmädchen – an ihrer eigenen Rasse vergriffen sich die
Juden ja nicht – vernaschte wie andere ein weichgekochtes
Frühstücksei. Und auch mittags und selbstverständlich auch
abends. Pilo-Peters Kommentar: »Pfui Teufel! kann man da
nur sagen.«

Und dann die Geschichte von dem Juden, der die Schlechtig-
keiten seiner Rasse und seiner Religion nicht mehr mitmachen
wollte, sich mit dem Verstand dagegen auflehnte und eines
Tages zum Christentum konvertierte. Aber das Blut! Juden-

tum ist ja keine Sache des Glaubens, des Verstehens odes des Gefühls. Die ganze Verderbtheit der jüdischen Rasse ist im Blut enthalten. Kein Jude kann ihr entfliehen. Und so ist klar, daß der zum Christentum Übergetretene kein besserer Mensch werden konnte. Denn da war das Blut. Er wurde rückfällig und trat dann auch folgerichtig wieder aus der christlichen Kirche aus. Kommentar von Pilo-Peter: »Jud bleibt Jud, da hilft kein Weihwasser und kein Kreuzeschlagen.«

Und ich saß stumm dabei, mußte mir die angeblichen Frevel meiner Leute anhören – und das alles in der salbungsvollen Stimme des Gesangslehrers. Mama hatte mir eingeschärft, nie vor andern an etwas Zweifel zu äußern, nie zu widersprechen, nie auffällig zu werden. Ich hielt mich strikt an ihre Anweisungen, hörte mir Pilo-Peters Haßtiraden gegen die Juden an, kaute an den Fingernägeln und an der Nagelhaut, daß mir ständig die Finger bluteten, und schwieg.

Wie ich dieses Schweigen, dieses Immer-nur-dulden, dieses Nichtaufbegehren verfluche! Mein ganzes Leben war davon geprägt. Noch heute entschuldige ich mich zwanzigmal am Tag für alles und nichts. Wenn mir jemand die Tür vor der Nase zuschlägt, wenn mir wer auf die Füße tritt, wenn ich im Überschwang meiner Gefühle jemanden umarme und küsse, entschuldige ich mich dafür. All meine Verlegenheit, Unsicherheit, Unscheinbarkeit, die mir anerzogen wurden, damit die Familie überleben konnte, liegen in diesem Sich-ent-schuldigen.

Selbst als mir der Lehrer Eisenhuth mit dem Spanischrohr eine klaffende Wunde am Kopf schlug, weil er meinen Rücken nicht traf, und kein Wort des Bedauerns fand, selbst da begehrte ich nicht auf, schwieg und duckte mich. Tagelang hatte ich Schmerzen und ein großes Pflaster auf der Stelle, wo der Stock wie ein Peitschenende entlanggestrichen war. Aber Mama tat so, als sei das gar nichts. Ich solle um Himmelswillen kein Aufhebens machen. Als Papa sagte: »Ganz schön, die

Wunde. Sollte man nicht doch zum Rektor gehen?«, antwortete Mama ärgerlich: »Laß mich in Ruhe! Geh du doch, wenn du meinst.« Sie wußte ja, er konnte nicht, wegen seiner Aussprache und überhaupt. Und sie fuhr fort: »Von so etwas stirbt man nicht. Wir haben genug Zores. Was kommt schon dabei heraus, wenn ich mich beschwere?« Mama war aufgestanden, ging im Zimmer hin und her und gestikulierte mit den Händen, als wolle sie jeden Satz mit ihren zehn Fingern in die richtige Form kneten. »Soll er sehen, daß ihn niemand mehr mit dem Stock schlägt.« Sie blieb vor Papa stehen und beugte sich zu ihm: »Wenn Walja sich richtig benimmt, kriegt er auch keine Schläg!« Mama war sehr erregt, weil es wer gewagt hatte, ihr zu widersprechen, aber auch von der Vorstellung, wegen dieser Sache in die Schule gehen zu müssen. Sie rang nach Luft und ließ sich erschöpft in einen Stuhl fallen.

Papa legte ihr die Hand aufs Knie und sagte beruhigend: »Schon gut, ich habe ja nur gemeint.« Damit war die Angelegenheit für die Familie erledigt. Aber ich habe den Schlag auf den Kopf mit dem Spanischrohr bis heute nicht verschmerzt.

Der Stammbaum

Ungefähr Mitte 1934 begann Biologielehrer Vollrath mit dem rassekundlichen Unterricht. Eines Tages bekam die Klasse die Hausaufgabe, mit Unterstützung von Vater und Mutter einen Familienstammbaum zu zeichnen. Bio-Vollrath wären gewiß die Augen übergegangen, hätten meine Eltern ihm, nach bestem Wissen und Gewissen, einen Stammbaum der Rabisanowitschs und Sudakowitschs präsentiert.

Wen hätte er da nicht alles gefunden!

Zum Beispiel einen Getreidehändler aus Nikolajew in der Ukraine, der einst den russischen Muschiks das Korn vom

Halm kaufte, noch bevor es reif war, und der – während seine Ehefrau Rahel zu Hause die Hände rang und mit Gott haderte – sein Geld so schnell wieder ausgab, wie es hereingekommen war. Das war mein Großvater väterlicherseits.

Dann einen wohlhabenden Fischereiflottenbesitzer aus Otschakow am Schwarzen Meer, der sich auch aufs Einpökeln der Fische verstand und es im großen betrieb. Das war mein Großvater mütterlicherseits.

Ferner hätten Fischhändler, Buchhändler, Schuster, Schneider, Kutscher und zudem ein paar »Gebildete« den Stammbaum geziert, Lehrer, Ingenieure, ein Anwalt und ein paar Ärzte. Sogar einen Schriftsteller gab es unter ihnen. Er hieß Jurij Libedinski, stammte aus Odessa und war ein Cousin von Mama. Er hat viele Bücher geschrieben, von denen einige sogar ins Deutsche übersetzt wurden, und er war in Moskau Vorsitzender des sowjetischen Schriftstellerverbandes. Er starb 1959, und ich habe ihn nie gesehen.

Aber auch ein Schammes aus Lochwitza hätte irgendwo an einem Zweiglein des Stammbaums gehängt. Ein Schammes ist ein Synagogendiener. Im alten Rußland war er in kleineren jüdischen Gemeinden auch so etwas wie ein Gemeindediener. Unser Biologielehrer hätte in meinem Stammbaum auch einen entdecken können, der über Land gezogen ist und den Bauern alles verkauft hat, was sie brauchten und auch, was sie nicht brauchten. Das war ein Bruder von Papa, ein lustiger Kerl, der, wie Papa, zu allem eine passende Geschichte zu erzählen wußte, eine Majsse, und der an einem eisigen Wintertag im Schneesturm verschwand und nie wieder auftauchte, nicht im Frühjahr nach der Schneeschmelze und auch nicht später.

Einige richtige Rabbiner hätten ebenfalls den Stammbaum geschmückt, aus der väterlichen Linie. Sie lebten und taten Gutes in kleinen jüdischen Dörfern zwischen Nikolajew, Cherson und Jelisawjetowskaja und sind schon sehr lange tot. Ob tot oder lebendig, Rabbiner ist Rabbiner.

Des weiteren wäre Bio-Vollrath aufgefallen, daß als Geburts-

und Sterbeort bei fast allen meinen Vorfahren mütterlicherseits »Akkerman« gestanden hätte. Die Erklärung dafür ist einfach. Die Sudakowitschs, die Familie meiner Mutter, waren fromme Juden. Und alle lebten im Getto der russischen Hafenstadt Akkerman, die heute Bjelgorod-Dnjestrowskij heißt. Sie waren dort seit Jahrhunderten ansässig. Schließlich hätte unser Lehrer festgestellt, daß viele Sterbedaten der Akkermanschen Mischpoche* auf den gleichen Tag lauteten. Und Mama hätte ihm erklären müssen, so wie sie es mir vor vielen Jahren erzählt hat, daß damals bei einem schlimmen Pogrom in Akkerman viele Familienmitglieder der Sudakowitschs erschlagen, ertränkt oder verbrannt worden sind. Die wenigen Überlebenden flüchteten in die Gegend von Odessa, unter ihnen meine Großeltern.

In der väterlichen Linie des Stammbaums hätte an vielen Stellen der Vermerk stehen müssen: »Erschlagen, erstochen, vergewaltigt und dann erdrosselt vom aufgehetzten Mob und von Soldaten der Schwarzen Hundertschaft.«

Diese berittene Elitetruppe des Zaren verbreitete, wo immer sie auftauchte, Angst und Schrecken. Oft geschah es, daß eine Abteilung der Schwarzen Hundertschaft durch eine jüdische Siedlung in Südrußland galoppierte und – nur so zum Vergnügen – ein paar Juden totschlug. Papa hat, wie er mir erzählte, diese SS des Zarenregimes in Cherson selbst erlebt.

Und links und rechts an den Blatträndern entlang in winziger Schrift, denn es waren ja so viele, die dort hätten Platz finden müssen, würde Bio-Vollrath alle die Vorfahren gefunden haben, die durch Hungersnöte, Verfolgungen und staatliche Willkürmaßnahmen in alle Welt verstreut wurden.

Aber was für ein Stammbaum ist das! Ein Stammbaum des Jammers und der Klage. Und ich frage mich: Warum eigentlich haben meine Vorfahren sich nie gewehrt? Warum haben sie in Akkerman und auch in Cherson nur die Hände zum Himmel erhoben, Gott angerufen mit verdrehten Augen und

---

* Mischpoche: Familie, Verwandtschaft.

sich von dem verhetzten Pöbel totschlagen lassen? Und dasselbe in Berditschew und Nikolajew, in Odessa und Kiew, in Warschau, Lodz, Lublin, in Frankfurt, Regensburg und wo nicht noch all! Und in meiner Zeit sind Millionen Juden ohne Gegenwehr in die Gaskammern gezogen. Sie wußten, sie gingen in den Tod, und doch leisteten sie keinen Widerstand, waren wie gelähmt. Ich habe von keinem Fall gehört, daß sie Knüppel genommen und auf ihre Peiniger eingeschlagen oder sie mit bloßen Händen erwürgt hätten. Was hatten sie schließlich noch zu verlieren!

Immer schon war es so gewesen, wie Mordechai Gebirtig in seinem erschütternden Lied »S'brennt, Brider, s'brennt!« gedichtet hat, bevor er in Krakau von Hitlersoldaten erschossen wurde: »Un ijhr schteijt un kuckt asoj sijch mit varlejgte Händ, un ijhr schreijt un kuckt asoj sijch, wie unser Schtetl brennt*.«

Nur wenige Ausnahmen gibt es, so den Aufstand im Warschauer Getto. Dort haben die Juden es vorgezogen, bevor man sie verhungern ließ oder bevor sie vergast wurden, sich zu wehren, den Kampf aufzunehmen, auch wenn sie wußten, daß er hoffnungslos war.

Wenn ich an den gewaltsamen Tod von sechs Millionen Juden in Verbrennungsöfen, Gaskammern und bei Massenerschießungen, wenn ich an das traurige Schicksal meiner Vorfahren denke, frage ich mich auch: Was für ein Gott ist das, der seine Kinder so verkommen läßt? Wo waren während der schrecklichen Zeiten seine Propheten Elijahu oder Jeremias, wo waren Abraham, Isaak und Jakob? Für was brauchen wir sie, wenn sie nur im Betsaal lebendig werden und vielleicht noch in schönen jüdischen Geschichten, wo sie immer nur Gutes stiften? Ein schlechter Gott, schlechte Propheten, schlechte Priester müssen das sein, die keine Wunder geschehen lassen in diesen Zeiten.

---

* »Und ihr steht und schaut untätig mit verschränkte Händ' und ihr steht und schaut untätig, wie unser Städtchen brennt.«

Aber warum habe ich mich nicht gewehrt? Jeder, der nur ein einziges Mal draufschlug oder auch nur bereit war draufzuschlagen, wird mich fragen dürfen: »Warum du nicht? Warum nur große Worte, nur Hader mit Gott und sonst nichts?«

Es stimmt, ich rede und ich jammere – und habe fast vergessen, daß ich eigentlich nur von meinem Stammbaum erzählen wollte, bei dessen Anblick Bio-Vollrath aus dem Staunen nicht herausgekommen wäre.

Aber dieser Stammbaum wurde nie geschrieben.

Geschrieben und gezeichnet wurde dagegen ein anderer, zu dem man weniger Erinnerungen, aber mehr Phantasie brauchte, ein künstlicher Stammbaum, einer, an dem rein gar nichts stimmte, und bei dem doch alles stimmen mußte.

Ich kam also nach Hause und erzählte Mama, was unser Biologielehrer von uns wollte.

»Masel-tow*«, sagte Mama.

Masel-tow ist eigentlich ein Glückwunsch, eine Gratulation, aber wenn Mama das bei solcher Gelegenheit sagte und mit einem ganz eigenen Tonfall, war das alles andere als ein Glückwunsch, dann sollte das heißen: das hat uns gerade noch gefehlt!

Und so war's ja auch. Uns diesen Stammbaum!

»So gesund soll dein Lehrer sein, wie der Stammbaum – der Teufel hol ihn mitsamt deinem Lehrer – ein Dokument unserer Familie ist.« Das etwa hätte Papa gesagt, das Sechel dazu hatte er. Sechel – das ch wie bei ›machen‹ ausgesprochen – ist ein wichtiger Begriff im Jüdischen, aber kaum übersetzbar. Es ist Intelligenz und Verstand. Aber nicht nur das. Es ist Verstand mit Witz und Esprit – kurzum Sechel.

Ich erklärte Mama, wie ein Stammbaum aussehen muß und was alles hineingehört. Und schon setzte sie sich hin und

* Masel-tow: Gut Glück, Wunsch bei freudigen Anlässen.

malte einen. Ich durfte ihr nur noch assistieren. So machte sie es immer. Da gab es keinen Widerspruch.

*

Du hast für uns gedacht, Mama, für uns gelernt, für uns geschrieben, für uns gesprochen, für die ganze Familie, und hast alle Entscheidungen allein getroffen. Gewiß, du warst es auch, die die Wohnungstür öffnete, wenn es klingelte und wir im hinteren Zimmer zusammenhockten und nicht zu atmen wagten in der Erwartung: Nun ist es soweit, nun kommt man uns holen. Warum eigentlich, Mama, hattest du so große Angst, wir andern könnten etwas falsch machen? War es wirklich nur Angst?

*

Vereint saßen wir um den großen Eßtisch. In der Mitte lagen zwei zusammengeklebte Zeichenblätter, auf denen Mama, ausgehend von dem nun einmal vorhandenen Familiennamen Jakob Senger und ihrem im falschen Paß angegebenen Mädchennamen Olga Fuhrmann, ein Kästchen an das andere fügte und so einen fiktiven Stammbaum zusammenbaute, der allen schulmeisterlichen Nachprüfungen standhalten konnte und dessen dichtes Blattwerk, Name für Name, aus nichts als Lügen bestand. Ich durfte Mama dabei helfen, und ich ließ meine ganze Phantasie spielen. Auch Paula, die später nach Hause kam, beteiligte sich am Erfinden und richtigen Einordnen von rassekundlich akzeptablen Vorfahren. Die Kunst war nämlich: es mußte mit den Namen, den Geburts- und Sterbedaten alles zueinander passen, vertikal und horizontal und sogar im Rösselsprung.

Von weittragender Bedeutung war die Idee, die Geburtsorte aller Vorfahren in die Gegend zwischen Don und Wolga zu verlegen und auf diese Weise glauben zu machen, daß wir von Wolgadeutschen abstammten. Damit war auch gleich erklärt, warum in unseren Pässen unter Staatsangehörigkeit »staatenlos« und »früher russisch« stand.

Dreimal, fünfmal haben wir den Stammbaum umgeschrieben, da stimmte noch etwas nicht und da nicht, ein Name klang noch nicht deutsch genug, ein anderer dagegen zu deutsch. Doch dann stand er, zu aller Zufriedenheit, das heißt, zur Zufriedenheit Mamas. Auch Papa gab seinen Segen. Dann machten wir noch etwas sehr Kluges: wir fertigten eine Kopie des Stammbaums an und legten sie zu unseren Familiendokumenten. Das sollte sich später auszahlen. Ob Alex im Auftrag seines Lehrers in seiner Ahnengalerie herumforschen oder ein anderes Familienmitglied beim Ausfüllen von behördlichen Formularen der gesunden Rasse wegen die Namen der Großmütter und Großväter angeben mußte, dank dieser Kopie hatten wir keine Probleme, keine Widersprüche und immer die gleichen Namen. So wurde der anfangs als sehr lästig empfundene Stammbaum letztlich doch zu einer starken Strebe in unserem Lügengebäude.

Eine schwache, vielleicht sogar verräterische Stelle hatte der Stammbaum dennoch, und wir waren außerstande, sie auszumerzen. Wie konnten wir glaubhaft machen, daß meine Eltern zwar Wolgadeutsche seien, aber in Litauen geboren sein sollten? Aus unerfindlichen Gründen hatte mein Vater dem Aussteller des falschen Passes in Zürich als Geburtsort Wilna für sich und seine Frau angegeben, wie es dann auch von allen deutschen Behördenstellen übernommen wurde. Es ist möglich, daß er damit von seinem wirklichen Geburtsort in der Ukraine ablenken wollte, weil er ja noch immer in den dortigen Fahndungslisten geführt wurde; denkbar ist aber auch, daß es sich einfach um einen Verständigungsfehler handelt. Ich habe Gründe für diese Vermutung, denn auch der Name SENGER ist nur ein Schreibfehler meines Vaters, wie er mir einmal gestand.

Als er nämlich beim Ausstellen des falschen Passes auf einem Blatt Papier vorschreiben mußte, wie er in Zukunft heißen wolle, schrieb er JAKOB SENGER mit E. Eigentlich sollte der Name SÄNGER mit Ä sein. SÄNGER mit Ä, das hatte für einen Ostjuden, der nach Deutschland kam und sich einen zwar falschen, aber dennoch schönen deutschen Namen zulegen wollte, einen Sinn; SÄNGER mit Ä erinnerte jeden frommen Juden gleich an den Chasn, den Vorsänger in der Synagoge; das war etwas Greifbares, Vorstellbares. Aber mein Vater hatte das Pech, den im Russischen wie im Jiddischen unbekannten Umlautbuchstaben Ä nicht zu kennen. Woher auch? So schrieb er eben Senger mit E, den Namen, den ich bis heute trage.

Es wäre zu leichtfertig, diesen Schreibfehler als Kleinigkeit abzutun. Rektor Beyer, den wir Vatermörder nannten, sorgte dafür, daß dieses E eine nachhaltige Wirkung hatte.

Vatermörders Steckenpferd war, wie gesagt, das Landsknechtleben. Eines Tages, während des Unterrichts, ging er durch meine Bankreihe und blieb vor mir stehen. »Steh auf, Senger!«

Ich sprang aus der Bank. Was wollte er? Was paßte ihm nicht?

»Hast du dir schon einmal überlegt, Senger, wer du überhaupt bist, von wem du abstammst?«

Wie war das möglich, daß ausgerechnet Vatermörder hinter unser Geheimnis gekommen war? Sollte er es wirklich herausgekriegt haben? Hatte die Stunde der Wahrheit geschlagen? Ich stammelte: »Ich weiß es nicht.«

»Du solltest es aber wissen. Meinst du nicht auch?«

»Ja, schon.«

»Dann will ich es dir sagen: vom Tollen Christian.«

Ich atmete tief auf. In dem Augenblick war es mir tausendmal lieber, vom Tollen Christian abzustammen, als von Moissee Rabisanowitsch aus Nikolajew.

»Vom Tollen Christian«, wiederholte er mit Nachdruck.

»Das war der berüchtigte Herzog Christian von Braunschweig, der schlimmste Landsknechtführer im Dreißigjährigen Krieg. Wo immer er mit seinem wüsten Haufen hinkam, plünderte und tötete er und setzte den Bauern den Roten Hahn aufs Dach. Und einer deiner Vorväter muß zum Haufen des Tollen Christian gehört und sich beim Brandschatzen besonders hervorgetan haben. Dein Vorfahr also, der zum Schluß alles angezündet hat, dem gab man den Spitznamen ›der Senger‹. – Kapiert?« Ich nickte. »Siehst du, so hat jeder Familienname seine Geschichte, und die kann oft sehr interessant sein.«

Von dem Tag an bis zum Ausscheiden aus der Schule war ich für den Rektor der »Tolle Christian«, und auch meine Klassenkameraden riefen mich so. Und das alles nur, weil Papa den deutschen Umlautvokal Ä nicht schreiben konnte.

Das mangelhafte Deutsch meines Vaters war schuld an einem weiteren Mißverständnis, diesmal auf dem Frankfurter Standesamt, als er 1917 seine eben geborene Tochter anmeldete. Die Familie, also Mama, hatte beschlossen, die erste Tochter sollte den guten deutschen Namen Paula bekommen und als zweiten den an die Errettung der persischen Juden erinnernden stolzen Namen Esther. Esther war meinem Vater geläufig, mit Begeisterung hatte er vor vielen Jahren an Purim, dem Fest der Kinder, den Grager* gedreht, diesen wunderbaren Krachmacher, wenn der Name des Despoten Haman ausgerufen wurde. Dieser hatte die persischen Juden töten wollen, was ihm aber dank der schlauen Esther nicht gelang. Esther anzugeben, war also für meinen Vater kein Kunststück. Der Name Paula jedoch hatte wieder etwas Tückisches an sich, den Doppelselbstlaut AU. Aber Papa war gewarnt. Diesmal sollte ihm ein ähnlicher Fehler wie das E bei Senger nicht unterlaufen. Er überlegte, welche Vokale hintereinanderstehen mußten, damit man »Paula« sagen kann, und schrieb fein säuberlich: P A U. Da stockte er. Zwei Vokale, nur zwei? Wo die Deutschen doch so penibel sind und alles korrekter noch als korrekt machen? Papa wurde unsicher. Er durfte nichts vergessen, das wußte er. Da erinnerte er sich an das O. Auch das O klingt gut. Wenn man es ausspricht, muß man den Mund spitzen wie beim Singen. Wie konnte es da falsch sein, es einfach dazuzunehmen? Etwas zu viel ist immer noch

---

* Grager: Holzknarre zum Drehen, wie man sie ähnlich auch noch bei der alemannischen Fastnacht benutzt.

besser als etwas zu wenig, dachte Papa. Deshalb schrieb er in seiner gestochen scharfen Schrift als Vornamen seiner neugeborenen Tochter PAUOLA.

Und so steht es noch heute im Paß meiner Schwester: PAUOLA ESTHER SENGER.

Auch das ist einer dieser merkwürdigen, unerklärbaren Zufälle, daß in allen amtlichen Dokumenten meiner Schwester ihr zweiter Vorname Esther angegeben war, ein so typisch jüdischer Vorname wie Sarah, Golde oder Rahel. Doch kein Mensch hat in den zwölf Jahren einmal danach gefragt, niemand ihn beanstandet oder mit Fingern auf die Trägerin dieses Vornamens gedeutet und gesagt: »Das muß doch eine Jüdin sein.« Das Ausfüllen jedes amtlichen Formulars, das jährliche Verlängern des Fremdenpasses und der Arbeitsgenehmigung von Paula brachte uns wegen dieses zweiten Vornamens fast zur Verzweiflung, Mama stöhnte, Papa rang die Hände, und einer von beiden sagte dann regelmäßig: »Wenn das nur gutgeht!«

Unser Biologielehrer bestaunte den Sengerschen Stammbaum, in dem sich die ganze Sippe väterlicher- und mütterlicherseits zwischen Don und Wolga aufhielt, in dem Gebiet, wo die Wolgadeutschen wohnen, natürlich mit Ausnahme unserer Familie, die es nach Frankfurt verschlagen hatte.

Auf seine Frage, was denn eigentlich meine Eltern veranlaßt habe, die Geborgenheit der wolgadeutschen Heimat aufzugeben und sich in Frankfurt niederzulassen, war ich von Mama nicht vorbereitet und konnte ihm darum auch keine vernünftige Antwort geben. Das machte aber nichts. Jedenfalls imponierte ihm der Stammbaum und er studierte ihn sehr genau.

Als er einige Wochen später mit uns die verschiedenen arischen Rassen besprach, nahm er auch an einigen Schülern Schädelmessungen vor. Dazu benutzte er ein seltsames Instrument, das wie ein großer, an den Enden stark gekrümmter Zirkel aussah, mit einem verstellbaren Zapfen in der Mitte.

Außerdem hatte Bio-Vollrath noch einige Schautafeln und Tabellen mitgebracht.

Mich holte er als ersten vor die Klasse. An mir wollte er seine Fähigkeit in der Schädelbestimmung demonstrieren. Er drückte seinen krummen Zirkel an meinen Kopf, mal von vorne nach hinten, mal von links nach rechts, stellte jedesmal den senkrechten Stift nach, schrieb Zahlen auf, und die Klasse folgte aufmerksam dem ungewöhnlichen Tun. Hierauf begann er zu rechnen und in den Tabellen nachzuschlagen, die er, eine nach der anderen, vom Katheder hochnahm und dicht an seine dicken Brillengläser hielt. Schließlich drehte er sich zur Klasse und verkündete triumphierend: »Senger – dinarischer Typ mit ostischem Einschlag, eine kerngesunde arische Rasse.« Bio-Vollrath war mit sich und dem Ergebnis seiner ersten Schädelmessung vollauf zufrieden. Kein Wunder, er hatte Mamas Stammbaum gut studiert.

Der Koffer

Warum mir kein einziger der vielen Stolpersteine, die im Wege lagen, zum Verhängnis wurde, weiß ich nicht, ich habe auch keine Erklärung dafür, weshalb nicht eine der Todesfallen über mir zuschlug, ich habe nicht gezählt, wie oft ich aufatmend sagte: »Das ist nochmal gutgegangen.« Zitternd habe ich die Gratwanderung fortgesetzt, ohne Illusionen darüber, daß irgendwann einmal der Absturz kommen mußte, der nicht nur mein Schicksal, sondern auch das der ganzen Familie besiegeln würde. Und so hatte Mama es leicht, die Zügel straff zu halten und damit jedes Ausscheren zu verhindern. Nicht mit Lautstärke oder Gezeter lenkte sie, sondern mit einer leisen Selbstverständlichkeit, die von vornherein jeden Widerspruch ausschloß.

Mama erzog uns Kinder. Papa half ihr dabei, machte die

Kleinarbeit, spielte mit uns Mensch-ärgere-dich-nicht und ging mit uns spazieren. Mama traf die Entscheidung über Schulbesuch und Schulabschluß; und wenn sie die Mittlere Reife als genügend für Paula, Alex und mich betrachtete, pflichtete Papa ihr selbstverständlich bei und half uns bei den Hausaufgaben. Wie oft sagte er zu einem von uns: »Was willst du noch? Hast doch gehört, was Mama gesagt hat!« Oder: »Oj wej, wenn das Mama erfährt!« Er liebte sie über alles. Nie habe ich ein böses oder auch nur bitteres Wort von ihm über Mama gehört. In der Zeit, als ihr Herz den Aufregungen des Versteckspiels nicht mehr gewachsen war und immer schwerer und unregelmäßiger schlug und kein Arzt ihr helfen konnte, pflegte und umsorgte er sie über Monate und Jahre, bis zu ihrem letzten Atemzug.

So wie Papa konnte nur ein Jude sein. Oder: nur ein Jude konnte so sein wie Papa.

Der politische Freundeskreis um Mama hatte bis zum Jahr 1937 gute Kontakte zu den nach Frankreich emigrierten Genossen. Doch dann gab es offenbar einige Schwierigkeiten. Ein Kurier sollte nach Paris fahren, um irgendwelche Unterlagen dorthin zu bringen und eine Verabredung zu treffen. Mama entschied, ich solle diesen Kurierdienst übernehmen, offenbar, weil zu diesem Zeitpunkt niemand sonst zur Verfügung stand. Sie erklärte mir, daß ich ja in keiner Liste von politisch Verdächtigen geführt werde und bei den Tausenden von Reisenden, die täglich die Grenze passierten, nicht auffallen könne.

1937 war es noch ohne große Komplikationen möglich, ins Ausland zu reisen, selbst mit einem Fremdenpaß. Die in Toulouse lebende Nichte Mamas, Taja Baumstein, schickte mir auf unsere Bitte eine formelle Einladung. Diese legte ich dem Polizeipräsidium vor und erhielt anstandslos ein Ausreisevisum. Das Einreisevisum des französischen Konsulats machte ebensowenig Schwierigkeiten.

Zwei Wochen später war ich reisefertig. Zur gleichen Zeit

fand in Paris die Weltausstellung statt, zu der auch viele Deutsche fuhren. Um so unauffälliger konnte ich die Reise antreten. Ich brauchte mich nur im Frankfurter Hauptbahnhof in den D-Zug zu setzen und am Gare de l'Ouest auszusteigen, ohne Angst vor Zugkontrollen, denn ich hatte einen ordentlichen Paß, korrekte Ein- und Ausreisevisa und eine richtige Verwandte als Reiseziel.

So einfach war das. Die paar Briefe und ein kleines Päckchen, die man mir mitgab und die ich gut versteckte, machten das Unternehmen für mich nicht riskanter. Ich erinnere mich an einen Brief für den Arzt Sely Hirschmann und mehrere Schriftstücke von Eva Steinschneider, die noch in Frankfurt wohnte, an ihren Mann, einen früher bekannten Strafverteidiger, der emigrieren mußte, nicht nur weil er Jude war, sondern auch weil er vor 1933 viele politische Prozesse geführt hatte.

Und da war schließlich noch ein kleiner Handkoffer. Zwei Tage vor der Abreise wurde beschlossen, daß ich diesen Koffer mit nach Paris nehmen solle. Mamas Freunde waren der Meinung, eine günstigere Gelegenheit werde es so schnell nicht wieder geben. Der Koffer gehörte der Buchhändlerin Liesel Ost, die nicht weit von uns, in der Hochstraße, mit einem rumänischen Juden zusammengelebt hatte. Wegen ihrer Verbindung zu einer illegalen Gruppe war sie von der Gestapo beschattet worden. Ende 1935 packte sie das Notwendigste zusammen, um mit ihrem Freund nach Frankreich zu fliehen. Sie legte ihren Schmuck, einige persönliche Dinge und ein Sparkassenbuch mit einem hohen Betrag, den sie nicht mehr rechtzeitig hatte abheben können, in einen kleinen Koffer. Diesen Koffer ließ sie bei einem Genossen zurück, der in der Kleinen Hochstraße wohnte und bereit war, ihn so lange aufzubewahren, bis sich eine günstige Gelegenheit bot, ihn nach Frankreich zu schaffen.

Die Nacht vor der Abreise an die französische Grenze verbrachten Liesel Ost und ihr Freund bei uns, weil in ihrer Wohnung inzwischen eine Haussuchung stattgefunden hatte und sie fürchtete, noch im letzten Augenblick verhaftet zu werden. An diesem Abend hatte Liesel Ost Mama den Kodesatz für die Übergabe des Koffers anvertraut. Dieser Satz hieß: »Ich komme aus Augsburg.«

Nicht genug, daß ich den Koffer über die Grenze bringen sollte, Mama schickte mich auch noch in die Kleine Hochstraße, um ihn dort abzuholen.
Die Kleine Hochstraße ist nur einen Katzensprung von der Kaiserhofstraße entfernt. Ich ging also los. Etwa in der Mitte der kurzen Straße, schräg gegenüber dem heutigen »Club Voltaire«, fand ich das Haus Nummer 8.

Das steile Treppenhaus war dunkel, und die abgetretenen Stufen knarrten bei jedem Schritt. Der Genosse, der den Koffer in Verwahrung hatte, wohnte im Mansardenstock. Mama kannte ihn von früher, hatte aber in letzter Zeit keinen Kontakt mehr zu ihm gehabt. Oben mußte ich eine Treppenstufe tiefer stehen bleiben, weil die Treppe ohne Absatz bis zur Wohnungstür führte. Ich holte tief Luft und drehte an der Klingel, die wie eine Fahrradglocke tönte. Niemand öffnete. Noch einmal kurbelte ich, diesmal stärker. Schon wollte ich die Treppe wieder hinuntergehen, da hörte ich von innen eine Tür und sich nähernde Schritte. Die Wohnungstür öffnete sich, aber nur so weit, daß eine innen angebrachte Vorhänge-kette sich strammzog. Über mir erschien im Spalt zwischen Türkante und Rahmen der Kopf einer Frau.
»Guten Tag. Ist Ihr Mann da?«
»Was wollen Sie von ihm?«
»Ich muß mit ihm sprechen.«
»Mein Mann ist krank.«
»Es ist sehr dringend.«
»Können sie nicht ein andermal wiederkommen?«
»Das geht nicht. Aber es dauert bestimmt nicht lang.«
»Warten Sie.«
Die Tür schlug ins Schloß und ich stand auf der Treppenstufe

und wartete, ich weiß nicht, wie lange. Ich begann zu schwitzen. Endlich ging die Tür auf, aber wieder nur so weit, wie es die Vorhängekette erlaubte. Ein Mann in einem zerschlissenen blauen Bademantel schaute heraus. Ich glaubte, sein Gesicht zu kennen.

»Was willst du?« fragte er mißtrauisch.

»Ich komme aus Augsburg.«

»Na und? Was soll das heißen?«

»Liesel Ost hat mich beauftragt.«

In diesem Augenblick ging eine Veränderung in ihm vor. Es war wie ein Erschrecken. »Liesel Ost?« fragte er, »dich hat Liesel Ost geschickt? Was will sie?«

Ich wiederholte meinen Kodesatz: »Ich komme aus Augsburg. Liesel Ost hat mich beauftragt –« Und nach einer kleinen Pause fügte ich hinzu: »Sie können mir vertrauen.«

»Was heißt vertrauen?«

»Ich soll den Koffer holen.«

»Was für einen Koffer? Ich habe keinen.«

»Den Koffer von Liesel Ost.«

»Ich habe keinen.«

»Sie müssen den Koffer doch haben.«

»Ich muß? Was fällt dir ein? Wer bist du überhaupt?«

Seine Stimme wurde laut, er nestelte erregt an der Vorhängekette herum und öffnete die Tür weit. Barfuß stand er eine Treppenstufe über mir, eine Faust in die Hüfte gestemmt. Er sprach so laut, daß man es im ganzen Treppenhaus hören konnte: »Ich habe dich gefragt, wer du bist!«

»Ich bin ein Bekannter von Liesel Ost«, sagte ich leise, »und ich soll den Koffer holen, den sie Ihnen zur Aufbewahrung gegeben hat.«

Da schrie er los: »Hast du mich nicht verstanden: ich habe keinen Koffer! Du willst mich wohl drankriegen, was?«

Ich hörte, wie auf allen Stockwerken Türen geöffnet wurden. Eine Männerstimme rief durch das Treppenhaus: »Was ist los da oben?«

»Nichts, nichts«, antwortete er und beugte sich schräg über

das Treppengeländer, »ich werd mit dem Kerl schon allein fertig.« Und zu mir gewandt: »Also, was ist? Willst du immer noch einen Koffer?« Er beugte sich noch etwas mehr zu mir herunter: »Verschwinde bloß, sonst kann ich verdammt ungemütlich werden!«
Ich war nicht imstande, mich zu rühren. Er faßte mich an der Schulter. »Bist du dumm, daß du nicht verstehst: ich habe nichts mit den Kommunisten zu tun! Nun hau endlich ab, sonst hol ich die Polizei!«
Jetzt hatte ich ihn verstanden. Wie benommen ging ich die Treppe hinunter. Auf allen Stockwerken standen Neugierige und starrten mich an. Niemand sagte etwas. Niemand hielt mich auf. Ich mußte mich am Geländer festhalten, so schwach fühlte ich mich. Als ich schon fast unten war, rief er mir noch nach: »Verdammtes Kommunistenschwein!« An den spielenden Kindern auf der Vortreppe vorbei gelangte ich nach draußen.

Als ich Mama erzählte, was sich in der Kleinen Hochstraße abgespielt hatte, schlug sie die Hände über dem Kopf zusammen. »Wer hätte ihm das zugetraut!«
Ich mußte ihr die ganze Geschichte nochmal erzählen.
»Und weißt du, ob er dich erkannt hat?«
»Das weiß ich nicht, er hat nichts gesagt.«
»Hat er nach deinem Namen gefragt?«
»Nein.«
»Wer dich geschickt hat?«
»Nein, nichts hat er gefragt.«
Dann stieß Mama die stärksten Beschimpfungen aus, die sie kannte: »So ein Chaser*! Brennen soll er! In d'r Erd soll er gehen!«
Zwei Tage später fuhr ich mit den Briefen und Päckchen und ohne den Koffer nach Paris. Die Reise verlief ohne Zwischenfälle.

* Chaser: Schwein.

Liesel Osts Koffer ist nie mehr aufgetaucht. Sie selbst starb 1944 einen schrecklichen Tod. Während der deutschen Besetzung war sie aktiv in der französischen Widerstandsbewegung, dem Maquis, tätig und leistete Kurierdienste. Sie wurde 1944 von der SS gefaßt. Man glaubte, aus ihr wichtige Informationen über den französischen Widerstand herausbekommen zu können und folterte sie. Liesel Ost schwieg und wurde zu Tode gefoltert. Als später ihre zerschundene Leiche in einem verlassenen Bauernhaus in der Nähe von Lyon gefunden wurde, entdeckte man, daß die SS-Leute sie vor dem Tode geblendet hatten.

In meiner Erinnerung gibt es viele Bruchstücke, die ich nicht mehr zu einem sinnvollen Ganzen zusammenfügen kann, obwohl die erhalten gebliebenen Einzelheiten auf wichtige Begebenheiten hindeuten.
So ließ sich beispielsweise eine Frau immer wieder kleinere Geldbeträge von Mama geben, drei, fünf oder auch mal zehn Mark; und Mama hatte große Angst vor ihr, war stets sehr aufgeregt, wenn diese Frau im Haus war, und gab ihr das Geld. Verschiedenen Bemerkungen entnahm ich, daß sie über unsere jüdische Abstammung Kenntnis haben mußte, obwohl Mama nie mit mir darüber sprach. Dann steht mir noch das Bild eines Mannes vor Augen, der genau in der Stunde von der Polizei aus seiner Wohnung geholt wurde, als Papa und ich ihn besuchten. Wer er war und welcher Zusammenhang mit unserer Familie bestand, weiß ich nicht mehr. Auch habe ich keine Erklärung dafür, warum Papa und ich unbehelligt blieben.
Ich erinnere mich auch an eine Chanukkafeier der Israelischen Gemeinde im Baumweg, an der ich teilnahm. Plötzlich drangen Hitlerjungen in den Saal ein, postierten sich ringsum an den Wänden und skandierten: »Juden raus!« und »Haut nach Palästina ab!« Die Feier wurde abgebrochen und wir mußten nach Hause gehen.
Auch den folgenden Vorfall, durch den unsere Familie in

große Gefahr geriet, kann ich weder chronologisch noch sonstwie einordnen. An einem kalten Dezembertag – es kann 1937 oder 1938 gewesen sein – kam ein Mann in unsere Wohnung, zeigte uns seine Entlassungspapiere aus dem Zuchthaus Butzbach und bat, einige Tage bei uns bleiben zu dürfen, weil er noch einige private Dinge in Frankfurt zu erledigen habe, dann wolle er nach Nürnberg weiterreisen. Als Referenz nannte er den Namen eines uns gut bekannten Kommunisten, der ebenfalls in Butzbach saß. Obwohl Mama Bedenken hatte, nahm sie den Mann auf. Ich erinnere mich noch, daß sein Spitzname Moro war. Am zweiten oder dritten Tag verließ der Unbekannte nachmittags unsere Wohnung und kam nicht mehr zurück. Eine Woche später erfuhren wir durch Zufall, daß Moro in Bornheim zusammen mit anderen Genossen verhaftet worden war. Wir machten uns große Sorgen, daß er der Gestapo sagen werde, wo er in Frankfurt gewohnt habe. Seinen Koffer, den er bei uns stehen ließ und der nichts anderes als Toilettensachen und schmutzige Wäsche enthielt, hatten wir schon vorher in den Keller geschafft. Die Tage vergingen. Die Gestapo kam nicht. Moro hatte geschwiegen.

Rivalitäten

In der Kaiserhofstraße gab es zwei miteinander konkurrieren-de Spengler- und Installateurmeister: in Nummer 7 Konrad Bämpfer und in unserem Haus den rothaarigen Otto Reiter. Konrad Bämpfer fuhr mit dem Fahrrad zu seiner Kundschaft und trug schon lange vor 1933 die braune Uniform. Sein Konkurrent Otto Reiter war ein passionierter Motorradfah-rer und kein Nazi.
Eines Tages hatte Otto Reiter eine Idee, die ihm beträchtli-chen Gewinn und noch andere Vorteile einbrachte. Er kon-

struierte eine Schaufensterberieselungsanlage, und hatte bald alle Hände voll zu tun, um den vielen Bestellungen aus den Blumenläden des ganzen Stadtbezirks nachzukommen. Diese Erfindung brachte ihm gegenüber der Konkurrenz von Nummer 7 einen großen Vorsprung, und er verzichtete künftig auf den Reparaturkleinkram im Installateuralltag, das Auswechseln kaputter Wasserhahndichtungen und Säubern verstopfter Klosetts, das überließ er dem andern. Außerdem konnte er sich ein paar kleinere Maschinen anschaffen, was ihm später, während des Krieges, sehr nützlich war.

Abgesehen von seiner schweren Seitenwagenmaschine, an der er in jeder freien Minute herumbastelte, liebte Otto Reiter rothaarige Frauen, rothaarig wie er selbst. Drei seiner Freundinnen habe ich gekannt: Die hagere Verkäuferin vom Wurst-Emmerich, die wenn ich statt »für zwanzig Pfennig Wurststückchen« ausnahmsweise einmal ein Viertelpfund Streichwurst holte, sich fast in den Finger schnitt; so kleinlich genau wog sie ab. Er stand nach Feierabend stets am Hinterausgang vom Wurst-Emmerich in der Kleinen Bockenheimerstraße, wo er sie mit seinem Motorrad abholte. Dann die farblose Frau eines Weißbinders, in dessen Wohnung ihn eines Tages, so erzählte man sich, der Ehemann in flagranti erwischte. Die dritte war Käthe, etwa dreißig Jahre alt, mit üppigen Formen, bei deren Beschreibung man am besten die Hände zu Hilfe nimmt und die sich angenehm in mein Gedächtnis einprägte. Doch das hat eine Vorgeschichte.

Einmal, im Frühjahr 1939, fing mich Otto Reiter im Hof ab und rief mich in seine Werkstatt. Er schloß die schwere Tür hinter sich und erzählte mir, am Vormittag sei Konrad Bämpfer, der ihn sonst nur selten besuchte, in die Werkstatt gekommen, um sich im Auftrag der Ortsgruppe der Partei, wo er eine führende Rolle spielte, nach unserer Familie zu erkundigen. Bämpfer habe ihn gefragt, was er über uns wisse, ob wir den wirklich Juden seien, wie gemunkelt werde, und ob man nicht noch weitere Erkundigungen über uns im Haus einholen könne. Er habe Bämpfer erwidert, das könne unmöglich stimmen, es hätte sich sonst längst im Haus herumgesprochen. Wir würden auch keinesfalls den Eindruck von Juden machen. Dieses Gerede gehe wahrscheinlich auf eine Denunziation zurück. Er könne uns nur das beste Zeugnis ausstellen, wir seien ordentliche Mitbewohner und Volksgenossen. Und dann sagte mir Otto Reiter – mit einem Tonfall in der Stimme, aus dem man, wenn man wollte, heraushören konnte, daß er es ja doch besser wisse – es gehe ihn nichts an, wer wir seien und wo wir herkämen, man rede eben so vieles, aber er rate mir und meinen Eltern gut, uns vor Bämpfer in acht zu nehmen.

In großer Unruhe verließ ich seine Werkstatt.

Frau Walter aus dem zweiten Stock fragte ungefähr zur gleichen Zeit Frau Volk, die einen Stock unter ihr im Vorderhaus wohnte, warum man ausgerechnet unsere Familie unbehelligt lasse, wo man schon so viele Juden umgesiedelt habe. Wir seien doch Juden und zudem noch Ausländer, und Herr Senger könne nicht einmal richtig deutsch sprechen. Frau Volk wußte über unsere jüdische Abstammung Bescheid. Doch sie tat ahnungslos und erwiderte, Frau Walter könne doch in diesen Zeiten nicht so gefährliche Dinge über uns verbreiten. Frau Senger habe ihr selbst die polizeilichen Unterlagen gezeigt, aus denen einwandfrei hervorgehe, daß wir keine Juden seien und eine unbefristete Aufenthaltsgenehmigung in Deutschland hätten.

Drei Jahre später, im Kriegsjahr 1942, wurde ich in einer ganz anderen Weise an das Gespräch mit Spenglermeister Reiter und seine Warnung vor Bämpfer erinnert, und da war es nicht weniger gefährlich als damals. Das hing mit dem Erscheinen von Käthe in unserem Haus zusammen. Käthe Fröhlich war Blumenbinderin, bis Otto Reiter sie in einem Blumenladen, in dem er seine Berieselungsanlage montierte, kennenlernte. Zu der Zeit hatte er noch eine zusätzliche »kriegswichtige« Serienarbeit angenommen. Dadurch war es ihm möglich, für

Käthe eine Dienstverpflichtung in seine Werkstatt zu erreichen.

Ich merkte, daß Käthe, wenn ich einmal in die Werkstatt kam, ungemein freundlich zu mir war, und darum ging ich öfters hin. Dem Spenglermeister, das spürte ich, war das nicht recht, denn er war eifersüchtig. So paßte ich die Zeit ab, wenn er mit seiner »Horex« davongefahren war. Ich unterhielt mich mit Käthe, die bei der Arbeit einen strammsitzenden einteiligen Monteuranzug trug, half ihr ein wenig bei der Arbeit, und sie richtete es dabei ein, daß wir häufig in Tuchfühlung kamen. Da wurde auch ich mutiger, faßte sie, wenn sich die Gelegenheit bot, um die Taille und drückte mich ein wenig an sie, und sie lachte und drückte mit der Hüfte ebenfalls gegen mich. Mehr wagten wir nicht, denn wir mußten damit rechnen, daß jeden Augenblick Otto Reiter zurückkommen konnte. Schon in der abschüssigen Kaiserhofstraße stellte er nämlich den Motor ab und rollte fast lautlos in die Einfahrt und nach hinten in den Hof, so daß man nie sicher vor ihm war.

Bald stellte ich fest, daß Käthe mit jedem schäkerte, der in die Werkstatt kam, und großen Spaß daran fand, wenn auch andere sie an ihren Rundungen anfaßten. Das hinderte mich aber nicht, sie immer wieder aufzusuchen. Es konnte nicht ausbleiben, daß Otto Reiter uns eines Tages erwischte. Und da sagte er mir, betont langsam und mit einer scheinbar ruhigen Stimme, ich solle es nicht auf die Spitze treiben; ob es mir denn gänzlich aus dem Kopf gekommen sei, wie sehr sich Bämpfer einmal für mich interessiert hätte.

Es war ein Glück, daß Käthe, die danebenstand, keine Erklärung für diese Anspielung verlangte. Ich verschwand schnell aus der Werkstatt und betrat sie nie mehr, solange Käthe Fröhlich da arbeitete.

Obwohl eine tödliche Drohung in dieser Äußerung lag, war Otto Reiter bestimmt kein Denunziant. Es wäre ihm ein leichtes gewesen, unsere Familie der Partei oder der Gestapo zu melden, denn an Verdachtsgründen über unsere Abstammung mangelte es ihm nicht.

Das Ende der Geschichte ist schnell erzählt. Käthes Wohnung wurde von Fliegerbomben zerstört. Da quartierte Otto – mit der Machtfülle seiner kriegswichtigen Produktion ausgestattet – Käthe in die gerade leergewordene Wohnung des von der Gestapo abgeholten Häusermaklers Oppenheimer in Nummer 19 ein. Er trennte sich sogar von seiner Familie und zog für einige Zeit zu ihr. Aber die Romanze der beiden währte nicht lange. Käthe nahm sich einen Freund, der zwanzig Jahre jünger als Otto und schwarzhaarig war. Daraufhin kehrte der Spenglermeister in die Kaiserhofstraße Nummer 12 zurück. Käthe verließ die Werkstatt und band künftig wieder Blumen hinter der von Otto montierten Berieselungsanlage, und er hatte in den folgenden Wochen mehr Zeit für seine »Horex«.

Max Himmelreich

Die wenigen Juden, die nach der Kristallnacht noch in unserer Straße wohnten, wurden in den ersten Jahren des Krieges in die Konzentrations- und Vernichtungslager verschleppt. So der Musiker aus Nummer 7 und seine Frau, das Ehepaar Bach aus Nummer 14 und ein Handelsvertreter aus dem gleichen Haus. Die Grünebaums aus Nummer 16, so erzählte man sich in der Straße, hätten, bald nachdem man ihren neunzehnjährigen Sohn holte, Selbstmord begangen.

Max Himmelreich, der als Hilfsarbeiter in der Metzgerei von Soostmann gearbeitet hatte, wurde nach Dachau gebracht. Zu unserer Überraschung kam er fünf Monate später zurück, kahlgeschoren und mit einem noch stärker gekrümmten Rücken. Warum man ihn freiließ, weiß ich nicht, das wußte er selbst auch nicht. Er zog wieder in das kleine Zimmer im Vorderhaus Hochparterre ein, das er bereits zuvor bewohnt hatte, und machte sich noch unauffälliger als er ohnehin schon war. Im Morgengrauen verließ er das Haus und fuhr mit der Bahn nach Bad Soden im Taunus, wo er zusammen mit anderen dienstverpflichteten Juden in einer Ziegelei arbeiten mußte. Spät abends kam er zurück und schlich sich in sein Zimmer. Früher, bevor er im KZ war, unterhielt er sich oft mit mir und auch mit den anderen Hausbewohnern, besonders gern und lang mit Papa. Das machte er jetzt nicht mehr. Er sprach kaum noch mit jemandem, im Gegenteil, ich beobachtete einige Male, wie er im Haus und auf der Straße Mitbewohnern auswich.

Eines Abends, als er von der Arbeit kam, wäre ich auf der Treppe, die zu seinem Zimmer führte, beinahe mit ihm zusammengeprallt. Max drückte sich an die Wand, entschuldigte sich, sagte dann erleichtert: »Ach, du bist es, Vali«, und wollte sich schnell an mir vorbeischieben. Er hatte die merkwürdige Angewohnheit, mich bei fast jedem Satz mit Namen zu nennen.

Ich stellte mich vor ihn: »Was haben Sie, Max, Sie reden gar nicht mehr mit mir.«

Er versuchte weiterzugehen und murmelte dabei: »Frag nicht, Vali, ich darf nicht. Laß mich.«

»Haben Sie Ihnen das im KZ gesagt?«

»Ja, im KZ.« Ängstlich blickte er hinter sich, ob uns niemand beobachte, kam mit dem Kopf ganz nahe heran und flüsterte mir mit seiner rauhen Stimme ins Ohr: »Sie haben mich geschlagen, Vali.«

»Schlimm?«

»Sehr schlimm.« Er griff sich, um das Schreckliche dieses Geschehens noch deutlicher zu machen, mit beiden Händen an den Kopf, ging die wenigen Stufen hoch, zerrte den großen Schlüssel aus der Tasche und schloß schnell die Tür auf. Er winkte mich noch einmal zu sich in die Türnische, wo uns niemand sehen konnte, und sagte leise: »Nimm dich vor denen in acht, Vali!« Dabei deutete er auf die Wohnungstür, die einst in die Räume der närrischen Modistin Anna Leutze führte. Dann schloß er hinter sich die Tür.

Seit kurzem lebte dort die Familie Feist. Er war Invalide, sie ging putzen. Man munkelte im Haus, sie würden der Partei und der Gestapo alles mitteilen, was ihnen im Haus auffalle, und sie hätten auch dafür gesorgt, daß Max ins Konzentrationslager gekommen sei. Als er, für uns alle überraschend, wieder aus Dachau zurückgekommen war, hatte Frau Feist ein großes Geschrei gemacht, daß es das ganze Haus erfuhr, es falle ihr als deutscher Frau im Traum nicht ein, vor der Tür eines Dreckjuden zu putzen. Und beim turnusmäßigen Treppenputz ließ sie stets das kleine Flurstück vor Maxens Tür ungeputzt.

Ich mochte Max, denn er war ein gutmütiger und hilfsbereiter Mensch. Damals, als man Anna Leutze unter dem Bett hervorzerrte und in die Irrenanstalt schaffte, hatte er geweint. Auch zu uns Kindern war er immer freundlich. Er hatte mich einmal gerettet, als ich in einer sehr peinlichen Lage war.

Vor unserem Haus stand eine gußeiserne Gaslaterne. Bei etwa achtzig Zentimeter Höhe hatte sie einen kleinen Absatz, auf den man sich mit der Kante der Schuhsohle draufstellen konnte. Weiter oben war eine kurze Querstange zum Anstellen der Leiter für den Laternenputzer. Die Großen der Clique konnten auf den Absatz steigen, den Laternenpfahl hochklettern und an der Querstange herumturnen. Hatten sie genug, umklammerten sie geschickt mit den Beinen den Laternenpfahl und hangelten sich wieder nach unten.

Eines Tages fragte mich Schorschi scheinheilig: »Willst du auch mal rauf?«

»Ja, schon.«

»Ich helf' dir«, sagte er, stellte sich auf den Absatz, hob mich zu sich hoch, kletterte noch ein Stück höher, und hängte mich mit einer Hand an die Querstange. »Festhalten!« kommandierte er und ließ los. Schorschi rutschte den Laternenpfahl hinunter, sagte noch einmal: »Halt dich gut fest!« Dann lief er davon.

Ich hatte Todesängste und schrie laut, denn ich konnte wohl mit den Beinen den Laternenpfahl umfassen, wie es auch die Großen machten, wagte aber nicht, eine Hand von der Querstange wegzunehmen. Da kam Max Himmelreich, in Pantoffeln und nur mit einer Hose bekleidet, aus dem Haus gestürzt und half mir hinunter, pflückte mich wie einen reifen Apfel von der Gaslaterne.

Einmal sprach mich Max im dunklen Hauseingang an, was er seit Monaten nicht mehr getan hatte, es schien mir sogar, als habe er auf mich gewartet.

»Kommst du einen Augenblick zu mir herein, Vali?« Er stapfte schon, ohne eine Antwort abzuwarten, die steinernen Treppen hoch, schloß auf und ging in sein Zimmer. Ich folgte ihm. Er machte kein Licht, schloß die Tür und wandte sich zu mir: »Du weißt, daß ich den Stern auch tragen muß«, und er zerrte an seinem Jackett, um mir den gelben Judenstern zu zeigen, der dort in Brusthöhe angenäht war. Seit kurzem mußten alle Juden diesen Stern tragen.

»Ihr seid doch auch Juden, Vali?« sagte Max.

»Das wissen Sie. Warum fragen Sie mich?«

»Um Gottes willen, versteh mich nicht falsch!« Max war in großer Verlegenheit. »Ich wollte dir nur sagen, daß ich Angst um euch habe.«

»Haben Sie um sich selbst keine Angst?« fragte ich.

Er winkte ab. »Wer bin ich denn, Vali? Ein alter Mann, zu nichts mehr zu gebrauchen.« Max war nicht älter als fünfzig. Er fuhr fort: »Aber ihr, Paula, du und Alex, ihr seid noch jung.« Und Max berichtete mir, immer noch im Dunkeln, daß andere Juden, die mit ihm in der Ziegelei in Bad Soden arbeiteten, erzählt hätten, es sei nicht wahr, daß die Juden, die man angeblich zur Umsiedlung nach dem Osten abtransportiere, auch wirklich umgesiedelt würden. Man schaffe sie in ein Lager, wo man sie umbringe. Er packte mich fest am Arm, um seinen Worten noch mehr Nachdruck zu verleihen, und beschwor mich, wir sollten schnellstens Deutschland verlassen, wenn es überhaupt noch gehe. Wir seien in großer Gefahr und er wisse genau, daß hier mit den Juden noch viel Schlimmeres passieren werde. »Geh jetzt, Vali«, sagte er, drehte sich um und ließ mich stehen.

Ein Jahr später holte die SA ihn am frühen Morgen ein zweites Mal, niemand im Haus hatte es gemerkt. Erst als einige Tage danach die Polizei die Zimmertür öffnete und man sein ärmliches Mobiliar herausschleppte, wußten wir Bescheid.

Max Himmelreich kam nicht wieder.

Kristallnacht

1935 hatte ich eine Lehre als Technischer Zeichner begonnen. Mama hatte es so gewollt. Es war eine Zeit, an die ich nur ungern denke, weniger darum, weil ich im dritten Lehrjahr hinausgeworfen wurde, sondern weil ich mich dabei an zwei äußerst unangenehme Arbeitskollegen erinnere. Der eine war ein Asthmatiker und Kettenraucher, chronisch verschleimt, der ständig mit gräßlichem Geräusch ins Taschentuch spuckte und nach jeder Zigarette mit einem quietschenden Gummiball irgendwelches Zeug inhalierte, so daß unser Konstruktionsbüro vom Morgen bis zum Abend nach Kampfer und Eukalyptus stank. Der andere war ein schwuler SS-Mann. Er stellte sich häufig, wenn ich am Zeichenbrett stand, schräg hinter mich, tat so, als wolle er mir etwas erklären, und drückte mit seinem geschwellten Geschlechtsteil gegen meine Hüfte. So machte er es auch bei den zwei anderen Lehrlingen. Er war vorsichtig genug, mir nicht zu folgen, wenn ich schnell einen Schritt seitwärts tat. Ich hatte nie eine Vorliebe für Männer, obwohl mich die Berührung sehr erregte, denn bis dahin hatte Mama mit Erfolg verhindert, daß ich Liebschaften mit Mädchen anknüpfte. Darum war ich für homoerotische Angebote eher empfänglich als andere Jugendliche meines Alters. Gefährlicher wurde es, wenn der SS-Mann mir auf die Toilette folgte und mich, während wir die letzten Tropfen abschüttelten, zur gegenseitigen Pimmelbesichtigung einlud. Feige wie ich bin, hätte ich das möglicherweise getan, wie auch die beiden andern Lehrlinge es getan haben, doch aus Furcht, meine kupierte Vorhaut könne ihm auffallen, weigerte ich mich entschieden.

Eines Tages heftete ihm einer der Lehrlinge in der Mittagspause eine Zeichnung ans Reißbrett, auf der ein Totenkopf, das SS-Symbol, zu erkennen war; aber es war wiederum nicht das SS-Symbol, sondern das Warnzeichen »Vorsicht Gift!«, nur daß anstelle der Knochen zwei stramme Schwänze sich kreuzten. Er erschrak sehr und zerriß das Blatt sofort. Von dem Tag an hörten seine Annäherungsversuche auf.

Der SS-Mann hatte Glück, nie denunziert zu werden. Mitten im Krieg traf ich ihn in Uniform und mit mehreren Tapferkeitsauszeichnungen dekoriert wieder.

Ein verwachsener Materialverwalter war schuld daran, daß ich ein Jahr vor Beendigung der Lehre entlassen wurde. Wir Lehrlinge spielten dem Materialverwalter manchen Streich, und als sich ihm ein einziges Mal die Möglichkeit zur Rache bot, schlug er zu. Einmal erwischte er mich während der Arbeitszeit im italienischen Eissalon in der Frankenallee, meldete es der Geschäftsleitung und behauptete obendrein, ich hätte ihm einige Bleistifte gestohlen, was aber eine böswillige Erfindung war.

Die Entlassung löste eine familiäre Katastrophe aus, denn mit ihr wurde das Prinzip der Unauffälligkeit, das Fundament unserer Tarnung, durchbrochen. Dem Tag, da Mama wegen der Entlassung in die Luftheizungswerke, meine Lehrfirma, gerufen wurde, folgte ein fürchterlicher Abend mit Vorwürfen, Schreien und Weinen, Mamas Herzattacke und Papas Verzweiflungsgebärden mit ausgebreiteten Armen.

Als wir alle vor Erschöpfung, ich zusätzlich vor Scham, stiller geworden waren, nannte jemand den Namen Fanny Ritter. Sie war eine Freundin von Mama, ebenfalls Jüdin und gut bekannt mit dem angesehenen Frankfurter Industriellen Remy Eyssen, Inhaber der altrenommierten Eisen- und Stahlbaufirma Fries Sohn. Wenn sie ihn dazu überreden könnte, so überlegten wir, daß seine Firma in den unterbrochenen Lehrvertrag einträte, wäre ich gerettet.

Fanny Ritter ging, ohne lange zu überlegen, zu Remy Eyssen und erzählte ihm, was geschehen war und wer ich in Wirklichkeit bin, fügte jedoch die fromme Lüge hinzu, ich wolle nach Abschluß der Lehre nach Palästina auswandern.

Das Wunder geschah: Remy Eyssen erfüllte ihre Bitte und stellte mich, einen Juden, ein – und das im Jahr 1938! Mein Arbeitsplatz war aber nicht im Hauptwerk im Riederwald, sondern in dem kleineren Werk Süd in Sachsenhausen. Vorher rief mich Remy Eyssen noch zu sich ins Chefbüro, um mir zu sagen, ihn interessiere nicht, was geschehen sei, ich habe mich ordentlich zu betragen und nach Beendigung meiner Lehrzeit die Firma wieder zu verlassen. Ich versprach es ihm und war auch redlich bemüht, während der restlichen zwölf Monate meiner Lehre unauffällig zu bleiben. Aber dann kam der November 1938 und die Kristallnacht.

»Oj wej, wird das Zores geben!« sagte Mama, als die Nachricht über den Rundfunk kam, ein gewisser Grienspan habe in Paris den deutschen Gesandtschaftssekretär vom Rath erschossen. Der Getötete stammte aus einer alten Frankfurter Familie. Mama nahm die Hände an die Backen und bekam ganz große ängstliche Augen. »Auf so etwas haben die ja nur gewartet.« Nach einer Weile fuhr sie, jedes Wort betonend, fort: »Alles, was wir bisher von den Hitlers erlebt haben, wird ein Dreck sein gegen das, was jetzt kommt.«

Mama hatte wie immer recht. Als ich am andern Morgen auf dem Weg zu meiner Arbeitsstelle in Sachsenhausen war, holte mich auf dem Eisernen Steg eine junge Sekretärin ein. »Haben Sie schon gehört, die Synagoge am Börneplatz brennt, und im

Sandweg schlagen sie die Schaufenster von jüdischen Geschäften ein und werfen alles auf die Straße.«

Wir kamen ins Büro. Dort war bereits eine große Aufregung, alle redeten durcheinander, jeder wußte etwas anderes. Nicht nur die Neue Synagoge am Börneplatz brenne, sondern alle Synagogen ständen in Flammen, im gesamten Ostend und auch im Nordend würden Juden aus ihren Wohnungen getrieben und alle jüdischen Geschäfte demoliert.

Ich wartete darauf, daß der Hitlerjunge käme, der im Konstruktionsbüro vor mir am Zeichenbrett stand. Er war im letzten Lehrjahr und zwei Jahre älter als ich. Häufig kam er in seiner HJ-Uniform zur Arbeit. Als Zeichen seiner Scharführerwürde hing ihm eine geflochtene Schnur von der Achselklappe in einem Bogen bis zum mittleren Hemdenknopf. Er wußte immer zuerst Bescheid, wenn wieder einmal Aktionen gegen die jüdische Bevölkerung unternommen wurden.

So erregt ich auch war, ich durfte mich nicht verdächtig machen, nicht mehr Neugierde zeigen als die andern. Aber ich hielt es nicht mehr aus, zog meine Jacke an und rannte los zum Börneplatz. Von weitem schon sah ich in Richtung der Synagoge eine große Rauchwolke am Himmel.

Und dann stand ich in der Menschenmenge auf dem Platz und sah die Flammen, die aus dem großen Kuppelbau des Gotteshauses schlugen. Etwa hundert Meter von der brennenden Synagoge entfernt bildeten SA-Leute und Hilfspolizisten einen Kordon, so daß niemand näher an die Brandstelle herankonnte. Ganz vorne, noch vor der Absperrung, stand eine Gruppe Hitlerjungen, feixte und lachte und machte eine Gaudi aus dem schrecklichen Geschehen.

Die Menschen hinter der Absperrung waren eher betreten, ich hörte kein Wort der Zustimmung. Neben mir erzählte eine Frau, sie habe gesehen, wie man am Zoologischen Garten Juden mit Lastwagen abtransportiert habe. Ein Mann sagte, er komme gerade von der Friedberger Anlage, die dortige Synagoge brenne ebenfalls und auch die Alte Synagoge an der Allerheiligenstraße.

Neben dem wie eine Pechfackel lodernden Rundbau standen zwei Feuerwehrwagen, einer mit einer großen Leiter, die aber nicht ausgefahren war, und ein Gerätewagen. Mit Löschschläuchen in den Händen standen einige Feuerwehrleute herum, aber sie bekämpften nicht den Brand, sondern löschten nur die auf die Straße stürzenden Balken. Sie hatten offensichtlich Anweisung, die Synagoge ausbrennen zu lassen und nur das Übergreifen des Feuers auf die Häuser der Nachbarschaft zu verhindern.

Ich weiß nicht mehr, wie lange ich da stand und in die Flammen starrte. Ein Gefühl überwältigte mich, wie ich es bisher nicht gekannt hatte: auch ich war einer von denen, die da gequält und geschunden wurden. Noch nie war es mir so deutlich ins Bewußtsein gedrungen, daß ich zu ihnen gehörte. Es waren meine Brüder und Schwestern, denen man die Scheiben zertrümmerte, die Wohnungen demolierte, die Geschäfte zerschlug, die Gotteshäuser zerstörte, die Thorarollen schändete und denen man Schlimmes an Leib und Leben antat. Ihr Schicksal war mein Schicksal, auch ich war einer aus dem auserwählten Volk, gewiß keiner der tapfersten und edelsten, keiner der bekenntnisfreudigsten – aber aus der Tatsache selbst konnte ich mich nicht herauslügen. Ich wollte es auch nicht in diesem Augenblick.

Ich empfand keinen Haß auf die neugierig glotzende Menschenmenge um mich herum, obwohl ich wußte, daß bei den meisten von ihnen die brennende Synagoge keine Erschütterung auslöste. Es war für sie ein Schauspiel, bei dem man für kurze Zeit eine Gänsehaut bekam. Ich war unendlich traurig und dachte, jetzt müßte wer laut das Sch'ma Jisrael* beten als letztes Bekenntnis vor dem Untergang. Und plötzlich hörte ich ganz deutlich die Stimme Papas. Er sang das alte, bittere, jiddisch-revolutionäre Lied, das er hin und wieder zu Hause sang, allein oder auch zusammen mit Mama, und das ich bis

* Sch'ma Jisrael: »Höre, Israel!«, die ersten Worte des Glaubensbekenntnisses der Juden vom einzigen Gott.

auf den heutigen Tag nicht mehr singen hörte, es scheint, daß
es verschollen ist.:

> Hulet, hulet, bejse Windn,*
> jetz is aier Zait,
> lang wet doieren der Winter,
> Summer is noch wait.
>
> Raisst die Loden fun die Fenster,
> Schaiben brecht arois,
> brennt a Lichtl ergets Finster,
> lescht mit Zorn es ois.
>
> Jogt de Vejgl fun die Welder,
> wait vertraibt sej fort,
> die wos kennen nit mehr fliehen,
> toit sain oif dem Ort.

Ich sah nichts als die Flammen und den Rauch, obwohl viele
hundert neugierige Menschen um mich herumstanden, und in
meinen Ohren klang, als stünde er dicht neben mir, Papas
leise, traurige Stimme: »Hulet, hulet, bejse Windn.« Ich hätte
mich nur umdrehen müssen, um ihn zu sehen, so nahe war er
mir. Und in meinem Kopf zitterte der Refrain mit: »Lang wet

---

* Stürmet, stürmet, böse Winde,
  jetzt ist eure Zeit,
  lang wird dieser Winter dauern,
  Sommer ist noch weit.

  Reißt die Läden von den Fenstern,
  Scheiben brecht heraus,
  brennt ein Licht noch wo im Dunkeln,
  löscht mit Zorn es aus.

  Jagt die Vögel aus den Wäldern,
  weit vertreibt sie fort,
  denn die nicht mehr fliehen können,
  bleiben tot am Ort.

doieren der Winter, Summer is noch wait.« Ich weinte, die Tränen rannen mir die Backen hinunter, und es war mir gleichgültig, ob mich jemand beobachtete.

Langsam ging ich zurück ins Büro. Niemand fragte mich, wo ich gewesen war. Eine halbe Stunde später kam der Hitlerjunge. Sein Gesicht und seine Hände waren verdreckt.

»Was gibt's Neues?« wurde er gefragt.

»Was es Neues gibt? Ihr wißt hoffentlich schon alles«, antwortete er.

Aber dann erzählte er doch von seinem Einsatz. Bereits am Abend hatte ihn sein Gefolgschaftsführer vorgewarnt, daß in der Nacht etwas fällig sei, er solle sich für einen Einsatz bereithalten. Um drei Uhr in der Frühe holte man ihn aus dem Bett, und eine halbe Stunde später war er an dem Treffpunkt im Nordend. Die Hitlerjungen wurden hier in mehrere Gruppen eingeteilt, dann zogen sie in Richtung Innenstadt los. In den ihnen zugewiesenen Straßenzügen hatten sie systematisch die Schaufenster der jüdischen Geschäfte eingeschlagen und die Einrichtungen demoliert; danach drangen sie in Wohnungen von Juden ein, trieben sie auf die Straße, zerschlugen auch hier die Fensterscheiben und warfen anschließend das Mobiliar durch die Fenster auf die Straße.

Die Straßen waren übersät mit Glasscherben, was dem Pogrom dann den Namen »Kristallnacht« gegeben hat. Draußen wurden die aus den Wohnungen hinausgejagten Menschen von der SA in Empfang genommen und abgeführt.

Der Hitlerjunge schloß seinen Bericht mit der Bemerkung: »Einem haben wir den Bart und die Pajes* gestutzt. Der sah hinterher wie eine Runkelrübe aus. Das war vielleicht komisch. Und geglotzt hat er wie ein Frosch.«

Ein älterer Kollege fragte: »Prügel haben die Juden auch bekommen?«

»Was wollen Sie damit sagen?« fragte der Scharführer.

»Gar nichts. Man hört so allerhand.«

* Pajes: Schläfenlocken bei frommen Juden

»Sie haben wohl noch Mitleid mit denen?«

Der Kollege schwieg. Beleidigt und sozusagen mißverstanden zog sich der Hitlerjunge zurück. Später stellte er sich zu mir ans Zeichenbrett, um noch mehr von seinen Heldentaten zu berichten. Sein HJ-Trupp war zur Synagoge in der Friedberger Anlage abkommandiert worden. Gegenüber der Synagoge am Anlagenring stand bereits ein Auto, das mehrere Benzinkanister geladen hatte. Der Brandanschlag war also gründlich vorbereitet. Durch das Hauptportal und die zertrümmerten Fenster gossen sie das Benzin in das Gebäude und zündeten es mit Hilfe getränkter Putzwollappen an. Noch zweimal mußten sie Benzin nachschütten und von neuem anzünden, bis die Synagoge endlich in Flammen stand. Ich saß an meinem Zeichentisch und versuchte, gleichgültig auszusehen. Doch meinem Arbeitskollegen mußte etwas an mir aufgefallen sein. Er unterbrach seine Erzählung und fragte: »Interessiert dich das nicht?«

»Ehrlich gesagt: »nein.«

»Magst du die Juden?«

Was sollte ich ihm darauf antworten? Zwar fiel mir das Lügen nicht schwer, ich hatte es, solange ich mich erinnern kann, geübt. Aber jetzt konnte ich nicht anders. Ich sagte: »Ob ich die Juden mag oder nicht, ist schließlich egal. Du kannst dir deine Geschichten sparen. Was heute nacht mit den Juden geschehen ist, das halte ich für ein Unrecht, das ist einfach unchristlich.«

Der HJ-Führer war auf diese Antwort nicht gefaßt. Er starrte mich eine Zeitlang an, dann zischte er: »Du bist mir ja ein feiner Volksgenosse!«

»Laß mich in Ruhe.« Ich drehte mich zu meinem Zeichenbrett um.

Doch er ließ mich nicht in Ruhe. »Mach nur, ich bin neugierig, was du sonst noch auf Lager hast.«

Jetzt merkte ich, daß ich zu weit gegangen war.

»Daß du Bescheid weißt«, sagte er förmlich, »das werde ich weitermelden, dazu bin ich verpflichtet.«

Am Nachmittag rief mich der Chef, Herr Bernhardt, zu sich ins Büro. Bei ihm saß der HJ-Führer.

»Stimmt es, Herr Senger, daß Sie über die heutigen Ereignisse diese Äußerungen getan haben?« fragte mich der Chef.

»Ich habe nur gesagt –«

Heftig unterbrach er mich: »Was Sie ›nur‹ gesagt haben, weiß ich bereits. Ich dulde in meinem Betrieb keinerlei politische Stänkereien, die gegen den Staat oder die Partei gerichtet sind. Merken Sie sich das. Hiermit erteile ich Ihnen einen Verweis! Haben Sie noch etwas zu sagen? Nein? Dann können Sie gehen.«

Es hätte bei Gott schlimmer kommen können. Ich hoffte nur, der Hitlerjunge würde es dabei belassen, mich beim Chef angeschwärzt zu haben. Es beruhigte mich etwas, daß er auch am Nachmittag im Büro blieb. So konnte er, wenigstens an diesem Tag, keine Parteistelle informieren. Eine halbe Stunde später rief mich Herr Bernhardt wieder zu sich. Diesmal war er allein. »Setzen Sie sich.« Seine Stimme klang anders als vorher, freundlicher. »Ich hoffe, Sie haben kapiert, was für eine große Eselei Sie gemacht haben. Ist Ihnen denn klar, in welcher Zeit wir leben? Da kann man doch nicht einfach so daherreden! Ich habe mich entschlossen, Sie zu versetzen. Sind Sie damit einverstanden, daß ich Sie ins Hauptwerk in den Riederwald schicke?«

»Wenn es sein muß.« Eigentlich war es mir recht so, denn es war schon eine starke Belastung, den HJ-Scharführer den ganzen Tag am Zeichenbrett vor dem meinen stehen zu haben und zu wissen, daß er jede Gelegenheit wahrnehmen würde, mich erneut zu denunzieren, das nächste Mal vielleicht bei der Partei. Und dann war ich wirklich dran.

»Ihr Arbeitskollege wird keine Ruhe geben«, fuhr Herr Bernhardt fort. »Ich halte es für das Beste, wenn Sie in den Riederwald gehen.« Er stand auf, was bedeutete, daß die Unterredung beendet war. Und da sagte er noch einen Satz, den ich von ihm nicht erwartet hätte, denn er gab sich immer sehr verbunden mit dem Hitlerstaat: »Zu dem, was heute in

Frankfurt passiert ist, kann man seine eigene Meinung haben, aber die behält man für sich. Das war's, was ich Ihnen sagen wollte. Gehen Sie jetzt an Ihre Arbeit.«

Herr Bernhardt hat während der ganzen Hitlerzeit immer »seine Pflicht getan«, war ein verläßlicher Werksführer und hat bis zum bitteren Ende ausgehalten. Der HJ-Führer ging als Freiwilliger in den Krieg und fiel 1943 im Kessel von Stalingrad.

Der Schreckenstag war noch nicht zu Ende. Am späten Abend kam Erika Hirschmann, die Schwester des Arztes Sely Hirschmann, die in der Israelitischen Gemeinde* als Sekretärin arbeitete, mit einer schlimmen Nachricht zu uns in die Kaiserhofstraße. Das Haus der Jüdischen Wohlfahrtspflege in der Königswarterstraße war von SA-Leuten besetzt worden. Sie hatten sämtliche Räume durchwühlt, Vorstand und Geschäftsführung verhaftet und unter anderem eine Kartei mit den Namen aller gegenwärtig und ehemals betreuten Personen mitgenommen. Wer diese Kartei überprüfte, mußte auf unseren Namen stoßen. Am gleichen Tage waren auch die gesamten Unterlagen der Israelitischen Gemeinde in der Fahrgasse einschließlich der Mitgliederkartei beschlagnahmt worden. Dort war unser Name ebenfalls zu finden, auch wenn unser Austritt aus der Gemeinde schon Jahre zurücklag.

Als wir später im Familienkreis überdachten, was diese Nachricht für uns bedeutete, waren wir uns darüber einig, daß jetzt unser Versteckspiel ein Ende hatte. Wir befürchteten nur, Polizeimeister Kaspar würde Schwierigkeiten bekommen, wenn man die Einwohnerkartei im Polizeirevier

---

* Bis November 1938 gab es in Frankfurt die »Israelitische Religionsgemeinschaft« und die außerkirchliche »Israelitische Gemeinde«. Auf Anordnung der Gestapo wurden dann beide zur »Jüdischen Gemeinde« zusammengelegt. Heute gibt es ebenfalls nur noch die »Jüdische Gemeinde«.

Hochstraße überprüfte und feststellte, daß auf unserer Karteikarte die Religionszugehörigkeit verändert worden war.

Daß wir einmal am Ende dieser Gasse ankommen mußten, war uns längst klar. Aber die Ungewißheit darüber, wann das sein würde, war zu einer kaum mehr erträglichen Belastung geworden. Und so warteten wir ruhig und fast gelassen darauf, daß man uns holen würde, warteten zwei, drei, vier Tage. Mama bekam wieder ihre Herzattacken und ich meine Magenkrämpfe. Wir warteten Wochen und Monate. Aber nichts geschah.

Besuch beim Arzt

Eines Tages wurden meine Magenschmerzen so schlimm, daß ich sie nicht mehr aushalten konnte. Ich wälzte mich auf meinem Bett, rang nach Luft, massierte den Magen oder legte kochendheiße Tücher auf, daß ich bald aussah wie ein gesottener Krebs, nichts half. Ich mußte einen Arzt aufsuchen, um mir schmerzlindernde Mittel verschreiben zu lassen, es blieb mir keine andere Wahl.

Mama war entsetzt, als ich ihr sagte, ich wolle zu einem Arzt gehen, denn sie war sicher, er werde sofort auf meine Beschneidung aufmerksam werden und mich danach fragen. Auch Papa und meine Geschwister waren voller Sorge, aber am Ende sahen sie ein, daß ich mit diesen Schmerzen nicht mehr weiterleben konnte. So wurde der Arztbesuch von der ganzen Familie beschlossen. Bisher hatten weder Papa, Alex noch ich einen Arzt gebraucht und wir machten uns auch nie Gedanken darüber, wie wir uns in einem solchen Fall verhalten sollten. Von Mama kam die Idee, wie so oft im Ansatz kühn, doch unausgereift und letztlich dilettantisch. In Südrußland gab es zu der Zeit, als Mama dort lebte, noch immer verhältnismäßig große Gemeinden der verbotenen Sekte der

Skopzen. Die Anhänger dieser im 17. Jahrhundert gegründeten und völlig im Sühnegedanken verstrickten christlichschwärmerischen Gruppe hatten die schreckliche Angewohnheit, ihren vermeintlichen Schuldanteil an der Erbsünde durch Selbstverstümmelung zu bezahlen. Dieser Brauch hatte sich im Laufe der Zeit auf ein symbolisches Beschneiden der Vorhaut reduziert.

Während ich die Fäuste in die Magengrube preßte und dabei stöhnte, schärfte Mama mir ein: »Merk dir gut, Walja, was du dem Arzt zu sagen hast, wenn er nach deiner Beschneidung fragen sollte: deine Eltern, die Wolgadeutsche sind, gehörten der Sekte der Skopzen an, bei denen das Beschneiden üblich war. Das ist der Grund, weshalb auch du beschnitten bist. Wenn der Arzt noch mehr wissen will, sagst du, das sei nach deiner Geburt gemacht worden, irgendwo in einem Frankfurter Krankenhaus. Und sonst sagst du nichts, kein Wort, hast du verstanden?«

Ich merkte mir die Geschichte gut, obwohl ich große Zweifel hatte. Aber wie das in der Familie so üblich war, widersprach ich Mama nicht. Warum auch? Sollte ich sie noch unglücklicher machen?

In einem offiziellen Verzeichnis fanden wir unter der Rubrik »Fachärzte für Magen- und Darmkrankheiten« den Namen Dr. Kurt Hanf-Dreßler. Mama erinnerte sich, daß auch Frau Volk aus dem Vorderhaus zu ihm ging und ihn gelobt hatte. Seine Praxis war nicht weit von uns entfernt, am Blittersdorfplatz.

Der Abschied, den mir meine Familie bereitete, als ich mich auf den Weg zum Arzt machte, war wie bei einer Trennung für immer. Diese fünfzehn Minuten die Mainzer Landstraße hinauf wurden zu einem schweren Gang. Ich hatte Herzklopfen – aber keine Magenschmerzen mehr. Sie waren wie weggeblasen, das erste Mal seit vielen Tagen. Ich überlegte, ob ich umkehren solle, aber ich wußte genau, die Schmerzen würden wiederkommen. Also ging ich weiter.

Im Wartezimmer des Arztes saßen etwa zwanzig Personen

gelangweilt herum und blätterten in Zeitungen und Zeit-schriften. Ich war ein wenig erleichtert, denn ich konnte mir ausrechnen, daß ich noch mindestens zwei Stunden oder auch drei bis zur Untersuchung haben würde. Mir war noch eine Frist gegeben. Meine Magenbeschwerden waren inzwischen tatsächlich weg. Viel zu schnell hintereinander wurden die Patienten aufgerufen. Nun saßen nur noch fünf vor mir. Die Tür öffnete sich und statt der Sprechstundenhilfe stand der Arzt selbst im Türrahmen, um den nächsten Kranken herein-zubitten. Unter dem weißen Kittel trug er eine braune Uniform, offenbar eine von der SA. Am Hals erkannte man das Braunhemd mit irgendwelchen Chargenspiegeln und an den Beinen über Breecheshosen braune Reitstiefel. – Später erfuhr ich, daß Dr. Hanf-Dreßler ein Führer in der Frankfur-ter Reiter-SA war.

Bei diesem Anblick kam mir nicht einmal Mamas »Masel-tow« in den Sinn. Verschwinden wäre das einzig Vernünftige gewesen. Noch war Zeit, niemand hätte mich aufgehalten. Oft habe ich mich gefragt, warum ich in diesem Augenblick nicht gegangen bin. Ich blieb im Wartezimmer sitzen mit den Marken- und Darmkranken, blätterte in alten, abgegriffenen Zeitschriften, hörte den SA-Doktor im Nebenzimmer hantie-ren und sprechen, zählte die Patienten, die noch vor mir waren, jetzt noch drei, noch zwei – und wartete, bis ich aufgerufen wurde.

Und dann saß ich auf dem Stuhl vor ihm, zwischen uns der Schreibtisch, und erzählte ihm, welche Beschwerden ich hatte. Doktor Hanf-Dreßler hörte, so schien es mir, uninter-essiert hin, machte sich noch irgendwo einige Notizen, verstaute eine Karteikarte in der Schublade und sagte: »Nun machen Sie mal den Oberkörper frei und legen Sie sich dort auf die Liege.«
Ich tat, wie mir geheißen.
Er beugte sich über mich, und ich sah nichts weiter als die beiden Chargenspiegel auf dem braunen Hemd mit den

silbernen Sternen drauf, gefältelte Knopfaugen einer bösen Fratze.

Seine Finger drückten hier und dort auf den Bauch und ertasteten zwischen den Rippen das Zentrum der Schmerzen. Dann drückte er den unteren Bauch ab.

»Tut's hier auch weh?«

»Nein.«

»Hier?«

»Nein.«

»Öffnen Sie mal die Hose.«

Während ich noch zögernd an den Knöpfen herumnestelte, zog er mir die Hose, wie er es wohl oft machte, nach unten.

»Nanu, was ist denn das?«

»Was meinen Sie?«

»Sind Sie beschnitten?«

»Nein – doch.«

»Was heißt das: nein, doch?«

Stotternd begann ich meine Geschichte von den Skopzen, deren Schuldbewußtsein um die Erbsünde so weit ging, daß sie sich selbst entmannten, und daß mich darum meine Eltern hätten beschneiden lassen.

Ich weiß nicht, wie weit ich gekommen war, als er mich ärgerlich anfuhr: »Erzählen Sie mir keinen solchen Blödsinn. Sie sind doch in Frankfurt geboren. Wer hat den Schnitt gemacht?«

»Ich wurde in einem Krankenhaus beschnitten.«

»Wenn das von einem Arzt in einem Krankenhaus gemacht worden wäre, dann sähe das ganz anders aus. Haben Sie daran schon einmal gedacht, wenn Sie solche Geschichten erzählen?«

»Ja, aber Sie können mir glauben –«

Scharf unterbrach mich Dr. Hanf-Dreßler: »Jetzt hören Sie endlich auf mit dem dummen Zeug! Passen Sie genau auf, was ich Ihnen sage: Jeder Arzt, nicht nur ich, erkennt das einwandfrei als rituellen Schnitt eines jüdischen Beschneiders.« Und nach einer ganzen Weile: »Solche Geschichten lassen Sie mal in Zukunft.« Dabei tastete er mich immer weiter ab. »Haben Sie hier Schmerzen?«

»Nein.«

»Und hier?«

»Nein.«

Er zog mir mit einem Ruck die Hose wieder hoch, richtete sich auf, ging ans Waschbecken, wusch sich die Hände und sagte: »Sie können sich wieder anziehen. Ihre Magenbeschwerden scheinen nervöser Natur zu sein. Möglicherweise ist auch eine Gastritis dazugekommen, eine Magenschleimhautentzündung. Ich verschreibe Ihnen eine Rollkur.«

Dann setzte er sich an den Schreibtisch, füllte ein Rezeptformular aus, erklärte mir noch, wie ich die Rollkur machen müsse, welche Diät ich in der nächsten Zeit einhalten solle, und verabschiedete sich mit den Worten: »Wenn's gar nicht besser wird, müssen Sie halt noch mal kommen. Auf Wiedersehn, Herr –« er schaute auf die Karteikarte: »Herr Senger.«

Er öffnete mir die Tür zum Flur, wandte sich an seine Sprechstundenhilfe: »Der nächste Patient!« und ging in sein Ordinationszimmer zurück. Die Tür schloß sich.

Und wieder schien es, als ob wir am Ende angekommen seien. Jeder SA-Mann hatte einen feierlichen Treueid geleistet, Hitler und dem Dritten Reich zu dienen und die Marxisten und Juden zu bekämpfen, damit die arische Rasse reinerhalten bleibe. So war auch der SA-Mann Dr. Hanf-Dreßler verpflichtet, Meldung über einen getarnten Juden zu machen. Aus seinen Bemerkungen während der Untersuchung war deutlich zu verstehen gewesen, daß er mich als Jude erkannt, wenn man so will: entlarvt hatte.

Und noch etwas kam hinzu: in dieser Zeit, es mag Ende 1938 oder Anfang 1939 gewesen sein, war bereits das Gesetz in Kraft getreten, nach dem alle Juden einen kennzeichnenden Vornamen tragen mußten, bei Frauen »Sarah«, bei Männern »Israel«. Mit diesen Vornamen wurden nicht nur die polizeilichen Unterlagen, Pässe und andere Ausweise ergänzt, jedes amtliche oder nichtamtliche Formular, das ein Jude auszufüllen, jede Unterschrift die er zu leisten hatte, mußten mit dem ausgeschriebenen Zwangsvornamen versehen sein.

So war es für den Arzt einfach, anhand meines Krankenscheins zu erkennen, daß ich nicht als Jude registriert war, es fehlte der kennzeichnende Vorname Israel. Ich war also, so mußte zwangsläufig seine Schlußfolgerung sein, auf illegale Weise durch die Maschen des Gesetzes geschlüpft, und hier spätestens hörte seine ärztliche Schweigepflicht auf, denn der fehlende Vorname Israel hatte nichts mit meinen Magenbeschwerden zu tun – oder doch nur sehr mittelbar.

Zu Hause erzählte ich nichts von meinem Erlebnis. Was würde es auch nützen? Mama bekäme erneut einen Herzanfall, und Papa würde ihr kalte Tücher aufs Herz legen, im Zimmer auf und ab gehen und stöhnen: »O Gott, mit was haben wir das verdient?«

Nur Alex erzählte ich davon. Er war überzeugt, Dr. Hanf-Dreßler würde eine Meldung machen. Gemeinsam warteten wir darauf, daß nunmehr der Ernstfall eintrete. Nach Tagen schrecklicher Ungewißheit mußte ich erkennen, daß der Arzt geschwiegen und so unsere Familie vor der Deportation und damit vor der Vernichtung bewahrt hatte.

Viele Jahre später erfuhr ich, Dr. Hanf-Dreßler habe, obwohl er in der Reiter-SA war, einer Reihe von Juden geholfen, habe sie trotz Verbots in seiner Praxis behandelt, außerhalb der Sprechstunde, und in seinem Jagdhaus im Spessart ein jüdisches Ehepaar über ein halbes Jahr versteckt gehalten, bis sich eine Gelegenheit fand, die beiden illegal über die Grenze zu bringen. Und in seiner Privatklinik im Frankfurter Westend habe er bis zu deren Zerstörung durch amerikanische Bomber eine jüdische Ärztin unter falschem Namen als Krankenschwester beschäftigt.

Dr. Hanf-Dreßler hatte nach Kriegsende einige Zeit in der Provinz gearbeitet und war erst in den fünfziger Jahren nach Frankfurt zurückgekehrt. 1967 erfuhr ich zufällig, daß er Chefarzt im Bürgerhospital sei. Da nahm ich mir vor, ihn aufzusuchen, unsere damalige Begegnung in seiner Praxis zu schildern und ihm zu danken.

Ich zögerte, zu ihm zu gehen, vielleicht würde er mich mißverstehen. Meine Frau drängte mich. Ein letztes Mal redeten wir um die Weihnachtszeit 1970 darüber. Ich versprach, nun endlich mit Dr. Hanf-Dreßler einen Termin auszumachen. Anfang Februar 1971 rief ich im Bürgerhospital an. Von seiner Sekretärin bekam ich die Auskunft, der Chefarzt sei zur Zeit in Urlaub. Wenn ich ihn sprechen wolle, müsse ich mich in zwei Wochen noch einmal melden.

Einige Tage nach diesem Anruf las ich in der »Frankfurter Rundschau« die Meldung: »Der Chefarzt des Bürgerhospitals, Dr. Kurt Hanf-Dreßler, ist am 24. Februar 1971, an seinem 67. Geburtstag, zusammen mit seiner Frau beim Skilaufen im Silvretta-Gebiet in den österreichischen Alpen durch eine Staublawine ums Leben gekommen.«

Nichts tun ist das beste

Als ich die Gesellenprüfung bestanden hatte, rief mich der Chef der Firma Fries Sohn, Remy Eyssen, wieder zu sich und fragte, wann ich nun die Firma verlassen wolle. Sein Drängen war verständlich, denn im Jahr der Kristallnacht hatte sich die Lage der Juden katastrophal verschlechtert. Neben einer Vielzahl wirtschaftlicher Sanktionen waren der Kennkartenzwang, die zusätzlichen Vornamen Sarah und Israel sowie das große J in den Reisepässen für Juden eingeführt und alle jüdischen Kinder von deutschen Schulen entfernt worden. Gefängnis und Zuchthaus drohten den Deutschen, die Juden halfen oder sie beschützten.

Remy Eyssen befand sich in einer äußerst schwierigen Lage. Mit jeder neuen Schikane gegen Juden, jeder neuen Strafverschärfung für unerlaubte Hilfe vergrößerte sich sein Risiko, und erst recht durch meine Antwort, daß ich nicht genau wisse, wann ich Fries verlassen würde.

Erregt beugte er sich in seinem Sessel vor: »Wieso wissen Sie das nicht? Das war so vereinbart!«

»Das stimmt«, gab ich verlegen zur Antwort, »aber mittlerweile hat sich einiges verändert.«

»Was hat sich verändert? Liegt Palästina nicht mehr da, wo es vor einem Jahr lag?« Mit dieser unbedachten Bemerkung hatte er das erste Mal etwas über mein Judentum gesagt. Aber ich merkte, daß es ihm sofort wieder leid tat. Etwas ruhiger fuhr er fort: »Sie mißbrauchen meine Hilfsbereitschaft auf eine miserable Weise.« Mit gesenktem Kopf, als denke er nach, ging er einige Schritte hin und her und sagte dann: »Sie können gehen.«

Voller Schuldgefühle schlich ich mich davon. Auch wenn ich es wirklich vorgehabt hätte, wäre es viel zu spät gewesen, nach Palästina auszuwandern, denn würde ich mich jetzt darum bemühen, brächte ich meine ganze Familie ins Verderben. Wir hatten uns nie als Juden gemeldet und damit gegen eine Reihe von Judengesetzen verstoßen. Ein Antrag auf Ausreise würde alle unsere Verfehlungen aufdecken. Selbst ein Firmenwechsel mit den unumgänglichen Formalitäten könnte leicht zu unserer Entlarvung führen.

Was Remy Eyssen auch tun würde, es mußte seine Situation verschlechtern. Und er tat das Anständigste, das für ihn Gefährlichste und das für mich Günstigte, nämlich nichts. Bald darauf schickte er mich wieder ins Werk Süd zurück. Nun war ich ihm wenigstens aus den Augen.

Ich hatte das Glück, an meinem neuen alten Arbeitsplatz zu einigen Kollegen Kontakt zu finden, denen Hitler und das Dritte Reich ebenso zuwider waren wie mir. Es kostete mich einige Mühe, ihre politische Gesinnung zu erkunden und allmählich ihr Vertrauen zu gewinnen.

Schließlich waren wir sieben oder acht politisch Gleichgesinnte, die regelmäßig Informationen austauschten, Tagesereignisse diskutierten und sich auch mal außerhalb der Arbeitszeit trafen. Eine kleine antifaschistische Zelle war entstanden. Zu ihr gehörten der Leiter der Aufzugsabteilung Bernhard Fröhlich und ein bei ihm tätiger Ingenieur, und wir konnten uns auch in Gegenwart der Abteilungssekretärin offen unterhalten. Ferner gehörten dazu: Heinz Kreuter, mit dem mich viele Jahre eine Freundschaft verband, ein Heizungstechniker, der mit mir die Gesellenprüfung gemacht hatte, ein älterer Pförtner, zwei Heizungsmonteure, und ab 1940 Irmgard Dröll, die in meinem späteren Leben eine besondere Rolle spielen sollte.

Wann immer ich an meine Arbeit im Werk Süd zurückdenke, wo ich bis 1944 bleiben und sogar zum Betriebsleiter aufsteigen konnte, fallen mir zwei Affären ein, die mir leicht hätten zum Verhängnis werden können. Sie veranschaulichen, wie der Dauerzustand Angst mir so zur Gewohnheit wurde, mich so leichtsinnig machte, daß ich die Gefahr vergaß und glaubte, wie jeder andere legale Bürger leben zu können. Vielleicht hat auch dieses Phänomen zu unserem Überleben beigetragen.

Mit der Einführung von Bezugskarten für Tabak und Zigaretten ergab sich für mich ein ernstes Versorgungsproblem, denn die tägliche Zuteilung betrug im günstigsten Fall zehn, später nur noch fünf oder gar drei Zigaretten. Den Fehlbedarf mußte sich ein starker Raucher, und ich war einer, teuer von Nichtrauchern oder auf dem schwarzen Markt beschaffen. Je knapper die Zuteilungen wurden, um so schneller stiegen die Schwarzmarktpreise. Sie betrugen schließlich das Vier- bis Fünffache der Ladenpreise, vorausgesetzt, man hatte eine Bezugsquelle.

Ich war mit der Besitzerin eines Tabakwarenladens in der Schulstraße, der schwarzen Thekla, seit Jahren bekannt und hatte darum nie Beschaffungs-, sondern ausschließlich Finanzierungssorgen, denn die geschäftstüchtige Thekla verlangte auch von mir den Schwarzmarktkurs.

Da fiel mir etwas ein. Die Bezugskarten hatten dreißig Nummernfelder, von denen immer nur ein Teil zum Kaufen von Tabakwaren aufgerufen wurde. Eigentlich könnte es nicht schwer sein, überlegte ich, mit Radiermesser, Feder und Tusche die ungültigen Nummern in gültige unzuwandeln, zum Beispiel eine Sieben in eine Eins, eine Drei in eine Acht, eine Acht in eine Drei, eine Neun in eine Null, und so weiter. Ich probierte es aus und legte der schwarzen Thekla einige Musterkorrekturen vor. Es war eine saubere Arbeit, und Thekla ließ sich mit mir auf einen riskanten Handel ein. Sie übergab mir jeweils kleinere Posten der Karten, die sie von ihren Kunden in Verwahrung hatte, und ich veränderte die Zahlen entsprechend den Aufrufen. Dafür erhielt ich ein Drittel der durch meine Manipulation zusätzlich gewonnenen Zigaretten. Thekla gab mir immer mehr Karten zum Korrigieren. Doch es war ein Stoßgeschäft, weil wir immer auf die Aufrufe warten mußten. Darum versuchte ich auch schon mal während der Mittagspause, wenn ich allein im Konstruktionsbüro war, die Karten zu präparieren. Näherte sich jemand, deckte ich sie schnell mit einem Zeichenblatt ab. Einmal aber war es zu spät. Bevor ich sie verschwinden lassen konnte, stand Prokurist Metz hinter mir. »Was soll das? Radieren Sie etwa an der Zigarettenkarte herum?«

»Nein, nein, ich habe nur versucht . . .«

»Versucht?« Er riß die Karte unter der Reißbrettschiene hervor und hielt sie sich vor die kurzsichtigen Augen. »Sie sind wohl wahnsinnig! Dafür können Sie ins Zuchthaus kommen! Wegen ein paar lächerlicher Glimmstengel bringen Sie sich um Kopf und Kragen! Mensch, Senger, lassen Sie die Finger davon!« Er warf die Karte auf das Zeichenbrett zurück. Ein Glück, daß alle anderen Arbeitskollegen zu Tisch waren und uns niemand beobachten konnte.

Die nächsten Tage verbrachte ich voller Angst, doch Prokurist Metz zeigte mich nicht an. Mir war die Lust am Fälschen von Zigarettenkarten gründlich vergangen.

Noch leichtsinniger allerdings benahm ich mich ein Jahr

später, als ein Arbeiter mir, seinem Vorgesetzten, gefälschte Lebensmittelkarten übergab, sogenannte Reise- und Gaststättenmarken, die von englischen Flugzeugen abgeworfen worden waren. Ich mußte sie der Polizei abliefern, eine andere Verwendung war bei Todesstrafe verboten. Es mögen etwa zehn Bogen gewesen sein, die von den echten Karten nicht zu unterscheiden waren. Ich lieferte jedoch nur die Hälfte ab, die andere Hälfte behielt ich für mich. Zwei Bogen tauschte ich sogar bei der schwarzen Thekla gegen Zigaretten ein, ohne ihr zu sagen, woher sie stammten.

Mein Freund und Arbeitskollege Heinz Kreuter heiratete im Juni 1944 Irmgard Dröll, die zu unserer illegalen Betriebszelle gehörte. Ich war sehr traurig darüber, denn sie war durch mich nicht nur zur Antifaschistin geworden, ich hatte sie auch sehr gern. Aber die von Mama geprägten Verhaltensweisen hinderten mich daran, ihr meine Liebe zu gestehen. So ging ich denn als Trauzeuge mit aufs Standesamt. Doch nicht nur deshalb ist mir die Hochzeitsfeier in guter Erinnerung geblieben, sondern wegen der interessanten Zusammensetzung einer politischen Tischrunde, die übrigblieb, als sich am Abend die Verwandtschaft zurückzog. Am Kopf des Tisches saß Pfarrer Grimm von der Johannisgemeinde, der die Judenverfolgungen und die Euthanasie verurteilte und deswegen schon im Gefängnis gesessen hatte, dann das Brautpaar unserer illegalen Zelle, mein Bruder Alex, der mit Irmgards Schwester befreundet war, und ich, der Trauzeuge; eine Gesellschaft, die den Nazis gewiß für einige Jahrzehnte Zuchthaus oder KZ gut war, und die bis weit nach Mitternacht die politische Lage besprach und sich darüber einig war, das der Zusammenbruch des Hitlerregimes in greifbarer Nähe liege.
Fünf Jahre später wurde Irmgard dann doch noch meine Frau.

Als die Isenburger Lis die Juden roch

Im Gasthof »Weilquelle« auf der Kreuzung zwischen Ober-
und Niederreifenberg im Taunus lernte ich Lis kennen. Sie
war in Neu-Isenburg zu Hause, hatte mit ihrer Arbeitskolle-
gin Marga eine Radtour gemacht und in der »Weilquelle« eine
Mittagspause eingelegt. Ich setzte mich mit meinem Freund
René zu ihnen an den Tisch und wir kamen uns schnell näher.
René hatte ein Auge auf Marga, und ich beschäftigte mich mit
der kleinen und sehr lustigen Lis. Wir Jungen waren den
Mädchen auch nicht unsympathisch, und es wurde ein recht
angenehmer Nachmittag.
Später luden wir Lis und Marga zum Kaffeetrinken in unsere
Wochenendhütte in Niederreifenberg ein. Fast jedes Wo-
chenende waren wir dort und hatten immer viele Freunde zu
Besuch, auch über Nacht. Auf zwei großen übereinanderge-
bauten Pritschen schliefen unten die Mädchen und oben die
Jungen.
Lis und Marga ließen sich nicht lange bitten und kamen mit
uns. René spielte Gitarre, wir sangen Wanderlieder, und am
Abend fuhren wir mit den Fahrrädern nach Hause. Seitdem
kam Lis fast jedes Wochenende mit uns nach Niederreifenberg. Diese Freundschaft, die sich auf gemeinsame Wande-
rungen und Übernachtungen im Taunus beschränkte, hatte
für mich den großen Vorteil, daß sie von Mama nicht erahnt
werden konnte. Für sie war jede Mädchenbekanntschaft, die
ich machte, eine potentielle Gefahr für die Familie und wurde
nach Möglichkeit hintertrieben.
Lis zierte sich nicht, war ein netter Kumpel, schwatzte
drauflos, manchmal etwas zu viel, und wenn wir Glück hatten
oder ich es so arrangieren konnte, schliefen wir auch mal eine
ganze Nacht allein in unserer Hütte und liebten uns.
Die Isenburger Lis, so wurde sie in meinem Freundeskreis
genannt, war in der Liebe auch nicht viel erfahrener als ich
und ebenso phantasielos. So liebten wir uns, so gut es eben
ging. Natürlich ging es, wir kamen beide auf unsere Kosten

und waren glücklich, und es hätte noch lange weitergehen können. Und doch war unsere Liebschaft nicht von langer Dauer.

Wieder einmal waren wir in unserer Niederreifenberger Hütte und genossen die Stunden des Alleinseins. Ich weiß noch, daß die zierliche Lis sehr kleine Brüste hatte, die ganz verschwanden, wenn sie sich satt und zufrieden nach hinten kippen ließ und die Arme unter dem Kopf verschränkte. Nur die in einem dunklen Hof eingebetteten Brustwarzen standen wie große braune Druckknöpfe aufrecht. Ich hatte bisher keine Gelegenheit gehabt, sie über ihr Verhältnis zur Politik im allgemeinen und zu Hitler und den Judenverfolgungen im speziellen zu befragen. Natürlich war ich neugierig, sie auch von dieser Seite kennenzulernen. Erfahrene Liebhaber werden einwenden, daß das nicht unbedingt der richtige Zeitpunkt für politische Gespräche gewesen war. Aber wir hatten uns schon vorher all die Zärtlichkeiten gesagt, die man sich üblicherweise bei solcher Gelegenheit sagt; außerdem wollte ich keinesfalls, eingehüllt in den wunderbaren Geruch der Liebe, ernsthafte politische Gespräche führen, sondern die Isenburger Lis nur ein wenig aushorchen, um ihr vielleicht noch ein Stück näherzukommen, um sie noch ein bißchen mehr lieben zu können.

Hier muß ich einfügen, daß das im Mai oder Juni 1939 war und die Verfolgung der Juden in vollem Gange. In Frankfurt lebten von ehemals fünfzigtausend nur noch rund zehntausend Juden. Viele waren beizeiten ausgewandert, die meisten jedoch in die Konzentrationslager deportiert worden, und die Zurückgebliebenen warteten täglich auf ihren Abtransport. Außerdem roch es bereits nach Krieg.

Ich fragte also die Isenburger Lis, ob sie im BdM sei, und war froh, daß sie es verneinte. Sie interessiere sich überhaupt nicht für Politik und habe auch nichts gegen die Juden, versicherte sie, und ich freute mich noch mehr und war besonders zärtlich zu ihr. Dann sagte sie noch etwas sehr Vernünftiges: »Ich glaube, es gibt, genau wie bei uns, auch unter den Juden gute und schlechte Menschen. Ich habe sogar eine Freundin gehabt, die Jüdin war. Ihre Familie ist nach Amerika ausgewandert. Und viele Kunden in unserer Gärtnerei waren Juden.«

»Dann hast du also nichts gegen die Juden?«

»Das sagte ich dir schon.«

Ich drückte sie noch einmal.

»Aber etwas ist mit den Juden, Vali, was ich selbst beobachtet habe. Sie sind eine ganz andere Rasse als wir, das läßt sich nicht leugnen. Sie sind uns fremd.«

Vorsichtig und neugierig fragte ich: »In welcher Beziehung sind sie uns fremd?«

»In jeder Beziehung. Sie sind so ganz anders als wir, in der Art, wie sie sich geben und wie sie sich bewegen und vor allem auch in ihrem Geruch.«

»In ihrem Geruch? Das verstehe ich nicht.«

»Wenn du so viel mit Juden zu tun gehabt hättest wie ich mit unserer Kundschaft, würdest du das verstehen.«

»Erklär es mir.«

»Ganz einfach: ob es arme oder reiche Juden sind, alte oder junge, Mann oder Frau, sie haben alle den gleichen intensiven unangenehmen Geruch, eben den typisch jüdischen Geruch.«

Zu diesem Zeitpunkt hörte der Geruch unserer Liebe auf, betörend zu sein, jetzt roch es nur noch.

Lis fuhr fort: »Wenn du eine so empfindliche Nase hast wie ich, kannst du einen Juden unter hundert Christen herausfinden.«

Sie war sehr besorgt, als ich ihr sagte, mir sei plötzlich gar nicht gut. Ich kletterte schnell auf die obere Pritsche und schlief die Nacht allein. Sie verstand auch nicht, warum ich unser Verhältnis ohne eine Erklärung beendete.

Die Dirne Rosa

Die Verdunklung während des Krieges, die die Bevölkerung vor Bombenangriffen schützen sollte, verschaffte mir den Vorteil, daß ich unbemerkt von der Trierischen Gasse durch den großen Torbogen in die Dirnengasse gelangen konnte. Sie war eng und dunkel, die Männer, die, an die Hauswände gedrückt, herumstanden, waren kaum zu erkennen. Sie hieß Vogelsgesanggasse und hatte zur Schnurgasse ein leichtes Gefälle.

Ab und zu öffnete sich eine Haustür, ein schwacher Lichtschein fiel auf die steinernen Vordertreppen und auf wenige Quadratmeter Kopfsteinpflaster, der Schatten eines Mannes huschte ins Dunkel der Gasse, oder es wurde in der angelehnten Haustür getuschelt, verhandelt, und dann verschwand der Schatten in der knapp geöffneten Tür.

Viele Male war ich nachts in einer der Dirnengassen gewesen, hatte es aber nur selten gewagt, in den dünnen Lichtspalt zu treten, nach dem Preis zu fragen und mich mit nach oben nehmen zu lassen.

Es war im Spätsommer 1941, und ich stand wieder einmal in der Vogelsgesanggasse und wagte nicht, eine Prostituierte anzusprechen. Da sah ich eine Frau leicht schwankend die Gasse herunterkommen. Als sie noch drei oder vier Meter von mir entfernt war, löste sich ein Mann von der Hauswand und trat auf sie zu. Wahrscheinlich einer wie ich, der ihr ein Angebot machen wollte. Später behauptete sie, er habe ihr die Handtasche abnehmen wollen. Wie dem auch sei, als der Mann auf sie zutrat, machte sie eine schnelle Abwehrbewegung, rief etwas wie »Hau ab, du Dreckskerl« und kam ins Stolpern. Sie hielt sich an mir fest, fluchte und tastete nach einem Schuh, der ihr beim Stolpern vom Fuß gefallen war. Der Mann war mittlerweile verschwunden.

Ich erkannte die selten günstige Gelegenheit, hob den kleinen Blumenstrauß auf, der ihr aus der Hand gefallen war, und den

Schuh, an dem ein Knopf oder eine Schnalle fehlte. Während ich ihr half, mit nur einem Schuh die Gasse hinunter zu ihrer Absteige zu humpeln, fragte ich sie, ob ich mit ihr nach oben kommen könne.

»Junge, heute geht's nicht, siehst doch, wie blau ich bin, komm morgen, frag nach der Rosa.«

So lernte ich Rosa kennen – und in der darauffolgenden Nacht richtig. Zwar schickte sie mich auch da zuerst fort, aber mit der Aufforderung, in etwa einer Stunde wiederzukommen, wenn keine Freier mehr auf sie warteten.

Und sie nahm mich mit ins Bett. Nicht so, wie normalerweise Dirnen ihre zahlende Kundschaft bedienen, mit hochgeschlagenem Rock und vorne geöffneter Bluse auf dem Sofa an der anderen Wandseite, sondern wir zogen uns beide richtig aus. Rosa behielt nur ein kleines boleroartiges Wämschen an, weil sie etwas erkältet war und fror. Ich erinnere mich noch genau: Wir rauchten zusammen, im Bett sitzend, eine Zigarette, Rosa erzählte mir von ihrer dreizehnjährigen Tochter, die sie irgendwo im Fränkischen im Internat hatte und die nicht wissen durfte, was ihre Mutter in Frankfurt trieb.

Als dieses Thema erschöpft war, erzählte mir Rosa von ihrem Geburtstag, den sie am Abend zuvor mit einigen Freundinnen bei so einem »miesen Nuttenbescheißer« von Wirt gefeiert hatte, weshalb sie auch so betrunken gewesen war. Fast entschuldigend sagte sie: »Ich schluck schon was weg, aber besaufen tu ich mich selten.« Und später: »Bist sauber, Junge? Kein Tripper? Wir nehmen keinen Gummi. Da hat man ja nichts von. Laß mal sehen.« Sie drückte an meiner Eichel, spannte sachkundig die Vorhaut leicht an und sagte erstaunt: »Du hast ja e Juddeschwänzche!«

Ich muß in diesem Augenblick sehr verdattert ausgesehen haben, aber bevor ich noch antworten konnte, ergänzte sie beruhigend: »Macht doch nix, ist mir doch egal, wer du bist.« Und sie gab mir einen freundlichen Klaps auf die Backe.

Es war eine aufregende und ereignisreiche Nacht, denn Rosa war nicht nur eine vorzügliche Lehrerin und ich ein gelehriger

Schüler, sie war auch von einer ansteckenden Lustigkeit und eine wirklich begabte Erzählerin, fast eine Scheherezade in den kopfsteinbepflasterten Niederungen käuflicher Liebe. Sie schilderte ihre Nürnberger Zeit vor 1933, in der auffallend viele Juden vorkamen, die – wahrscheinlich nur mir zuliebe – alles gute und anständige Freier waren, ohne die ekelhaften Sonderwünsche. Dann die Jahre nach 1933, als es häufig vorkam, daß man sie und andere Prostituierte aus ihren Quartieren in den Deutschen Hof holte, wo sie hohe Naziführer zu bedienen hatten, und wie sie sie betrunken gemacht und drangekriegt habe. Was sie in dieser Nacht von einem Hurenleben zu erzählen wußte, war ein prallvolles Nürnberger Decamerone, gewürzt mit einem Schuß Josefine Mutzenbacher.

Zwischendurch tranken wir Kognak aus der Flasche, die neben dem Bett stand, und vergaßen natürlich auch nicht das Wichtigste. Rosa erzählte, es wurde spät, sehr spät in der Nacht, und sie erzählte immer noch. Sie sagte, ich solle bei ihr schlafen. Sie wußte ja nicht, daß Mama zu Hause wartete – und wie sie wartete!

Mit einer Lüge – ich konnte ihr unmöglich die Wahrheit sagen – verabschiedete ich mich. Rosa war verärgert, weil sie mit hinunter mußte, um mir die Haustür aufzuschließen. Es mag drei oder vier Uhr morgens gewesen sein. Ich rannte nach Hause. Mit zitternder Hand drehte ich den Schlüssel im Schloß.

*

Ich hätte mit einem Watteschlüssel öffnen können, du hättest es gehört, Mama. Du mußtest es hören, hattest ja die ganze Nacht nicht geschlafen und auf mich gewartet, aufrecht im Bett sitzend, mit drei Kissen im Rücken.

Im ärmellosen Flanellnachthemd kamst du ins Wohnzimmer, hast geweint und gestöhnt, die Hände gerungen und Gott gefragt, mit was du das verdient hättest. Und dann kam Papa aus dem Schlafzimmer, in langen Unterhosen und mit rundem Rücken. Auch er hatte die Nacht kein Auge zugetan. Er sagte nichts, aber mit Gebärden unterstrich und verstärkte er jeden deiner Ausrufe und schüttelte verzweifelt den Kopf über den mißratenen Sohn. Schließlich sagtest du, Mama, wie so oft: »Du bringst uns noch alle ins Unglück! O Gott!« Das war das Schlimmste. Hättest du erst von Rosas Überraschung über das »Juddeschwänzche« gewußt!

Erschöpft sankst du in einem Stuhl zusammen, dein krankes Herz machte es nicht mehr mit, es war einfach zu viel. Papa brachte mit schlurfenden Pantoffeln eilends ein nasses Handtuch und du schobst es durch den Ausschnitt des Nachthemds unter die linke Brust.

Wie elend war mir zumute. Vielleicht hattest du wirklich recht, Mama, und ich habe nur an mich gedacht und an mein Vergnügen. Aber da waren noch Papa, Alex, Paula und du, Mama, und ihr konntet von mir verlangen, daß alles, was ich tat, die Rücksicht auf euer Leben, eure Sicherheit, mit einschloß. Gern hätte ich dir über das graue Haar gestreichelt, Mama. Ich habe mich nicht getraut.

*

Für einen Juden war es in dieser Zeit ganz und gar unpassend, so gewöhnliche Triebe zu haben. Ich weiß es, ich wußte es auch damals, und ich schämte mich entsprechend. Aber ob mir darüber die Schamröte kam oder nicht, ich hatte sie nun mal, die Triebe.

So ist es nicht verwunderlich, daß ich mich drei Nächte später wieder in die Vogelsesanggasse schlich, zu der Dirne Rosa, um mit all meinen Sinnen zu spüren, wie eine Frau schmeckt, die man mit Kopf und Bauch mag: nach Moschus und Rosen, Muskat und billigem Parfüm, nach Fisch, Salz und Erde.

Und Rosa nahm mich an, so wie ich war. Immer wieder wußte sie noch etwas Neues zu erzählen.

Ihre schäkernde, öfters wiederholte Koseform »mei Juddeschwänzche« konterte ich eines Nachts, übermütig geworden, mit der Frage: »Und wenn ich einer wäre?«

»Geh, weiß ich doch, was soll's. Behalt's für dich.«

Das war alles, kein Wort mehr von ihr, keines von mir. Aber das ist der Grund, weshalb ich dieses Kapitel über Rosa schreibe.

Als ich eines Abends zu Rosa kam, war sie sehr niedergeschlagen. Irgendwer hatte an das Internat, in dem ihre Tochter lebte, geschrieben und die Leiterin auf Rosas Gewerbe aufmerksam gemacht. So erzählte sie es mir, und ich glaubte ihr Wort für Wort, und ich hätte den verprügeln können, wenn ich überhaupt hätte prügeln können, der diese schöne traurige Geschichte in Zweifel gezogen hätte. Sie sagte, sie zittere vor Angst, ihre Tochter könne von dem Brief erfahren und sich von ihr abwenden. Und dann weinte sie so sehr, daß auch mir die Tränen kamen.

Sie war untröstlich. »Was gibt es doch für schlechte Menschen!« Wie ein von papierenen Pausbackenengeln gehaltenes Spruchband schwebte dieser Satz über unser beider Leid.

Ungewöhnlich wie der Beginn war das Ende unserer Bekanntschaft. Rosa wurde verhaftet. Zwei Polizisten kamen am späten Nachmittag in die Vogelsgesanggasse und nahmen sie mit, nachdem sie ein paar Wäschestücke und einige Toilettensachen in ein Köfferchen gepackt hatte. Ich erfuhr es am Abend von ihren Hausgenossinnen. Eine solche Verhaftung war damals nichts Ungewöhnliches, in einer Zeit, da jeden Tag jemand verschwand, nicht registrierte Dirnen in Arbeitslager gesperrt wurden und Homosexuelle in Konzentrationslager.

Aber warum hatte man Rosa verhaftet? Ich weiß es bis heute nicht, ich habe sie nie wiedergesehen, ich wagte nicht, in die Vogelsgesanggasse zu gehen und nach ihr zu fragen.

Mama atmete auf, denn jetzt war ich wieder häufiger und früher zu Hause als in den Wochen zuvor.

Wie sehr wünschte ich, Rosa hätte ohne Schaden die Hitlerzeit überstanden, und noch oftmals die Nase, die sie juckte, wenn sie müde war, an eine stachelige Männerbacke reiben und dabei, im Einschlafen, unverständliche Worte murmeln können, so wie sie es bei mir getan hat.

Es war der herbe Geruch, der ihrem Nabel entströmte – ich glaube, es war die Stelle – und mich von Sinnen brachte und der – wenn ich in späteren Zeiten meine Frau liebte und all meine Sinnesorgane davon profitierten, nicht zuletzt meine Nase – mich immer wieder glauben machte, sie müßten beide dem gleichen Stamm entsprossen sein.

Manchmal denke ich: zählt nicht auch Rosa zum Widerstand gegen das Naziregime?

Mimi – eine Liebe auf Zeit

Acht Jahre war sie älter als ich, aber viele Jahre an Erfahrung reicher. Sie war klein, rundlich und anschmiegsam. Ihr sommersprossiges Gesicht strahlte Freundlichkeit aus, es schien, als ob immerzu ein Lächeln darauf läge. Sie liebte Musik, sang selbst gerne mit einer schönen Stimme, am liebsten Leoncavallos »Matinata«, und Tränen traten ihr in die Augen, wenn wir zusammen das »Allerseelen« von Richard Strauß intonierten. »Stell auf den Tisch die duftenden Reseden, die letzten Astern hol herbei, und laß uns von der Liebe reden, wie einst im Mai, wie einst im Mai.«

Sie hatte eine große erotische Ausstrahlung, und sie war, wie alle Frauen dieser Art, die ich kennenlernte, verschwenderisch großzügig, wie mit ihrer Liebe, so mit Geld und Männern, großzügig in ihrer ganzen Lebenshaltung.

Sie entstammte einer Schaustellerfamilie aus dem Sauerland. Stolz erzählte sie, daß es einer ihrer Brüder zu einem Autoscooter, einer elektrischen Berg- und Talbahn und einer Achterbahn gebracht hatte und somit zum gehobenen Mittelstand der Schausteller zählte.

Ihre anderen Brüder, Onkels und Tanten zogen während der Sommermonate nur mit ein paar Schießbuden, Schiffschaukeln, Kinder- und Kettenkarussells, bestenfalls mit einem nicht gar so großen Russischen Rad zwischen der Ruhr und der Sieg von einem Jahrmarkt zum andern.

Näher kamen wir uns in der kleinen illegalen Gruppe, die sich 1938 zusammenfand und der in den ersten Jahren auch Mama und Papa angehörten, denn ihre jüdische Zelle gab es seit der Kristallnacht nicht mehr, sie hatte sich durch Emigration und einige Verhaftungen von selbst aufgelöst.

Jeder in der Gruppe wußte, wer wir Sengers in Wirklichkeit waren, aber niemand hatte Angst, wir könnten ein zusätzliches Risiko sein. Für mich war das Zusammensein mit politisch Gleichgesinnten kein Abenteuer. Ich empfand es auch nicht als eine zusätzliche Bürde zu der bedrückenden Situation zu Hause. Im Gegenteil, ich hatte außerhalb der Familie Gesinnungsfreunde, Leidensgenossen und fühlte mich in der Gemeinschaft geborgen. Für Stunden durfte ich aus meiner Maskerade herausschlüpfen und konnte ich selbst sein.

Wohl könnte man unsere Gruppe als politische Zelle bezeichnen, aber die Untergrundtätigkeit blieb bescheiden. Unsere Stärke waren feierliche Zusammenkünfte aus besonderen Anlässen, zum 1. Mai beispielsweise, oder zum Gedenken an die Ermordung von Karl Liebknecht und Rosa Luxemburg, oder zum 9. November, dem Tag der Russischen Oktoberrevolution. Die Rollen waren klar verteilt: Franz, Mimis Schwager, hielt das politische Referat, dann sprach Mary, seine Frau, mit viel Pathos ein zu dem Ereignis passendes Gedicht von Wladimir Majakowski oder Erich Weinert, und ich las ein eigenes Gedicht. Zum Schluß summten wir zusammen die Internationale, laut singen konnten wir ja nicht, und alle waren tief gerührt.

Ohne großes Risiko waren auch die marxistischen Schulungsabende bei Franz und die Informationsabende in unserer oder Lottes Wohnung; lediglich beim Abhören der deutschsprachigen Sendungen von Radio Moskau hatte ich etwas Herzklopfen.

Aufregung gab es, wenn Franz, was nur in den ersten Jahren geschah, von irgendwoher ein Päckchen erhielt mit Exemplaren einer illegalen Zeitung, die zu verteilen waren, oder wenn ich mit Mimi zusammen abends zwei selbstgefertigte Zettel mit Anti-Hitlerparolen an Laternenpfähle klebte. Das geschah nur hin und wieder. Es kam auch vor, daß wir ein paar Flugblätter in Briefkästen steckten.

Als die Verdunklung in den Kriegsjahren das Ankleben von Handzetteln etwas erleichterte, hatte Mimi die Idee, einmal ein etwas größeres Plakat zu malen, auf dem mehr als nur ein kurzer Satz stand. Wir trennten aus einem Schulheft zwei Blätter heraus und bemalten sie mit Hilfe einer extrabreiten Redisfeder und schwarzer Tusche. Außer »Nieder mit Hitler« stand noch jeweils ein anderer Satz darauf. An den genauen Wortlaut erinnere ich mich nicht mehr, aber der ganze Text war nur so lang, daß man ihn im Vorübergehen lesen konnte, denn vor einem Antihitlerplakat stehenzubleiben, das wagte kein Mensch. An den vier Ecken befestigten wir Klebestreifen und rollten die beiden Blätter ineinander.

Es war gar nicht so einfach, einen geeigneten Platz zum Ankleben zu finden. Da fiel mir der Ostbahnhof ein, wo jeden Morgen viele Pendler aus den Vororten ankamen, die in dem östlichen Industriegebiet von Frankfurt arbeiteten. Wenn man hier spät abends die zwei kleinen Plakate anschlagen könnte, würden sie von vielen gesehen.

Ich inspizierte Bahnhofsvorplatz und Schalterhalle und fand auch zwei geeignete Stellen, die Seitentür am südlichen Ausgang, durch die man in die Toilettenanlage ging, und einen Holzzaun am nördlichen Nebenausgang. Die Klebeaktion selbst mußte so ablaufen: Beim Hinausgehen aus der Toilette konnte ich in wenigen Sekunden im Aufdrücken der Pendeltür das bereitgehaltene Papier daran befestigen. Dann mußte ich schnell um das Hauptportal herumgehen, das zweite Blatt an den Zaun kleben, wo abends kaum jemand vorbeikam, und, falls noch genügend Zeit war, vier Reißnägel eindrücken. Um halb zwölf, eine halbe Stunde vor Abgang des letzten Zuges, war kein Mensch in der Schalterhalle. Das war die günstigste Zeit.

Alles lief so ab, wie ich es geplant hatte. Ich war sehr aufgeregt, denn ich wußte, wie gefährlich die Geschichte werden konnte. An der Tür klebte schon das eine, am Zaun das zweite Blatt, und niemand hatte mich bemerkt. Aus der Jackentasche kramte ich die Reißnägel.

In diesem Augenblick hörte ich eine Stimme in meinem Rücken: »Was soll das? Was machen Sie da?« Ich drehte mich um. Zwei Bahnpolizisten standen hinter mir. Ich hatte sie nicht kommen hören. Während einer sich nach vorn beugte, um zu lesen, was auf dem Blatt stand, faßte mich der andere am Arm und herrschte mich an:

»Kommen Sie mit!«

Da riß ich mich los, jagte quer über die im Dunkel liegende Grünanlage des Bahnhofsvorplatzes und lief um mein Leben. Ich weiß nicht, wie lange mich die Bahnpolizisten verfolgten, schaute mich nicht um, rannte immer nur weiter, um noch eine Straßenecke und noch eine. Dann befand ich mich plötzlich in der Habsburger Allee. Es war kurz vor Mitternacht. Zweihundert Meter entfernt, in der Brüder-Grimm-Straße, wohnte Mimi. Wenn ich ihr Haus erreichte, wäre ich gerettet. Zum erstenmal blickte ich hinter mich. Weit und breit war kein Mensch. Ich hatte die Polizisten abgeschüttelt. Unbehelligt kam ich an das Haus, stieg über das Vorgartentor und gelangte von der Rückseite durch den unverschlossenen Waschkücheneingang in das Treppenhaus. Ich zitterte, als hätte ich Schüttelfrost, und ich mußte mich auf die Treppe setzen. Nun begannen auch wieder meine Magenschmerzen.

Frau Hermann, bei der Mimi im Mansardenstock zur Untermiete wohnte und die auch mich kannte, öffnete die Flurtür und fragte erschrocken, ob sie mir helfen könne oder Mimi

Bescheid geben solle. Ich murmelte etwas von starken Herz-
beschwerden und zog mich langsam am Geländer die Treppe
hoch.
Mimi legte mir heiße Tücher auf den Bauch und setzte sich zu
mir aufs Sofa. Ich wollte ihr erklären, was in der letzten
Stunde vorgefallen war, aber sie wehrte ab. »Ruh dich erst
aus. Später kannst du mir erzählen, was geschehen ist.«

Ich lag auf Mimis Sofa in der Wohnküche und hatte gar keine
heldischen Gefühle. Es war einfach dumm, mit solchen nichts
bewirkenden Heldentaten unser aller Leben aufs Spiel zu
setzen. Aber was trieb mich, den Helden zu spielen? So
paradox es sich anhören mag: es war nichts als Feigheit. Ich
war zu feige, nein zu sagen, wenn Mimi meinte, es müsse
wieder einmal etwas getan werden, damit die Bevölkerung
sehe, daß es in Deutschland noch Kommunisten und Antifa-
schisten und einen Widerstand gegen Hitler gebe. Ich war zu
feige, nein zu sagen, obwohl ich die Sinnlosigkeit solchen
Tuns auch damals schon deutlich empfand und das traurige
Schicksal einer Reihe politischer Freunde unserer Familie
kannte, die zum großen Teil wegen Lappalien für Jahre ins
Zuchthaus oder ins Konzentrationslager geschafft wurden;
viele von ihnen kamen nie mehr zurück.
Es gibt noch, glaube ich, einen zweiten Grund, weshalb ich
damals mit so viel Angst den Helden spielte: es war ein
Aufbegehren gegen Mama. Sie hatte mir jahrelang eingehäm-
mert, die einzige Chance zum Überleben sei Schweigen,
Sich-ducken, Nichtstun. So hat sie, aus Angst vor dem
Entlarvtwerden, die ganze Familie zu Feiglingen gemacht,
die, um nur nicht bemerkt, nicht erkannt zu werden, am
liebsten in sich selbst hineingekrochen oder vor sich selbst
davongelaufen wären.

Wenn ich an unsere illegale Zelle denke, steht mir zunächst
Mimi vor Augen. Sie war für mich der wichtigste Teil der
Gruppe. Ohne sie wäre mir die Arbeit im Untergrund

vielleicht nicht interessant genug gewesen, ohne sie wäre ich ein noch schlechterer oder gar kein Widerständler geworden. Sie gab mir einen Halt und meinem Tun einen gewissen Sinn. Und zudem war die Zeit mit Mimi eine schöne Zeit und eine wichtige Wegstrecke in meinem Leben.

Wir waren schon länger gemeinsam in der Gruppe tätig, als ich das erste Mal mit ihr schlief. Sie war damals achtundzwanzig Jahre alt und ich zwanzig. Sie kannte meine Schwierigkeiten und half mir, sie zu überwinden. Daß ich vieles aufholen konnte, was ich durch Mamas Ängstlichkeit bisher versäumt hatte, habe ich ihr zu verdanken.

Mit einigen Unterbrechungen war ich mit Mimi bis zum Kriegsende zusammen. Unsere illegale Gruppe hatte bereits im Spätsommer 1944 wegen Einberufungen zum Kriegsdienst, wegen der Flucht aus dem zerbombten Frankfurt und Dienstverpflichtungen nach außerhalb aufgehört zu existieren. Wir machten uns oft über unsere Zukunft Gedanken. Mimi sprach von einem Verhältnis auf Zeit, von einer Vernunftehe. Wenn wir beide wieder aus der politischen Versenkung auftauchen konnten, so vereinbarten wir, sollte jeder über seinen weiteren Lebensweg frei entscheiden.

Wir mochten uns sehr, ob wir uns liebten, weiß ich nicht, obwohl ich eifersüchtig war, wenn Mimi sich noch mit anderen Männern einließ, was häufiger geschah, und Mimi war sehr traurig über meine Affäre mit Ionka, einer bulgarischen Studentin. Zeitweise waren wir glücklich miteinander, besonders dann, wenn wir zusammen auf Reisen gingen. Wir reisten beide gern.

In einer solchen Zeit des Glücklichseins geschah etwas, das um ein Haar zu meiner Entlarvung geführt und damit auch Mimi in größte Schwierigkeiten gebracht hätte. Ich war allein daran schuld, hatte so sträflich leichtsinnig gehandelt, daß ich es später selbst nicht mehr verstehen konnte.

Glück macht geschwätzig, vertrauensselig und leichtsinnig, ich habe es immer wieder erlebt, mit Mimi, mit Rosa und auch mit Ionka.

Verbissen stemmte sich Mama gegen mein Verhältnis mit Mimi. Sie verteufelte und verfluchte sie, wann immer sie konnte, und ließ keine Gelegenheit verstreichen, um mir Vorwürfe zu machen und mich als einen Narren, einen Hanswurst in den Armen einer durchtriebenen Schickse darzustellen.

In dieser Spannung fuhren meine Schwester Paula und ich im Spätsommer 1944 mit Mama in den Schwarzwald, wo sie Erleichterung und Besserung für ihr krankes Herz erhoffte. Mit Mimi hatte ich verabredet, daß ich nach einigen Tagen Mama verlassen und mich mit ihr in Hinterzarten treffen würde. Als ich Mama sagte, ich wolle noch einige Tage allein durch den Schwarzwald wandern, spürte sie instinktiv, daß Mimi dabei im Spiel war. »Geh nur«, sagte sie bitter, »ich brauche dich nicht.«

Trotzdem fuhr ich davon, aber das schlechte Gewissen verdarb mir die Freude am Zusammensein mit Mimi. Vergeblich war ihr Bemühen, mich von meinen trüben Gedanken abzubringen. Da schlug sie vor, wir sollten aus Hinterzarten wegfahren, das mit älteren Kurgästen, vor allem aber mit verwundeten Soldaten überfüllt war, und einen Abstecher an den Bodensee machen. Noch am gleichen Tag reisten wir ab. Ich wußte, daß es Ausländern während des Krieges verboten war, sich der Grenze auf weniger als zehn Kilometer zu nähern. Nach meinem Paß war ich Ausländer. Das Grenzsperrgebiet wurde besonders scharf kontrolliert. Ich bedachte nicht, daß wir auf dem Weg vom Schwarzwald zum Bodensee dieses Sperrgebiet passieren mußten. Es wäre möglicherweise alles gutgegangen, wenn Mimi nicht den Einfall gehabt hätte, in Singen Station zu machen und den Hohentwiel zu besteigen.

Wir verließen also in Singen den Zug und quartierten uns im Hotel »Sternen« in der Nähe des Bahnhofs ein. Mir war nicht bekannt, daß das Grenzgebiet zur Schweiz zwischen Thengen und dem Bodensee, zu dem auch Singen gehörte, wegen des unübersichtlichen Grenzverlaufs von illegalen Grenzgängern bevorzugt wurde und darum unter verschärfter polizeilicher Kontrolle stand. So machte ich mir auch keine Gedanken, als ich bei der Hotelrezeption meinen Fremdenpaß vorlegte.

Wie damals nicht anders möglich, nahmen wir zwei Einzelzimmer. Sie lagen zwar auf dem gleichen Gang, aber doch recht weit voneinander entfernt. Ordnungsgemäß füllten wir die Anmeldeformulare aus und wurden nicht mißtrauisch, als uns der Empfangschef erklärte, er müsse unsere Ausweise für die Anmeldung bei der Polizei einbehalten. Natürlich achteten wir auch nicht darauf, welches Zimmer auf Mimis und welches auf meinen Namen eingeschrieben wurde.

Es war lange nach Mitternacht, als ich Mimi verließ, leise über den Gang huschte und mich in das andere Zimmer begab. Ich war noch nicht eingeschlafen, als ich Lärm auf dem Gang hörte. Jemand schlug gegen eine Tür und rief: »Aufmachen! Polizei!«

Ich wagte nicht, nach draußen zu schauen.

Eine Tür wurde geschlossen, dann war wieder Stille. Ich überlegte, ob das Mimis Zimmertür gewesen sein könnte. Aber was mochte die Polizei von ihr wollen? Ich war in großer Unruhe und wartete, daß die Polizisten wieder gehen würden. Da wurde es auf dem Gang laut. Jetzt hämmerten Fäuste gegen meine Tür. Schnell knipste ich das Licht an und öffnete. Gleich drei Männer standen im Türrahmen, einer in Uniform.

»Polizei. Sind Sie Herr Valentin Senger?«

»Ja, der bin ich.«

»Dann ziehen Sie sich an. Wir müssen Sie mitnehmen.«

Mit meinem Fremdenpaß hatte ich den Verdacht des Portiers im »Sternen« erregt und er meldete meine Anwesenheit im Hotel der örtlichen Polizei. Diese wiederum hatte bei der Gestapo in Konstanz Alarm geschlagen. Zwei Gestapomänner waren unverzüglich nach Singen gefahren. Zusammen mit einem Singener Polizisten machten sie sich auf den Weg ins

Hotel »Sternen«. Man hatte ihnen meine Zimmernummer genannt, und zu dritt waren sie gekommen, mich dingfest zu machen. Aber in meinem Zimmer schlief Mimi.

Erschrocken war sie aus dem Bett gesprungen, als man gegen ihre Tür donnerte. Sie öffnete und blickte in drei überraschte Gesichter, denn die Polizisten hatten nicht damit gerechnet, daß eine Frau ihnen öffnen könnte. Sie glaubten, ich würde mich irgendwo verstecken, schoben Mimi zur Seite und durchsuchten das Zimmer, hoben die Bettdecke auf, schauten unters Bett, in den Schrank und in die Waschnische. Dann erst fragte einer, ob Mimi allein sei, was sie mit gutem Gewissen bejahte. Endlich nannten sie ihr meinen Namen, und die Zimmerverwechslung klärte sich auf.

Während ich mich noch anzog, wandte sich einer der Geheimpolizisten an Mimi, die in ihrer halb geöffneten Tür stand, und befahl: »Sie kommen auch mit.«

Zuerst brachte man uns zur örtlichen Polizeiwache. Eine Stunde später mit dem Auto nach Konstanz zum Gestapoquartier. In getrennten Zimmern mußten wir dort auf unsere Vernehmung warten. Es war noch sehr früh, etwa sechs Uhr. Um acht Uhr holte man zuerst Mimi zum Verhör. Sie wurde gefragt, warum wir in das Grenzgebiet gefahren seien. Man glaubte ihr nicht, daß es ihre Idee gewesen sei, in Singen zu übernachten. Man vermutete, daß Mimi mir behilflich sein sollte, unauffällig über die Schweizer Grenze zu gelangen.

Die Vernehmungsbeamten wollten unbedingt den Namen des Komplizen wissen und ließen nicht locker, denn ohne einen erfahrenen Grenzgänger war es nicht möglich, unbemerkt die grüne Grenze zu überschreiten.

Gegen neun Uhr holten sie mich. Ich mußte meinen Koffer mitnehmen und ihn auf einen Tisch stellen. Zwei Beamte durchwühlten ihn, nahmen jedes einzelne Stück in die Hände und klopften die Kofferdeckel ab. Dann mußte ich mich an eine Schmalseite des Schreibtisches stellen, und ein Beamter betastete mich von oben bis unten. Ich hatte große Angst, er könnte mir die Hosen öffnen. Doch das tat er nicht.

Danach begann das Verhör. Die Gestapomänner wollten wissen, was ich in Singen zu suchen gehabt hätte, mit wem wir uns hätten treffen wollen, und ob mir die Ausländerbestimmungen im Grenzgebiet nicht bekannt seien. Meine Antworten schienen ihnen nicht zu genügen. Sie wurden bissiger, ungeduldiger, wollten, so vermutete ich, unbedingt einen Spion entlarven, was für sie auch zweifellos interessanter gewesen wäre, als sich mit einem Irrläufer im militärischen Sperrgebiet zu befassen. Der Vernehmungsbeamte schlug mit der flachen Hand auf den Tisch und sagte wütend: »Schluß mit dem dummen Gequatsche. Nun mal raus mit der Sprache! Wir haben keine Lust, uns mit Ihnen bis übermorgen zu unterhalten.«

Da ich ihm aber den Gefallen nicht tun konnte und bei meinen Aussagen blieb, daß ich nur aus Unbedachtheit so nahe an die Grenze gekommen sei, brachten sie mich schließlich ins Wartezimmer zurück und verschlossen es. Zwei Stunden später holten sie mich wieder. Die Vernehmungsbeamten hatten sich in der Zwischenzeit Informationen aus Frankfurt beschafft. Sie kannten Einzelheiten meiner Familie, wußten, wo und was ich arbeitete. Trotzdem merkte ich, da es keine neuen Fragen gab, daß sich ihr Verdacht nicht verstärkt hatte. Nicht einmal wegen meiner russischen Herkunft waren sie mißtrauisch.

Doch dann geschah etwas Unerwartetes. Einer der Gestapoleute ging nach draußen und kam kurze Zeit später mit einem Mann mittleren Alters herein, der nervös und unsicher wirkte.

»Kennst du den?« fragte der Gestapomann und deutete auf mich.

Der Fremde musterte mich einen Augenblick und sagte bestimmt: »Nein.«

»Schau ihn dir genau an.«

»Ich kenne ihn nicht. Nein.«

Der Beamte, der den Mann hereingebracht hatte, faßte ihn am

Arm und führte ihn wieder hinaus. Was die Gestapo mit dieser Gegenüberstellung erreichen wollte, war mir nicht klar.

Nun endlich durfte ich gehen. Ich erhielt meinen Paß zurück und die strikte Anweisung, mit dem nächsten Zug das Grenzgebiet zu verlassen.

Draußen auf dem Gang wartete schon Mimi. Wir schauten uns an und dachten beide dasselbe: Wie konnten wir nur so unvorsichtig sein!

Es langte mir wohl nicht, Jude, russischer Jude und Kommunist und staatenlos zu sein, einen falschen Namen und einen jiddelnden Papa mit einem falschen Paß zu haben, in einer illegalen politischen Gruppe zu arbeiten. Ich mußte auch noch, nur weil es mir Spaß machte, oder weil es Mimi Spaß machte, in das Grenzgebiet fahren, damit mich die Gestapo schnappen und in so gefährlicher Weise ausfragen konnte.

Eine halbe Stunde später saßen wir im Zug nach Tuttlingen. Die Strecke führte wieder über Singen. Und prompt wurden wir auf der Station Radolfzell von einem Grenzpolizisten kontrolliert, der pflichtgemäß an meinem Fremdenpaß Anstoß nahm und ihn gleich in die Tasche steckte. Freundlich sagte er, es täte ihm leid, aber in Singen müßten wir den Zug verlassen. Er werde sich dort erkundigen, ob meine Angaben stimmten.

Da saßen wir also wieder in Singen. Diesmal in der Amtsstube der Bahnpolizei. Dort drüben, zweihundert Meter weiter, lag das Hotel »Sternen«, so normal, so friedlich, als sei in den letzten zehn Stunden nichts passiert. Im Hintergrund reckte sich der Hohentwiel in die Höhe. Ich habe ihn bis heute nicht bestiegen.

Der Grenzpolizist telefonierte erst mit der örtlichen Polizeistelle, dann mit der Gestapo in Konstanz. Er lächelte mich an, klatschte sich mit meinem Paß auf die flache Hand und gab ihn mir zurück. »Alles in Ordnung. Sehen Sie zu, daß Sie hier schnellstens verschwinden.«

Wir nahmen den nächsten Zug. Der Abschied von Singen fiel uns nicht schwer.

*

Du hast Mimi unrecht getan, Mama, wenn du weinend mich verflucht und Mimi eine Hure genannt hast. Das war sie nicht. Aber sie war die erste Frau, die Anspruch auf deinen Sohn Walja erhob, und sie war eine Schickse. Trotz deiner politischen Aufgeklärtheit, deiner Abkehr vom orthodoxen Judentum und der strikten Verurteilung aller rassischen Vorbehalte – bei Mimi hat es eine wichtige Rolle gespielt, daß sie keine von unseren Leuten war. Eine Schickse ist ja nicht nur eine Nichtjüdin, sie steht, ohne daß man darüber ein Wort zu verlieren braucht, unserer jüdischen Arroganz entsprechend eine Rangstufe unter uns.

Und da war noch die verzweifelte Angst, mit der du jeden Eindringling in unsere Familie als einen Feind empfunden hast, der abgewehrt werden mußte. Angst macht starr und steif, macht zittern und sabbern, stottern und stammeln, macht impotent und denkunfähig, Angst macht Gerechte zu Lügnern und Getreue zu Verrätern. Diese Angst hat dein Verhältnis zu Mimi geprägt und dich ungerecht werden lassen.

Als später amerikanische Flugzeuge die Frankfurter Innenstadt zerbombten und auch die linke Hinterhaushälfte in der Kaiserhofstraße 12 ein Trümmerhaufen wurde – unsere Wohnung lag in der rechten Hälfte – da bist du mit der ganzen Familie in den Rodgau nach Jügesheim geflohen und in Mimis Notwohnung untergeschlüpft. Und Mimi nahm uns alle auf.

Ionka

Ich hatte den Abend bei Mimi verbracht. Mitternacht war vorüber, als ich mich auf den Heimweg machte. Mama wartete auf mich. Sie schlief nicht ein, bevor wir alle zu Hause waren; und ich kam meistens als letzter. Wegen der Verdunklung brannten keine Straßenlaternen. Niemand begegnete mir. Die Menschen gingen, in Erwartung des nächsten Fliegeralarms, zeitiger zu Bett als in den ersten Kriegsjahren. Ich lief an der hohen Backsteinmauer des Zoologischen Gartens entlang, wo die alten, dichten Platanen auch noch den letzten Schimmer des Mondlichts abfingen. Dort war es so finster, daß man kaum die Hand vor Augen sehen konnte. Plötzlich hatte ich das Gefühl, an jemandem vorübergegangen zu sein, der sich an die Mauer drückte. Ich erschrak, drehte mich um und erkannte die schattenhaften Umrisse einer Frau. Ihr Gesicht und die Hände waren ein wenig deutlicher zu sehen. Ich ging einen Schritt auf sie zu. Sie lief nicht davon, kramte in der Handtasche herum, und dann hielt sie mir mit ausgestrecktem Arm einen Zettel entgegen. Ich nahm ihn, konnte ihn aber in der Dunkelheit nicht lesen.

»Kommen Sie«, sagte ich und überquerte die Straße. Sie folgte mir mit einigem Abstand. In einem Hauseingang der gegenüberliegenden Königswarterstraße las ich im kurzen Aufflammen eines Streichholzes unter dem Jackett: Beethovenstraße 12.

»Wollen Sie dorthin?«

»Ja, ich weiß nicht den Weg.« Sie sprach nur gebrochen deutsch.

»Ich gehe zum Opernplatz. Von dort ist es nicht mehr weit zur Beethovenstraße.«

So gingen wir zusammen die Zeil hinunter. Seit zwei Stunden schon fuhren keine Straßenbahnen mehr. Ab und zu schaute ich sie an und versuchte, trotz der Dunkelheit, ihr Gesicht zu erkennen.

»Wollen Sie mit einem Taxi fahren?« fragte ich.

Sie schüttelte den Kopf. »Nein, ich gehe lieber zu Fuß.«

Sie war sehr hübsch, etwa so alt wie ich, hatte ein schmales Gesicht, und ihr glattes, schwarzes Haar reichte bis auf die Schultern. Man hätte sie für eine Jüdin halten können.

Ich merkte, daß auch sie mich ansah. Mir war nicht wohl dabei. Eine Zeitlang schwiegen wir, dann sprachen wir von der Verdunklung, vom Krieg, das übliche.

Allmählich erfuhr ich, daß sie erst drei Wochen zuvor aus Bulgarien nach Deutschland gekommen war, in Sofia studiert hatte, jetzt bei einer Familie in der Beethovenstraße im Haushalt arbeitete und dort auch wohnte. Der ungewöhnliche Wechsel von der Universität in den Haushalt wunderte mich zwar, ich machte mir aber weiter keine Gedanken darüber. Nach einer Weile stellte sich heraus, daß wir uns am besten in Französisch verständigen konnten.

Als wir eine Straße überquerten, hielt ich sie leicht am Arm fest, damit sie in der Dunkelheit nicht stolpere. Sie hatte nichts dagegen. Kurz vor der Konstabler Wache gab es Fliegeralarm. Ich nahm ihre Hand und rannte mit ihr die Straße entlang zum nächsten öffentlichen Luftschutzkeller. Dabei mußte ich, wegen der Dunkelheit, ihre Hand ganz fest halten, und das war mir sehr angenehm. Dort beim engen Nebeneinandersitzen spürte ich deutlich ihren Körper und ihre Wärme. Als ich den Arm behutsam und zögernd um ihre Schultern legte, weil man so auf der schmalen Bank besser sitzen konnte, lächelte sie mich an. Ich sprach nicht mit ihr, saß nur stumm da, schaute ihr ab und zu ins Gesicht und lächelte auch. Dabei beobachtete ich voller Unruhe den Luftschutzwart, der, in der dunkelbraunen Uniform eines NS-Amtswalters, mit strengem Gesicht durch die Kellerräume ging. Ich bildete mir ein, er mustere uns beide jedesmal, wenn er vorbeikam, besonders scharf und mißtrauisch. Vielleicht könnte er die junge Frau neben mir für eine Zwangsarbeiterin halten, grübelte ich. Die durften nie ohne Bewachung ausgehen und mußten um diese Zeit längst in ihren abgeschlossenen Massenquartieren sein. Obwohl sie ganz anders gekleidet war als die russischen und polnischen Frauen aus den Lagern, hatte ich Angst um sie und wagte deshalb auch nicht, mit ihr zu sprechen. Viel zu schnell war wieder Entwarnung.

Wir gingen die menschenleere Zeil entlang, unterhielten uns und hatten es nicht eilig. Als sie in der Nähe der Hauptwache gegen ein an der Hauswand abgestelltes Fahrrad stieß, das in der Finsternis nur schwer erkennbar war, hielt sie sich an mir fest. Am Opernplatz ergab es sich von selbst, daß ich ihr anbot, sie auch noch bis in die Beethovenstraße zu begleiten, weil sie unmöglich allein durch die dunkle, baumbestandene Bockenheimer Landstraße gehen könne. »Sehr gern«, sagte sie und hängte sich bei mir ein. Auf der Höhe der Freiherr-vom-Stein-Straße küßten wir uns das erste Mal. Ich verlangsamte den Schritt, damit ich sie auf der kurzen Strecke bis zur Beethovenstraße noch möglichst lange riechen und spüren und möglichst oft küssen konnte. Sie sagte, daß sie Ionka Michailowa Dragowa heiße und daß ich sie Ionka nennen dürfe.

Wir hatten beide noch keine Lust, uns zu trennen. Darum setzten wir uns in dem geschützten Anlagenkarree des Beethovenplatzes auf eine Bank, ganz eng aneinander, denn die Märznacht war kalt und wir hatten uns noch viel zu erzählen. Und dann liebten wir uns, lange nach Mitternacht, auf der Bank im Anlagenkarree des Beethovenplatzes.

Ionka war freiwillig nach Nazideutschland gekommen, ein Umstand, der mich Anfang März 1942 hätte mißtrauisch machen müssen. Sie war, so sagte sie einem Freund gefolgt, der in Frankfurt seine Sprachstudien fortsetzen wollte. Der Freund hieß Michael Todoroff. Auch an diesem Abend war sie bei ihm gewesen. Seine Wohnung lag in der Straße Am Tiergarten, direkt hinter dem Zoo. Sie hatten gestritten, und Ionka war wütend aus seiner Wohnung gelaufen. Nicht einmal das Geld für ein Taxi hatte sie bei sich.

»Und da traf ich dich, welch ein Glück.« Das sagte sie mir einige Tage danach und küßte mich.

Als ich Monate später Genaueres über den Streit mit ihrem Freund erfuhr, wußte sie schon alles von mir. Ich hatte mich ihr durch meine schwatzhafte Verliebtheit ganz in die Hände gegeben, ohne zu bedenken, daß damit mein und meiner Familie Leben wieder einmal in große Gefahr gekommen war.

Wir liebten uns weiter auf der Bank in dem kleinen geschlossenen Anlagenviereck. Andere Plätze gab es für uns nicht, das heißt, nicht in meiner Vorstellung. Oft fragte mich Ionka, ob ich es nicht fertigbrächte, irgendwo einen Platz zu finden, wo wir ein einziges Mal zusammensein könnten ohne Wind und Regen, ohne Voyeure und zufällig vorüberkommende Passanten. Aber ich fand keinen Ausweg. Die Kontrollen in den Hotels waren streng; Stundenhotels gab es wohl, aber ich kannte keine, und selbst wenn ich eine Adresse gehabt hätte, wäre es eine unverzeihliche Dummheit gewesen, dorthin zu gehen. Mama würde nie erlaubt haben, daß wir in der Kaiserhofstraße übernachteten, ich wagte auch nicht, sie darum zu bitten. Als wir einmal, das war viel später, den Versuch machten und Ionka verabredungsgemäß abends etwas länger bei uns blieb, hatte Mama sie ganz entschieden nach Hause geschickt. In Ionkas Dachstube in der Beethovenstraße konnten wir auch nicht zusammen schlafen, denn ich hätte, um dorthin zu gelangen, durch das Haus ihrer Arbeitgeber gehen müssen, und das war nicht möglich.

Wir froren, ließen uns naßregnen, waren von jedem Vorübergehenden gestört, hatten immer Angst vor Polizeistreifen, ließen uns eines Nachts die Handtasche mit Ionkas Ausweispapieren stehlen, und weil wir immer warten mußten, bis niemand mehr am Beethovenplatz vorbeikam, waren wir tagsüber hundemüde. Trotz allem waren es Stunden des Glücks für uns.

Von ihrem Freund, sagte Ionka, habe sie sich getrennt. Dennoch wußte sie, daß er eine andere Wohnung bezogen hatte; später, daß er für vierzehn Tage nach Sofia gefahren war, um seine Eltern zu besuchen.

Natürlich wollte ich wissen, welche politischen Ansichten Ionka hatte, wie sie zu Hitlerdeutschland stand. Darum fragte ich sie eines Tages, als wir im Palmgarten spazierengingen: »Weißt du eigentlich, Ionka, wer Heinz Beckerle ist?« »Welchen Beckerle meinst du? Den in Sofia?«

»Ja, den deutschen Botschafter.«

Ionka blieb stehen. »Warum fragst du das?«

»Nur so.«

»Was willst du von mir hören?« fragte sie abweisend.

»Ich dachte, es könnte dich interessieren, daß Beckerle auch aus Frankfurt kommt.«

»Ich weiß.«

»Woher weißt du das?« Ich war überrascht. »Kennst du ihn denn?«

»Ich habe ihn schon mal gesehen.«

»Wo?«

«In Sofia natürlich. Wo sonst.«

»Hattest du etwas mit der deutschen Botschaft zu tun?«

»Wie kommst du darauf?«

»Weil du Beckerle kennst.«

»Den kennen viele in Bulgarien.«

»Und weil du weißt, daß er aus Frankfurt kommt.«

»Das ist Zufall.«

Es schien, als habe Ionka wenig Lust, sich mit mir über Beckerle zu unterhalten. Doch mit ihren Antworten hatte sie mich neugierig gemacht. Deshalb sagte ich: »Beckerle ist ein alter Frankfurter. Er war hier lange Zeit Polizeipräsident.«

Sie ging einige Schritte schweigend neben mir her. Auch ich schwieg. Plötzlich blieb sie stehen und sagte erregt: »Willst du eigentlich etwas Bestimmtes von mir hören? Willst du mich vielleicht prüfen?«

»Aber nein, Ionka!«

»Es hörte sich aber genauso an«, erwiderte sie.

Ich war betroffen und fragte mich, warum sie ärgerlich war. Nie wäre mir vorher in den Sinn gekommen, sie irgendwie mit Beckerle in Verbindung zu bringen. Ich nahm mir vor, bei anderer Gelegenheit noch einmal mit ihr darüber zu sprechen. Der Abend war mild, schnell vergaßen wir die Mißstimmung, und Ionka war zärtlich wie an allen Abenden.

Zwei Tage später, in den Anlagen am Main, fragte sie mich

ganz unerwartet: »Sag, Walja, wie lange war Beckerle Polizei-
präsident in Frankfurt?«
»Ich glaube, von 1933 bis zum Kriegsausbruch.«
»Dann war er auch der Mann, der hier die Aktionen gegen die
Juden geleitet hat?«
»Sicherlich. Als Polizeipräsident war er der verantwortliche
Mann.«
»Für alles?«
»Das nehme ich an. Beckerle war ja auch ein hoher SA-Füh-
rer. Und die SA war immer dabei, wenn's gegen die Juden
ging.«
Ionka sagte: »Genau wie in Sofia. Mit ihm kam das Unglück.
Ich kenne ihn gut.«
Nach einer Weile fragte ich, wie schon vor zwei Tagen:
»Woher eigentlich kennst du ihn?«
»Frag nicht. Wenn du wüßtest, Walja, wieviel Schreckliches
in Bulgarien passiert ist.«
Dann schilderte mir Ionka, wie sich Bulgarien verändert
hatte, seit 1941 deutsche Truppen einmarschierten und Bek-
kerle deutscher Botschafter in Sofia geworden war. Er allein
herrsche im Land, und König und Parlament müßten tun, was
er befehle. Er verfolge und töte die Patrioten und schaffe alle
Juden in Konzentrationslager, genau wie in Deutschland.
Ionka hielt inne und schaute mich von der Seite an, als wolle
sie prüfen, wie ich darauf reagiere. »Weißt du denn, Walja,
was in Wirklichkeit mit den Juden geschieht?«
Zu dieser Zeit war das eine gefährliche Frage. Darauf einzuge-
hen, konnte noch gefährlicher sein. Darum gab ich vorsichtig
zur Antwort: »Ich glaube ja.«
»Ist das nicht furchtbar?«
Ich nahm sie in den Arm und küßte sie. »Daß du das gesagt
hast, macht mich froh, Ionka.«
»Warum?«
»Weil ich jetzt weiß, daß wir beide ähnliche Gedanken haben.
Aber es sind Gedanken, die man nicht aussprechen darf.«
»Das weiß ich besser als du denkst, Walja.«

»In Deutschland muß man sehr vorsichtig sein und sich jedes Wort gut überlegen.«

»Habe ich zuviel gesagt?« fragte sie.

Ich erwiderte: »Sag so etwas niemand anderem, Ionka. Hörst du: niemand!«

»Ich müßte dir noch viel mehr erzählen, Walja, aber da würdest du erschrecken oder es gar nicht verstehen.«

Ionkas Bekenntnis gegen die Nazis und ihre Andeutungen über das, was sie noch zu sagen habe, beschäftigten mich eine Nacht und einen ganzen Tag. Nie zuvor hatten wir über so aktuelle politische Dinge gesprochen. Den ersten Versuch hatte sie abrupt unterbrochen. Und dann diese spontane Äußerung. Das war ein großer Leichtsinn. Als ich es ihr am Tag darauf sagte, antwortete sie: »Ich wußte, daß ich es dir sagen kann, Walja, ich habe Vertrauen zu dir.«

Muß man nicht jemandem ebenfalls vertrauen, der so etwas sagt, selbst in jener Zeit? Ich küßte sie an der Straßenbahnhaltestelle mitten auf der Hauptwache, was damals, 1942, bei den Umstehenden noch viel Aufmerksamkeit erregte. Was ich damit ausdrücken wollte, verstand sie auch ohne Worte.

Ich nahm sie bei der Hand, zog sie auf die andere Straßenseite, vorbei an der Katharinenpforte, die Neue Kräme hinunter und in Richtung Main. In der Nähe der Paulskirche waren wir allein. Auf dem großen freien Platz konnten wir jeden sehen, der sich uns näherte.

Einige Male setzte ich zum Reden an. Ionka merkte, wie aufgeregt ich war.

»Was hast du?«

»Nichts. Was soll ich haben?«

»Dich bedrückt etwas, Walja, ich spüre es.«

Ich blieb stumm. »Das stimmt. Ich muß dir etwas sagen, Ionka.«

Sie faßte mich am Arm. »Etwas Schlimmes?«

»Wie man's nimmt.«

»Was ist es? Nein, sag es nicht. Ich will es nicht wissen.«

Sie ging weiter. Ich hielt sie fest.

»Sag es nicht!«

»Doch. Ich bin Jude.«

Als hätte ich gesagt: ›Ich habe die Pest‹, ließ sie mich los, trat erschrocken einen Schritt zurück, musterte mich eine kurze Weile und fragte mit einer merkwürdig tonlosen Stimme: »Ist das wahr?«

»Ja, ich bin Jude.«

»Das ist nicht möglich!« Sie schlug die Hände vors Gesicht und murmelte durch die Finger: »Das ist ja wahnsinnig!«

Ich verstand nicht ihre Reaktion. Leise, fast flüsternd, schilderte ich ihr, soweit es mir mit meinem mangelhaften Französisch möglich war, die Situation unserer Familie. Der Paulsplatz war leer. Niemand kam vorbei. Ionka blickte zur Erde und rührte sich nicht von der Stelle. Mir schien es eine Ewigkeit. Dann hob sie langsam den Kopf, näherte sich mir wieder, berührte mich, als wolle sie fühlen, ob ich es denn wirklich bin. »Armer Walja!« Das klang, als habe sie bereits mein Todesurteil vernommen.

Jetzt erschrak ich. Was war mit Ionka? Was hatte sie so verändert? Gab sie mir gar keine Chance mehr?

Schweigsam brachte ich sie nach Hause, an unserer Bank am Beethovenplatz gingen wir vorbei. Zum Abschied fragte ich sie: »Liebst du mich jetzt auch noch?«

Sie gab keine Antwort, umarmte mich und verschwand in der Haustür.

Von da an lag ein Schatten auf unserer Liebe. Wir umarmten und küßten und liebten uns in den Nächten auf unserer Bank. Aber es war jetzt nicht mehr wie früher.

Ionka bedrängte mich, meine Familie kennenzulernen. Eines Tages nahm ich sie mit in die Kaiserhofstraße, nicht ohne ihr vorher eingeschärft zu haben, daß meine Familie von dem, was ich ihr am Paulsplatz anvertraut hatte, kein Wort erfahren dürfe.

Ionka unterhielt sich mit Mama und Papa in Russisch. Sie blieb zum Abendessen. Mama war zu dieser Zeit schon sehr krank und lag meist im Bett. Auch Paula und Alex kamen später, und ich hatte das Gefühl, Ionka wäre das erste Mal seit diesem Abend wieder fröhlich.

Nun kam sie öfter zu uns nach Hause. Mit Mama schloß sie eine richtige Freundschaft und brachte Geschenke für sie mit, selbstgestickte Deckchen und Taschentücher mit bulgarischen Folkloremotiven, einen seidenen Beutel, ein besticktes Kissen. Doch die Traurigkeit war in ihr geblieben und eine Distanz zu mir. Jetzt fiel mir auch auf, daß ich sie nie mehr bis ganz nach Hause bringen durfte. Am Kettenhofweg, spätestens an der Ecke Westendstraße verabschiedete sie mich. Oft fragte ich, ob sie etwas bedrücke.

»Nichts, nichts«, sagte sie immer wieder.

Als wir uns eines Abends trafen, standen zwei Koffer und eine Hutschachtel neben ihr auf der Straße. Sie sei in der Beethovenstraße ausgezogen, sagte sie verlegen. Es sah aber mehr danach aus, als sei sie Hals über Kopf davongelaufen. Ich bot ihr an, mit Mama zu sprechen, ob sie ein paar Tage bei uns übernachten könne. Hastig und fast ängstlich lehnte sie ab. Keine einzige Nacht werde sie in unserem Hause bleiben. So fuhren wir zum Hauptbahnhof und gingen von einem Hotel zum anderen, bis wir schließlich im Hotel Vier Jahreszeiten ein Zimmer für sie fanden.

In dieser Nacht gingen wir noch lange am Main spazieren, und Ionka erzählte mir das erste Mal Einzelheiten von ihrer Familie: dem kranken Vater, dem im Ersten Weltkrieg ein Bein abgeschossen worden war und der im Familienrat nichts mehr zu sagen hatte; der strengen Mutter, die den Vater haßte; dem älteren Bruder, der dem ewigen Streit zu Hause entflohen war und in Plovdiv als kaufmännischer Angestellter arbeitete; dem zwölf Jahre jüngeren Bruder, dem allein alle mütterliche Liebe galt.

Auch von ihrem Studium erzählte Ionka, wie schwer sie es habe, weil sie gegen den Willen der Mutter studiere, die sie nach dem Abitur lieber im Haus behalten hätte zu ihrer eigenen Hilfe. Darum bekam sie keine Unterstützung von zu Hause und mußte sich das Geld für das Studium selbst verdienen. Ionka wollte Sprachlehrerin werden. Ihr Französisch war hervorragend. Ebenso perfekt sprach sie Englisch und Russisch.

Ich schlug ihr vor, wir sollten uns gleich am andern Morgen nach einem neuen Zimmer umschauen. Sie brauche sich auch keine Sorgen um eine neue Arbeitsstelle zu machen, versuchte ich sie zu beruhigen, die fänden wir sehr schnell.

Ionka schüttelte den Kopf: »Mach dir keine Mühe. Ich suche keine andere Wohnung – ich fahre nach Sofia zurück.«

Ich glaubte, mich verhört zu haben. »Nach Sofia zurück?«

»Ja, du hast richtig verstanden.«

»Um Himmels willen, warum denn das, Ionka? Und warum ausgerechnet jetzt?«

Ionka schwieg.

»Sag doch etwas! Kann ich dir helfen?«

Sie machte eine resignierende Handbewegung. »Du kannst mir nicht helfen. Ich muß zurück, es geht nicht anders. Nicht wegen mir, wegen dir, Walja, und wegen deiner Familie.«

»Aber das läßt sich doch alles klären!«

»Nein, glaub es mir.«

»Wir müssen darüber sprechen.«

»Das verstehst du nicht.«

»Dann erklär es mir!«

»Laß sein!« Mehr war nicht aus ihr herauszubekommen. Einige Tage später bat sie mich, mit ihr in den Ostpark zu fahren. Sie wolle mit mir sprechen und ganz sicher sein, daß uns niemand belauschen könne.

Während wir Hand in Hand quer über die Ostparkwiese gingen, am Weiher entlang und durch die Gärten, erzählte mir Ionka die Geschichte ihres Freundes Michael Todoroff.

Michael, der Sohn eines Bibliothekars, ein unauffälliger und politisch uninteressierter Junge, hatte an der Universität in Sofia Sprachen studiert, zur gleichen Zeit, als Ionka mit ihrem Studium begonnen hatte. Sie trafen sich in den Vorlesungen und Seminaren und freundeten sich an.

Im dritten Semester passierte es, daß ein Student Ionka anpöbelte. Als Michael ihn deswegen zur Rede stellte, kam es zu einer Schlägerei auf dem Universitätsgelände, wobei der andere durch Messerstiche verletzt wurde. Michael erhielt mehrere Monate Gefängnis, und man verwies ihn von der Universität.

Nach seiner Entlassung aus dem Gefängnis bemühte er sich vergeblich, wieder zum Studium zugelassen zu werden. Damals, im Herbst 1941, hatten die deutschen Truppen bereits Bulgarien besetzt. Hitlersympathisanten und Kollaborateure schlossen sich mit deutschen Offizieren und Besatzungsangestellten zu einem bulgarisch-deutschen Freundeskreis zusammen, dem auch einige bulgarische Studenten angehörten. Einer von ihnen riet Michael, an den Zusammenkünften dieses Kreises teilzunehmen; dort werde er Kontakt zu deutschen Besatzungsfunktionären bekommen, die auf die Universitätsleitung Einfluß hätten.

Nach einigem Zögern nahm Michael die Empfehlung an und wurde dort auch sehr schnell mit einem Angehörigen der deutschen Botschaft bekannt. Als er von Michaels Schwierigkeiten hörte, bestellte er ihn in sein Büro und bot ihm an, dafür zu sorgen, daß Michael weiterstudieren könne, wenn er sich zu einer Gegenleistung verpflichte. Diese bestand darin, in einer antifaschistischen Studentengruppe als »Beobachter« tätig zu werden. Michael wußte, was das bedeutete und sagte trotzdem zu, weil er glaubte, keine andere Chance zu haben, sein Studium fortzusetzen.

Eines Tages erklärte ihm sein deutscher Kontaktmann, die Rücknahme der Relegation würde noch einige Zeit auf sich warten lassen, darum habe man ihm für ein Semester einen Studienplatz an der Frankfurter Universität besorgt. Er müsse bereits in der nächsten Woche nach Frankfurt abreisen. Michael befürchtete, daß das Studium in Frankfurt mit seiner geheimdienstlichen Tätigkeit zusammenhing. Ionka, der er sich kurz vor seiner Abreise anvertraut hatte, war ebenfalls dieser Meinung. Aber absagen konnte Michael nicht. Man fragte ihn schon gar nicht mehr, sondern übergab ihm die Fahrkarte nach Frankfurt und die Anweisung, mit welchem Zug er zu fahren habe. Auf einem Zettel stand die Adresse in der Straße Am Tiergarten, wo bereits ein Zimmer für ihn gemietet war. Er mußte auch keine deutsche Dienststelle in Frankfurt aufsuchen, die Mittelsmänner kamen in seine Wohnung und brachten ihm seine Papiere dorthin.

Ionka, die sich mitschuldig fühlte an Michaels Kontakten zum deutschen Geheimdienst, folgte ihm kurze Zeit später nach Frankfurt. Sie hoffte, ihn dazu bringen zu können, seine Spitzeltätigkeit aufzugeben.

Michaels Vermutung bestätigte sich. Man hatte ihn hierhergeholt, um ihn zum V-Mann auszubilden. Dabei konnte er sich tatsächlich an der Frankfurter Universität immatrikulieren und seine Sprachstudien fortsetzen. Als seine Mittelsmänner erfuhren, daß ihm Ionka nach Frankfurt gefolgt war, veranlaßten sie ihn, auf seine Freundin Druck auszuüben, daß sie ebenfalls an der Universität Sofia für den deutschen Geheimdienst arbeite. Darüber hatten sie sich an dem Abend, als ich in der Dunkelheit auf Ionka stieß, zerstritten.

Das alles erzählte mir Ionka, während wir vom Ostparkweiher durch die Gärten zur Ratsbrücke gingen. Es war inzwischen längst dunkel geworden.

»Hast du Michael danach noch oft gesehen?« fragte ich.

»Ein paarmal, es ließ sich nicht vermeiden.«

»Liebst du ihn noch?«

»Nein, schon lange nicht mehr, wir haben nichts mehr miteinander. Und jetzt frag nicht weiter, ich bitte dich.«

Sie verlor kein Wort mehr darüber, weder an diesem Abend, als wir mit der Straßenbahn zurück zum Hauptbahnhof fuhren, noch in den wenigen Tagen, die bis zu ihrer Abreise blieben.

Was sich in dieser Zeit tatsächlich abgespielt hat, was sie veranlaßt haben konnte, Frankfurt so hastig zu verlassen, wer sie bedrängte, wo ihr ehemaliger Freund geblieben war, ob sie gar selbst Kontakte zur Gestapo gehabt hatte, ich erfuhr es nie.

Seltsam wie ihre Geschichte war auch noch ihre Abreise aus Frankfurt. Sie nahm sich keine durchgehende Fahrkarte nach Sofia, sondern fuhr mit der Bahn bis Wien und von dort mit dem Schiff. Anscheinend wollte sie den offiziellen Grenzübergang an der Bahnstrecke nach Sofia meiden. Aber warum?

Einige Wochen später erhielt ich Post aus Sofia. Sie sei gut angekommen, schrieb Ionka, und arbeite jetzt in einer Kleiderfabrik, in der Uniformen für die deutsche Wehrmacht hergestellt würden. Noch einmal schrieb sie, knapp, unpersönlich. Dann blieb die Post von ihr aus. Keiner meiner Briefe wurde beantwortet.

Wer sie auch war, sie hat unsere Familie nicht verraten, obwohl sie alles von uns wußte. Möglich ist sogar, daß sie deswegen große Pein auf sich nahm.

Meiner ersten Tochter habe ich ihren Namen gegeben: Ionka.

Sie nannten ihn Papitschka

Papa war siebzig Jahre alt, als er noch einmal in seinem Beruf zu arbeiten begann. Das war im Jahr 1940. Als Millionen Männer an die Front mußten und die Kriegsproduktion auf Hochtouren lief, war der Bedarf an zusätzlichen Arbeitskräften groß, vor allem an Facharbeitern in Metallberufen.

Nach endlosen Beratungen im Familienkreis, wobei wir alle Risiken prüften, die sich dabei für Papa ergeben konnten, beschlossen wir, daß er sich nach einem Arbeitsplatz umsehen solle, und er meldete sich auf dem Arbeitsamt. Als Spezialist an Revolverdrehbänken bekam er sofort mehrere Angebote, und man hatte nirgendwo Bedenken, einen Siebzigjährigen einzustellen.

Papa war immer stolz auf seine manuellen Fähigkeiten gewesen. 1930, während der Weltwirtschaftskrise, hatte er seinen Arbeitsplatz verloren. Zehn Jahre war er arbeitslos, oft sprach er von seiner früheren Tätigkeit, zeigte mir auch mal, wie man mit einer Schublehre und einer Mikrometerschraube umgeht, den beiden wichtigsten Werkzeugen des Drehers, und versuchte, mir zu erklären, wie eine Revolverdrehbank funktioniert, was man auf ihr herstellt und wieviel Erfahrung man braucht, um diese komplizierte Präzisionsmaschine bedienen zu können. Zu seiner Zeit kannte man noch nicht die lochstreifengesteuerten halb- und vollautomatischen Drehbänke, da kam es allein auf das genaue Augenmaß und die ruhige Hand des Facharbeiters an. Wenn Papa erzählte, daß bei neuen Werkstücken, die in großen Serien aufgelegt werden sollten, stets er vom Meister den Auftrag erhielt, das Probestück anzufertigen, oder daß die Zeitnehmer sich beim Abstoppen der Akkordzeiten immer neben seine Drehbank stellten, oder daß seine Arbeitskollegen sich von ihm die Lohnzettel überprüfen ließen, und er mit einem kleinen Rechenschieber alles nachrechnete – dann empfand ich richtigen Stolz auf ihn. Er konnte etwas, das ihm so leicht niemand nachmachte, auch nicht Mama.

Papa entschied sich für eine Zahnradfabrik in Sachsenhausen, einen mittelgroßen Betrieb, in dem er sich ein gutes Arbeitsklima erhoffte. Anfangs lief alles gut, man nahm Rücksicht auf sein Alter und ließ ihm Zeit zur Einarbeitung. Dann aber mußte auch er im Akkord arbeiten und, wie die anderen Dreher, zwei Drehautomaten zugleich bedienen. Hinzu kam, daß der Meister ihn schikanierte und oft seine Arbeit beanstandete. Er nahm es Papa übel, daß das Arbeitsamt ihm keinen jungen Dreher geschickt und der Betriebsleiter den alten Mann gegen seinen Willen eingestellt hatte.

Völlig erschöpft kam Papa abends nach Hause, aß kaum noch

etwas und war nicht einmal mehr imstande, die Zeitung zu lesen oder Radio Moskau zu hören.

Sein eigentliches Problem im Betrieb aber war nicht die Schwere der Arbeit, sondern seine Aussprache. Im Kollegenkreis konnte er nicht, wie er das als Rentner getan hatte, einem Gespräch ausweichen. Man sprach ihn direkt an, und er mußte antworten. Und immer wurde er nach seinem merkwürdigen Dialekt gefragt. Wenn nur ein einziger jemals mißtrauisch werden, nach seiner Vergangenheit forschen oder den Verdacht einer Parteistelle mitteilen sollte, war es nicht nur um ihn, dann war es auch um uns geschehen.

Denn was Papa sprach, diesen Dialekt findet man in keiner deutschen Provinz, das war Mammeloschen*, ganz gewöhnliches Jiddisch.

Es kam schon einmal vor, daß irgendwer verwundert fragte: »Sie sprechen aber einen komischen Dialekt, das hört sich ja wie Jiddisch an. Wo kommen Sie denn her?« Früher hatte Papa darauf geantwortet: »Wir kommen aus Oberschlesien«, denn man hatte ihm einmal gesagt, sein Dialekt ähnele dem Oberschlesischen. Dann aber, nach der Fertigstellung des Phantasiestammbaums, änderte er das und gab künftig, wie Mama empfahl, zur Antwort: »Wir kommen aus der Ukraine, wir sind Wolgadeutsche.«

Ihm war gar nicht wohl dabei, sich als Wolgadeutscher auszugeben. An einem Abend sprach er davon, daß er jedesmal große Angst habe, wenn er jemandem die Geschichte von seiner wolgadeutschen Abstammung erzähle. Es könnte ja sein, daß er einmal einem richtigen Wolgadeutschen begegnete, wie würde er dann dastehen! Aber Mama war da anderer Meinung. Sie wisse aus eigener Anschauung, sagte sie, daß die Wohngebiete der Wolgadeutschen viele hundert Kilometer auseinanderlägen und dort sehr verschiedene Dia-

---

* Mammeloschen: so wird das Jiddische genannt; eine Zusammensetzung aus dem jiddischen Wort »Mamme« und dem hebräischen Wort »Laschón« (Sprache).

lekte gesprochen würden. Es sei für niemanden feststellbar, ob es nicht irgendwo doch eine Sprachinsel gebe, in der man diesen eigenartigen Dialekt spreche.

Es war schon ein Glück, daß nie der Fall eintrat, wo es jemand ganz genau wissen wollte. Jeder Jude, der sich auch nur drei Minuten mit Papa unterhalten hätte, würde ihn am Ärmel gezoppt* oder am Mantelknopf gefaßt und gesagt haben: »Sengerleben, Ihr redt a gesinnt Jiddisch**.«

Bis zu seinem Tod im Jahre 1954 – gesegnet sei der Richter der Wahrheit – hat er gemauschelt, so wie ein Jude aus dem Judenviertel von Cherson eben mauschelt. Daß in all diesen Jahren kein Mensch sein Deutsch als Jiddisch entlarvte, ist ein Wunder. Und ich bin niemandem böse, der es nicht glaubt, weil er nicht an Wunder glaubt.

Für Papa war es eine große Erleichterung, als etwa ein halbes Jahr später der Betriebsleiter anordnete, ihn aus dem Akkord herauszunehmen und zum Einrichter für alle Drehautomaten zu machen. Es war gleichzeitig auch eine Anerkennung seiner guten Arbeit.

Im Herbst 1942, Papa war bereits zweiundsiebzig Jahre alt und noch immer Einrichter in der Zahnradfabrik in Sachsenhausen, kamen vierzig russische Zwangsarbeiterinnen in den Betrieb, dessen Produktion kriegswichtig war und der darum bevorzugt Arbeitskräfte zugeteilt bekam. Zur Betreuung und Einarbeitung der Frauen wurde ein invalider Schlosser bestimmt, der aber kein Wort Russisch verstand. Darum gab es vom Morgen bis zum Abend Mißverständnisse und viel Geschrei. Der Betreuer war außerstande, den Russinnen die einfachsten Handgriffe zur weiteren Verarbeitung der Drehteile verständlich zu machen.

Es ergab sich von selbst, daß Papa als Dolmetscher einsprang. Aber bei vierzig Frauen zu dolmetschen, zu erklären und

* gezoppt: gezogen
** a gesinnt Jiddisch: ein gesundes Jiddisch

tausend Kleinigkeiten in Ordnung zu bringen, das war zuviel für ihn. Er kam mit seiner Arbeit nicht mehr nach. Da verbot ihm der Meister kurzerhand, sich mit den Russinnen zu beschäftigen. Das führte zu einem unerträglichen Durcheinander in der Maschinenhalle.

Eines Tages wurde er zur Personalabteilung gerufen und gefragt, ob er bereit sei, die Aufsicht und Betreuung der Zwangsarbeiterinnen ganz zu übernehmen. Man brauche schnellstens einen russischsprechenden Betreuer. Lieber werde man sich nach einem neuen Einrichter umsehen. Papa zögerte nicht lange und sagte zu. Er konnte nicht ahnen, daß er damit in das riskanteste Abenteuer unserer ganzen Versteckzeit schlitterte.

Sein Tagesablauf veränderte sich jetzt wesentlich. Das Massenquartier der russischen Frauen war im Ostend der Stadt, in der Uhlandstraße. Jeden Morgen um sieben Uhr mußte Papa die Frauen dort abholen und sie zu Fuß nach Sachsenhausen bringen, denn Fremdarbeiter durften, wie die Juden, keine Straßenbahnen benutzen. Abends mußte er sie wieder zurückbringen, denn sie durften auch nicht ohne Begleitung durch die Stadt gehen.

Der Grund, weshalb er sofort zugesagt hatte, war die Überlegung, den Russinnen damit ein wenig helfen zu können, denn er empfand sie gewissermaßen als seine Landsleute und Leidensgenossinnen. Jetzt ging es ihm nicht mehr nur darum, Geld zu verdienen, sondern er hatte wieder eine Aufgabe, eine große menschliche und, wie er es verstand, auch politische Aufgabe: diesen Frauen beizustehen. Seinen Andeutungen konnte ich entnehmen, daß er einige von ihnen vor harten Bestrafungen bewahrte, möglicherweise ihnen das Leben rettete.

Papa hatte sich um die Unterkunft, das Essen und die Kleidung der überwiegend jungen Frauen zu kümmern, mußte sie an den Maschinen anweisen, vielerlei Beschwerden entgegennehmen und weitergeben, Streitigkeiten schlichten, und er begleitete die Frauen, wenn sie zum Arzt mußten. Er machte viele Arztbesuche mit ihnen, denn die meisten Frauen waren in dem kalten und zugigen Lager und durch das schlechte Essen krank geworden, und viele verletzten sich an den Maschinen.

Am schlimmsten war es für ihn, wenn eine der Russinnen wegen angeblicher Arbeitsverweigerung, Diebstahls oder unerlaubten Kontakten zu Deutschen zum Verhör auf die Polizeiwache gebracht wurde, oder wenn Gestapobeamte deswegen in die Fabrik kamen. Meister und Personalabteilung der Firma waren schnell dabei, einen Vorfall weiterzumelden, wenn sich auch nur der geringste Verdacht einer Unkorrektheit ergab, damit, so der Meister, »den Russenweibern von vornherein klar ist, was bei uns gespielt wird«.

Sehr bald gewann mein Vater das Vertrauen der Russinnen. Er war für sie schließlich mehr als nur ein Betreuer, er war ihr »Papitschka«. Sie vertrauten ihm alles an, und das war oft so viel, daß ihm davon schwindlig wurde. Durch seinen Einfluß auf die Frauen änderte sich die Situation in der Maschinenhalle von Grund auf. Es kam kaum noch zu Mißverständnissen, und auch die Produktion lief wieder normal. Das hatte den Vorteil, daß man ihm künftig freie Hand ließ, sogar beim Umsetzen der Frauen an den Arbeitsplätzen. Davon machte er häufig Gebrauch und verhalf ihnen so zu manchen Erleichterungen.

Er begnügte sich aber nicht damit, den Russinnen die Arbeitsbedingungen zu erleichtern, sondern unterstützte sie auf vielerlei Weise. Häufig brachte er ihnen Lebensmittel mit, die es für Deutsche noch ohne Marken gab, und auch mal ein Stück Butter oder Wurst, wenn eine Frau krank war.

Groß war ihr Bedarf an Medikamenten, an Schlaf- und Beruhigungsmitteln, vor allem aber an Kopfschmerztabletten. Papa beschaffte, soviel er konnte, denn stets hatten einige ihre Menstruation und brauchten dringend schmerzlindernde Tabletten, die sie aber offiziell nicht verschrieben bekamen.

Dann besorgte er sich eine Ausnahmegenehmigung, mit der er einmal in der Woche zwei Frauen zum Abendessen mit nach Hause nehmen konnte. Solche Ausnahmegenehmigungen gab es damals noch. Bis zehn Uhr mußten die Frauen wieder in ihrem Quartier in der Uhlandstraße sein. Einige Zeit später kam er auf die Idee, mit der gleichen Bescheinigung zweimal je zwei Frauen in die Kaiserhofstraße zu schleusen; hin und wieder waren sogar sechs Russinnen gleichzeitig in unserer Wohnung. Beim Abholen in der Uhlandstraße und beim Zurückbringen half ich ihm oft.

Es fiel ihm nicht leicht, für diesen wöchentlichen Familienabend die Frauen herauszufinden, bei denen er einigermaßen sicher war, daß sie nicht verraten würden, welchen Mißbrauch er mit der Ausnahmegenehmigung trieb. Verhindern konnte er nicht, daß die in der Uhlandstraße zurückbleibenden Frauen neidisch und vielleicht auch mißtrauisch wurden. Die Abende verliefen immer gleich: Abendessen, Gespräche, Austausch politischer Informationen und Papas Bericht über die Lage an den Fronten, vor allem an der Ostfront. Wahrheitsgemäß konnte mein Vater den Russinnen keine große Hoffnung auf baldige Rückkehr machen, denn zu jener Zeit, im Winter 1942/43, war zwar mit der Einschließung und Vernichtung der Sechsten Armee in Stalingrad der Vormarsch der deutschen Truppen gestoppt worden, aber noch zeichnete sich keine Wende ab, und ein Ende des Krieges war nicht absehbar.

Nach einiger Zeit, als Papa die Frauen besser beurteilen konnte, riskierte er noch mehr. Unter großen Vorsichtsmaßnahmen – er prüfte genau, ob alle Türen und Fenster fest verschlossen waren, und hängte über das Radiogerät eine den Ton dämpfende Wolldecke – schaltete er Radio Moskau ein. Und alle Köpfe schoben sich unter die Decke, um die neuesten Nachrichten aus der Sowjetunion zu hören. Das waren gefährliche zehn oder fünfzehn Minuten. Papa schaltete das Gerät bald wieder ab, nahm die Decke wieder fort und stellte den Zeiger der Skala auf Frankfurt, eine wichtige Sicherheitsmaßnahme.

Ich machte wir meine eigenen Gedanken über diese wöchentlichen Zusammenkünfte, hielt es für ganz überflüssig, ein so großes Risiko einzugehen und in Gegenwart der Russinnen Radio Moskau einzuschalten, denn sie hatten kaum Interesse an politischen und militärischen Informationen, es sei denn, sie waren davon unmittelbar betroffen, zum Beispiel, wenn sie über die Kriegslage in ihrer Heimat Nachricht bekamen oder von der Verschleppung weiterer Russen und Ukrainer nach Deutschland. Diese Gleichgültigkeit bemerkte ich auch, wenn Mama mit ihnen ein politisches Gespräch führen wollte. Sie hatten ausschließlich familiäre Sorgen, Probleme mit ihrem Zwangsaufenthalt in Frankfurt und ihrer Arbeit in der Zahnradfabrik. Nur darüber wollten sie sich mit uns unterhalten. Für sie war das Zusammensein mit einer Familie, mit Menschen, die ihnen Verständnis und auch ein wenig Zuneigung entgegenbrachten, wichtiger als alles andere.

Eines Tages wurde eine Russin schwanger. Als ihre Monatsblutungen zum zweiten Mal ausblieben, vertraute sie sich Papa an. Für Zwangsarbeiterinnen war es im faschistischen Deutschland nicht möglich, ein Kind auszutragen. Die Schwangerschaft mußte unterbrochen werden. Papa wußte nicht genau, was in diesem Fall zu tun sei. Er wollte verhindern, daß man im Lager in der Uhlandstraße versuchte, mit Stricknadeln oder anderen Hilfsmitteln eine Abtreibung einzuleiten. So meldete er, trotz großer Bedenken, die Angelegenheit der Personalabteilung. Diese gab es der für Fremdarbeiter zuständigen Dienststelle bei der Geheimen Staatspolizei weiter.

Bereits am Tag darauf kamen zwei Geheimpolizisten in den Betrieb und verhörten die Russin. Papa mußte dolmetschen. Sie wollten unbedingt erfahren, wer die Russin geschwängert habe. Doch sie schwieg. Die Folge war, daß sie nach dem Eingriff in der Klinik nicht mehr in die Fabrik zurückkam. Es hieß, man habe sie auf Anordnung der Gestapo in ein geschlossenes Lager bei Darmstadt gebracht.

Später versuchte der Betriebsleiter, sich bei meinem Vater

dafür zu rechtfertigen, daß er den Fall weitergemeldet habe. Er sei kein Denunziant, aber es lägen dem Betrieb strenge Anweisungen der Gestapo vor, jedes Vorkommnis anzuzeigen. Darum kamen auch immer häufiger Geheimpolizisten zu Vernehmungen in die Firma, und immer mußte mein Vater dolmetschen. An dem Grad seiner Verstörtheit konnten wir abends feststellen, wie schlimm die Verhöre gewesen waren. Er erzählte meistens keine Einzelheiten, nahm Rücksicht auf Mamas krankes Herz. Nur hin und wieder, wenn ihn etwas gar zu sehr bedrückte, holte er mich zur Seite, berichtete mir, was vorgefallen war, und gelegentlich beriet er sich auch mit mir, wie er sich in dem einen oder anderen Fall verhalten solle.

Trotz der strengen Maßnahmen kam es immer wieder vor, daß Russinnen schwanger wurden. Zwei Fälle sind mir bekannt, in denen es Papa mit einem Trick gelang, Frauen zur Abtreibung ins Krankenhaus einzuliefern, ohne daß die Gestapo eingeschaltet wurde. Durch bestimmte Manipulationen präparierten sich die betroffenen Frauen so, daß es aussah, als hätten sie starke Unterleibsblutungen und blieben als bettlägerig im Lager zurück. Das meldete er der Personalabteilung, und einen Tag später sagte er, die Blutungen würden nicht nachlassen und er halte es für notwendig, die Frau zur Behandlung in die Klinik zu bringen. Dort besorgte ein verständiger Frauenarzt das weitere. Als sich ein solcher Vorfall ein drittes Mal wiederholte, meldete es die Firma der Gestapo, und diese forderte den Krankenbericht an. Die Russin verschwand, wie die erste, in einem geschlossenen Lager.

Hierbei geriet Papa zum ersten Mal in den Verdacht, mit den Fremdarbeiterinnen gemeinsame Sache zu machen und ihre »Verfehlungen« zu decken. Von der Personalabteilung wurde ihm angedroht, daß man sofortige Meldung bei der Gestapo machen werde, wenn sich herausstellen sollte, daß er nicht alles anzeige, was er aus dem Lager der Russinnen erfahre. Papa war sehr erschrocken, möglicherweise hatte er gar nicht daran gedacht, daß ihn die Hilfe für die Russinnen einmal in solche Gefahr bringen könnte. Er war eher ängstlich, nie mutig und schon gar kein Held.

Von den Toten auferstanden

Papa wurde nun vorsichtiger im Umgang mit den Russinnen. Dennoch blieb das besondere Vertrauensverhältnis zwischen ihm und den Frauen nicht unbemerkt. Zu viele Augen beobachteten ihn. Und da er für diese schwierige Aufgabe zu gutgläubig war, wurde er oft von den Frauen überredet, sich für Forderungen einzusetzen, die keine Aussicht auf Erfolg hatten und die Vorgesetzten verärgerten.

Auch bei den Kollegen kam er mit der Zeit ins Gerede, weil er ständig bemüht war, die Arbeitsbedingungen der Russinnen menschlicher zu machen und für Verbesserungen im Lager zu sorgen. Immer häufiger warf man ihm vor, daß er sie »mit Samthandschuhen« anfasse und sie dazu veranlasse, sich bei jeder Kleinigkeit zu beschweren. Wohlgesinnte Kollegen warnten ihn, aber er nahm solche Warnungen offenbar nicht ernst genug. Einmal sogar paßte ihn eine Sekretärin der Personalabteilung auf dem Flur ab, um ihm zu sagen, daß man seit einiger Zeit Belastungsmaterial gegen ihn zusammentrage.

Schließlich machte man ihn für alles, was die russischen Frauen betraf, verantwortlich: zu häufige Arztbesuche, Diebstähle, Streitigkeiten der Frauen mit deutschen Arbeitern, zu hoher Ausschuß in der Produktion. Trotzdem wollte er die Frauen nicht im Stich lassen. Er meinte, sie könnten ohne ihn nicht auskommen. Vielleicht glaubte er auch, daß man einen alten Mann nicht so schnell belangen werde.

Um so mehr war er deshalb von dem überrascht, was am 7. Dezember 1943, wenige Tage vor seinem dreiundsiebzigsten Geburtstag, geschah. Als Papa am Morgen dieses Tages mit den Frauen, wie üblich, kurz vor acht Uhr in Sachsenhausen ankam, teilte man ihm mit, in der Personalabteilung warte die Gestapo, diesmal aber nicht wegen einer Russin, diesmal warte sie auf ihn.

Im Personalbüro erklärten ihm die beiden Beamten, daß er vorläufig festgenommen sei und zum Verhör ins Hauptquartier der Geheimen Staatspolizei in die Lindenstraße mitzukommen habe. Er durfte weder an seinen Spind im Umkleideraum gehen noch Kontakt mit Kollegen aufnehmen und auch mit niemandem vom Büro sprechen. Die Gestapobeamten schlugen ihm sogar die Bitte aus, seine Frau von der Festnahme zu unterrichten. Dem Leiter der Personalabteilung wurde ausdrücklich verboten, unsere Familie zu verständigen. Das werde die Gestapo zu gegebener Zeit selbst tun, erklärte einer der Männer.

Trotzdem erfuhren wir es noch am gleichen Vormittag. Eine Frau aus dem Betrieb, vermutlich war es die gleiche Sekretärin, die Papa schon einmal gewarnt hatte, kam zwei Stunden später in die Kaiserhofstraße. Sie berichtete im Halbdunkel des Treppenhauses meiner Mutter, die sich allein in der Wohnung befand und ihr die Tür öffnete, was geschehen war, und verschwand schnell wieder. Damit ging sie ein großes Risiko ein – und sie tat es, obwohl sie Papa kaum kannte.

Mit dem Auto brachte man ihn in die Lindenstraße. Er mußte in einem abgeschlossenen Raum zu ebener Erde warten, in dem nur ein Tisch und ein paar Stühle standen. Während dieser Zeit war er allein, hatte Herzklopfen und Schweißausbrüche und überlegte fieberhaft, was ihm die Gestapo vorzuwerfen habe. Weder im Betrieb noch im Russenlager war in den letzten Wochen etwas Besonderes vorgefallen.

Papa dachte nicht daran, daß nur ein winziger Tropfen, vielleicht eine Routinebeschwerde, das Maß vollgemacht und die Meldung bei der Gestapo ausgelöst haben könnte.

Nach mehr als zwei Stunden holte man ihn endlich zum

Verhör. Drei Beamte waren in dem Vernehmungszimmer anwesend, die beiden, die ihn aus Sachsenhausen hierhergebracht hatten, und ein weiterer, offenbar ein höherer Dienstgrad, der auch am Schreibtisch saß und das Verhör führte. Die beiden anderen standen im Hintergrund am Fenster oder setzten sich auf ein Sofa an der seitlichen Wand, machten sich Notizen und redeten nur selten.

Mein Vater saß mitten im Raum auf einem Stuhl, weit vom Schreibtisch entfernt, und hatte das Licht vom Fenster voll im Gesicht, so daß er den vernehmenden Gestapomann nur undeutlich sehen konnte.

Nach der Feststellung seiner Personalien, noch bevor das eigentliche Verhör begann, erfuhr mein Vater, daß in der Zeit zwischen acht und zehn Uhr das Lager der russischen Frauen in der Uhlandstraße durchsucht worden sei. Unter anderem, so sagte der Gestapobeamte, habe man Lesestoff beschlagnahmt, der noch zu prüfen sei, und er schlug mit der flachen Hand auf einen kleinen Stoß Bücher und Hefte auf der Ecke seines Schreibtischs, alle in kyrillischer Schrift.

Danach hielt er meinem Vater einen ganzen Katalog von Beschuldigungen vor, die fein säuberlich handgeschrieben und numeriert auf einem Blatt standen, das vor ihm lag, und die er mit der Numerierung Punkt für Punkt vorlas. Der Beamte erwähnte auch, daß die Meldung von der Geschäftsleitung der Firma gekommen sei. Das war Papa mittlerweile klar, denn niemand anders hätte so viele betriebsinterne Vorfälle als Belastungsmaterial gegen ihn zusammentragen können. Er wußte ja von der Zusammenarbeit der Gestapo mit der Personalabteilung. Die bedrohlichste Beschuldigung war die der Sabotage und Wehrkraftzersetzung. Er ermuntere fortlaufend die Fremdarbeiterinnen, sich krank zu melden oder sich über ihre angeblich schlechten Arbeitsbedingungen zu beschweren; außerdem wurde ihm vorgehalten, er decke die meisten ihrer Verfehlungen. Weiterhin beschuldigte man ihn, den Russinnen häufig Lebensmittel und abgelegte Kleidungsstücke von uns mitzubringen und sie mit Medikamenten zu versorgen, was ihm ausdrücklich untersagt worden war; auch habe er Bücher mit ins Lager genommen, die nicht vorher von der zuständigen Gestapostelle überprüft worden seien; schließlich mißbrauche er seine Sondergenehmigung und nehme stets mehr Fremdarbeiterinnen mit nach Hause als erlaubt. Papa sei sich wohl noch immer nicht darüber klar geworden, hielt der Gestapomann ihm vor, daß sich das ganze deutsche Volk in einer Schicksalsstunde befinde, überall sei Krieg, an der Front und in der Heimat. Der Feind, das seien nicht nur die russischen Soldaten, das seien alle Russen, auch die Fremdarbeiter in Deutschland. Papa hatte sich auf eine peinliche Befragung gefaßt gemacht, statt dessen hörte er einen Vortrag über die Kriegslage und das Feindbild. Wahrscheinlich glaubten die Gestapoleute, mit dieser Art der Einschüchterung einen alten, vor Angst zitternden Mann am ehesten zum Reden zu bringen. Papa überhörte aber nicht den drohenden Unterton, der in dem ganzen Vortrag lag.

Danach sperrten sie ihn nicht mehr in den Raum zu ebener Erde ein, sondern brachten ihn in eine kleine Zelle im Keller. Der Gestapokeller in der Lindenstraße war berüchtigt und gefürchtet. Viele Kommunisten, Sozialdemokraten und andere Hitlergegner waren in ihm gefoltert und zu Aussagen über ihre illegalen Verbindungen erpreßt worden, etliche fanden hier den Tod. Papa hatte selbst einen jungen Kommunisten gekannt, der sich aus Angst vor weiteren Quälereien in einer Zelle dieses Kellers erhängt haben soll. Nun hatte er auch Zeit, über die ihm zur Last gelegten Vorwürfe nachzudenken. Am stärksten beschäftigten ihn dabei die Beschuldigungen, die mit dem Lagerleben der Russinnen zusammenhingen. Eine der Frauen mußte ihn angezeigt haben, denn daß Papa ihnen Kleider, Lebensmittel und Medikamente besorgt hatte, wußten nur sie. Für eine solche Denunziation kam nach seiner Überzeugung nur eine bestimmte Frau in Frage, die er schon länger in Verdacht hatte.

Sie war Mitte dreißig und die älteste der Frauen. Gegenüber

den meist bäuerlich derben Typen der anderen Zwangsarbeiterinnen wirkte sie zierlich und schlank. Sie kam aus Sewastopol auf der Halbinsel Krim und sprach als einzige der
Russinnen ein paar Worte Deutsch. Zur Erklärung dafür
sagte sie meinem Vater, sie sei einige Monate in einer
Offiziersunterkunft der deutschen Wehrmacht beschäftigt
gewesen und habe das dort gelernt. Sie war eine der ersten
Frauen, die Papa mit nach Hause brachte. Ihm imponierte
ihre städtische Art, ihre Bildung und ihre Belesenheit. Auch
politisch schien sie sehr interessiert.
Es war mir schon ein paarmal aufgefallen, daß sie mir,
während sie sich mit Mama auf Russisch unterhielt, zulächelte
und auch sonst ihre Sympathie zeigte. Eines Abends, als sie
wieder einmal mit drei anderen Frauen bei uns war, erklärte
sie nach dem Abendessen, es sei ihr nicht gut, sie wolle gehen.
Sie fragte, ob ich sie nach Hause bringen könne. Ich beeilte
mich, ja zu sagen, denn ich ahnte, daß das auf ein angenehmes
Erlebnis hinauslief. Und so war es auch. Ohne viele Worte
– ich sprach kein Russisch, und mit den wenigen deutschen
Worten, die sie kannte, ließ sich auch nicht sehr viel erklären
– kamen wir uns unterwegs schnell näher. Aber da wir mit
Küssen und Anfassen nicht genug hatten, brauchten wir nun
auch einen ungestörten Platz. Ich erinnerte mich, daß in den
Grünanlagen des Mains zwischen der Neuen und der Ober-
mainbrücke einige durch Holunderbüsche gut abgeschirmte
Bänke standen. Dorthin gingen wir. Hier hatte ich schon
einmal mit Ionka eine Nacht verbracht, und es war von hier
nicht mehr weit bis zum Lager in der Uhlandstraße.
Plötzlich hörte ich in unmittelbarer Nähe Schritte und Stimmen. Erschrocken fuhren wir auseinander und brachten
hastig unsere Kleidung in Ordnung. Jetzt sahen wir auch, was
wir vorher nicht bemerkt hatten, daß knapp fünf Meter von
uns entfernt, nur durch eine dichte Hecke getrennt, sich noch
ein anderes Pärchen geliebt hatte, aber in dem Augenblick
von einer Polizeistreife überrascht worden war.
Während die Beamten sich mit den Ausweispapieren der

beiden beschäftigten, zog ich die Russin schnell und leise davon. Wir liefen durch die Büsche auf einen Parallelweg und gelangten, von den Polizisten unbemerkt, an der alten Stadtbibliothek wieder auf die Uferstraße.

Eine Ausweiskontrolle hätte für uns beide zur Katastrophe geführt. Doch meine Begleiterin schien die Gefahr, in der wir uns befunden hatten, gar nicht richtig erkannt zu haben. Sie war fröhlich und gesprächig und wollte in einer Toreinfahrt der gut verdunkelten Uhlandstraße das Spiel fortsetzen. Wir hatten noch über eine halbe Stunde Zeit. Aber für diesen Abend war mir alle Lust vergangen. Ich versprach der enttäuschten Russin, sie, sobald es ging, wieder nach Hause zu begleiten, und brachte sie an den Eingang des Lagers, wo sie sich bei dem alten Nachtwächter zurückmeldete.

Aber ich bekam keine Gelegenheit mehr, sie noch einmal zu sehen. Andere russische Frauen warnten Papa. Sie sagten, diese Russin sei bestimmt nicht zwangsverschleppt worden, sondern habe sich freiwillig nach Deutschland gemeldet, weil sie in Sewastopol mit deutschen Offizieren verkehrt sei, weshalb man sie in ihrer Heimatstadt verachte und anfeinde. Ihre Zwangsverpflichtung nach Deutschland sei eine Flucht vor den eigenen Landsleuten gewesen. Die Frauen waren überzeugt, sie würde die anderen Lagerinsassen bespitzeln. Außerdem berichtete ein älterer Schlosser, dem diese Russin bei der Arbeit zugeteilt war, sie habe ihm erzählt, ihr Mann sitze aus politischen Gründen in einem sowjetischen Zuchthaus, ihr Bruder kämpfe in der Wlassow-Armee gegen die Russen und sie selbst wünsche, die Deutschen würden den Krieg gewinnen.

Von da an nahm Papa sie nicht mehr mit in die Kaiserhofstraße. Es war ein großes Glück für uns, daß sie zu den ersten der Frauen gehört hatte, die zu uns in die Wohnung gekommen waren, denn zu dieser Zeit hatte er es noch nicht gewagt, in ihrer Gegenwart Radio Moskau anzustellen. Auch die Gespräche beim Abendessen waren politisch noch recht harmlos. Es war also naheliegend, daß Papa von dieser Russin

denunziert worden war, der er so deutlich sein Vertrauen
entzogen hatte und die sich dafür rächte.

Eine Stunde mußte er in der vergitterten Zelle warten, bis man
ihn ein zweites Mal holte. Er wußte genau, wie spät es war, er
konnte es auf seiner Taschenuhr ablesen, denn ihm war nichts
weggenommen worden. Man brachte ihm auch etwas zu
trinken, und man schlug ihn nicht und wandte auch keine
anderen körperlichen Pressionen an, um ihn zum Reden zu
bringen. Das war bei einem Dreiundsiebzigjährigen wohl
nicht mehr nötig. Man behandelte ihn – wenn dieser Ausdruck auf die Gestapo überhaupt anwendbar ist – korrekt.
Jetzt erst, bei der zweiten Vorführung, begann das eigentliche
Verhör. Die Gestapoleute versuchten, ihn mit Drohungen
zum Reden zu bringen, schrien ihn an oder versicherten ihm
zynisch, er werde so lange in ihrem Verwahrsam bleiben, bis
er Punkt für Punkt die Vorwürfe zugegeben oder entkräftet
habe.
Beim dritten Mal – wieder mußte er über zwei Stunden in der
vergitterten Zelle im Keller warten – wurden ihre Drohungen
noch massiver. Wenn er nicht die Wahrheit sage oder etwas
verschweige, könne er sicher sein, ins Gefängnis oder sogar
ins Konzentrationslager zu kommen.
Zwischendurch forderte ihn ein Gestapomann auf, aus dem
Bücherstapel am Schreibtischrand diejenigen Bücher heraus-
zusuchen, die ihm gehörten. Papa zeigte sie ihm, es waren
zwei oder drei, und in allen stand sein Name in kyrillischen
Buchstaben. Er erklärte, daß es sich ausnahmslos um russische Klassiker handle. Der Gestapomann, der kein Wort
Russisch verstand, blätterte die Bände durch und gab sich
damit zufrieden.
Nach dem dritten Verhör wurde er wieder in den Keller
gebracht. Jetzt bekam er sogar einen Teller dicke Suppe, aber
er erfuhr kein Wort darüber, was mit ihm weiter geschehen
solle. Er saß in der Zelle und wartete. Es ging bereits auf den
Abend zu.

In der Zwischenzeit hatte sich zu Hause folgendes abgespielt: Nachdem Mama von der Verhaftung erfahren hatte, bat sie eine Nachbarin, Paula, Alex und mir telefonisch auszurichten, daß wir sofort nach Hause kommen sollten. Diese Benachrichtigung war sehr umständlich, weil es im ganzen Hinterhaus kein Telefon gab und die nächste Fernsprechzelle am Säuplätzchen auf der Freßgasse stand. Mama konnte selbst nicht gehen, denn sie mußte zu dieser Zeit schon dauernd im Bett liegen.

Bis zum Mittag waren wir alle zusammen und berieten, was jetzt zu tun sei. Was wir auch im einzelnen überlegten, verwarfen und aufs neue besprachen, wir waren äußerlich sehr ruhig, daran erinnere ich mich noch gut. Selbst die kranke Mama, deren unheilbares Leiden schon weit fortgeschritten war, reagierte nüchtern und ohne Panik.

Als erstes versuchten wir zu erfahren, ob die Angaben der unbekannten Frau stimmten und Papa tatsächlich von der Gestapo aus dem Betrieb geholt worden sei. Ich rief in der Firma an, und die Art, wie man meine Frage beantwortete, war eine Bestätigung für die Verhaftung. Wir packten ein kleines Köfferchen mit Papas Toilettensachen, etwas Wäsche und einem wollenen Pullover, und gegen zwei Uhr mittags meldete ich mich telefonisch bei der Gestapo in der Lindenstraße, um zu erfragen, wohin wir das Köfferchen bringen könnten. Papa mußte entweder noch bei der Gestapo oder bereits in einem Untersuchungsgefängnis sein. Man verweigerte mir jede Auskunft. Daraufhin nahm Paula das Köfferchen und ging damit in die Lindenstraße. Von uns waren es etwa fünfzehn Minuten Fußweg dorthin. Doch bald schon kam sie wieder zurück. Ein Gestapomann hatte ihr lediglich gesagt, wenn der Gesuchte tatsächlich bei ihnen zum Verhör oder in Untersuchungshaft sei, würden wir es schon früh genug erfahren.

Das war am späten Nachmittag. Nun gerieten wir wirklich in Panik, der eine stöhnte, der andere weinte, Mama lag im Bett mit einem gelblichbleichen Gesicht, und neben dem Bett auf einem Stuhl stand die Emailschüssel mit kaltem Wasser – aber Moissee war nicht da, der ihr sonst immer die naßkalten Tücher erneuerte – und sie tauchte selbst von Zeit zu Zeit ein Handtuch ein, wrang es aus und legte es sich aufs Herz.

Mir gingen schreckliche Bilder durch den Kopf, man hatte mir oft genug von den sadistischen Verhörmethoden der Gestapo berichtet. Ich stellte mir vor, wie sie Papa anschnallten und schlugen, auf den Kopf, in den Magen, wie sie ihn traten, sah ihn blutend auf der Erde liegen, wimmernd und um Gnade flehend – und kein anderer Gedanke, kein anderes Bild hatte mehr in meinem Kopf Platz.

Mama schloß die Augen, und ihr blassen Lippen bewegten sich, murmelten lautlos, es schien, als unterhalte sie sich mit Papa, vielleicht nahm sie Abschied von ihm.

Es wurde dunkel, doch wir vergaßen, das Licht anzuschalten, wir warteten noch immer, saßen im Dunkeln und warteten.

Nach einer Zeit, die ihm endlos erschien, holte man Papa wieder aus dem Keller nach oben. Der Gestapobeamte, es war noch derselbe, der am Morgen mit dem Verhör begonnen hatte, sagte ihm, man wolle ihn laufen lassen und ihm auch weiter keine Bestrafung auferlegen, obwohl man sich darüber im klaren sei, daß er sich im Umgang mit den Fremdarbeiterinnen schwere Verfehlungen habe zuschulden kommen lassen. Diese Entscheidung falle nicht leicht, aber man meine, Papa sei kein Volksfeind, sondern nur zu gutmütig und habe falsches Mitleid mit den ihm anvertrauten Frauen, und daraus seien die Fehler entstanden, die er gemacht habe. Er habe nicht gelernt, daß man im Krieg andere Maßstäbe anlegen müsse als in Friedenszeiten. In seinem eigenen Interesse solle er in Zukunft vorsichtiger und mißtrauischer bei den Russinnen sein.

Am Ende mußte Papa noch ein Protokoll unterschreiben, das ihm vorgelesen worden war und in dem er versprach, niemandem etwas vom Inhalt des Verhörs mitzuteilen. Dann durfte er gehen. Zwölf Stunden hatte ihn die Gestapo festgehalten.

Gegen neun Uhr am Abend schlurfte jemand die Treppe hoch. Atemlos horchten wir, ob es Papa sei. Er mußte es sein, wir kannten seinen schweren, müden Schritt. Heute war er noch schwerer und langsamer.

Der Schlüssel ging im Schloß, und Papa kam ins Zimmer. Er ging behutsam auf Mama zu, beugte sich zu ihr nieder und küßte sie.

Dann küßte er uns Kinder, eines nach dem andern, als wolle er uns dabei abzählen. Er nahm die Emailschüssel, stellte sie auf die Marmorplatte der Frisierkommode und setzte sich selbst auf den Stuhl an Mamas Bett. Er legte die Hände in den Schoß, ließ den Kopf nach vorne fallen und sackte in sich zusammen.

»O Gott!« hauchte Mama leise – und wie auf ein Stichwort heulten wir los, alle miteinander.

Papa war von den Toten auferstanden.

Bomben auf Sachsenhausen

Im September 1944 fand um die Mittagszeit ein schwerer Angriff auf Frankfurt statt. Zu dieser Zeit arbeitete ich bereits als Betriebsleiter im Werk Süd von Fries Sohn in der Schulstraße in Sachsenhausen. Wir produzierten kriegswichtige Geräte aus den verschiedensten Metallen, in der Hauptsache aber Torpedobehälter für die Kriegsmarine und übermannsgroße Eisenbojen, die wie zwei gegeneinandergestellte Kegel aussahen und zur Markierung von Minensperrgürteln in der Nordsee verwendet wurden.

Zu der Zeit, als es Fliegeralarm gab, befand ich mich bei einer Besprechung im Hauptwerk im Riederwald. Mit dem Fahrrad eilte ich in den Luftschutzbunker. Die bald einsetzenden Detonationen und Erschütterungen machten klar, daß der Angriff wieder einmal Frankfurt galt. Gespannt verfolgte ich im Bunker über Drahtfunk die Radiomeldungen und hörte, daß die amerikanischen Piloten ihre Bombenlast konzentriert über Sachsenhausen abwarfen.

Sofort nach der Entwarnung fuhr ich mit dem Fahrrad in das Sachsenhäuser Werk. Eine halbe Stunde später war ich bereits dort und sah, was die Bomben angerichtet hatten. Eine Luftmine, die beim Explodieren einen so gewaltigen Druck erzeugt, daß er den Menschen im weiten Umkreis die Lungen zerreißt, hatte den provisorischen Luftschutzstollen auf dem Fabrikgelände getroffen. Dieser Unterstand diente den über achtzig im Werk Süd eingesetzten russischen Zwangsarbeiterinnen als Schutz gegen Bombenangriffe. Die Deutschen liefen bei Fliegeralarm in den nahen bombensicheren Bunker in der Schifferstraße. Für Fremdarbeiter war der Aufenthalt im Bunker verboten, sie mußten sich in dem Luftschutzstollen, den die kleinste Bombe durchschlagen konnte, unterstellen. Die Erdschicht darüber betrug knapp zwei Meter. Nicht einmal einer deutschen Aufsichtsperson mutete man den lebensgefährlichen Aufenthalt in diesem Provisorium zu. So war der Fliegeralarm die einzige Zeit, in der die Fremdarbeiterinnen unbeaufsichtigt waren. Ich habe selbst erlebt, in welch panischer Angst sich die Frauen dort befanden. Sie wußten sehr gut, daß jede Bombe, die den Stollen traf, ihren Tod bedeutete. Verzweifelt riefen sie, wenn die ersten Bomben einschlugen, nach ihrer Mamitschka, weinten, und viele beteten unablässig.

Wenn der Bombenhagel zu schnell nach dem Alarm begann und der rettende Schifferbunker nicht mehr zu erreichen war, suchten einige wenige Deutsche, die sich verspätet hatten, in dem Stollen Schutz. So war es auch diesmal. Sechs Deutsche und achtundsiebzig Russinnen befanden sich darin, als die Luftmine einschlug. Alle vierundachtzig Personen waren auf der Stelle tot. Nur acht russische Frauen, die sich in Nebenräumen der Fabrik versteckt hatten, weil sie den Aufenthalt im Stollen für noch gefährlicher hielten, überlebten.

Aus den Meldungen des Drahtfunks war meistens zu erkennen, ob die anfliegenden Bomberverbände Kurs auf Frankfurt hatten. War das nicht der Fall, ging ich bei Alarm zu den Russinnen in den Luftschutzstollen. Auch an diesem Morgen schien es, als ob der Angriff einer anderen Stadt gelten würde. Aus Bequemlichkeit wäre ich also in den Stollen gegangen. So habe ich es nur dem Zufall zu verdanken, daß ich nicht zu den Opfern dieses Bombenangriffs gehörte.

Bereits am späten Nachmittag des gleichen Tages wurden die Bombenopfer durch eine Einheit des Technischen Notdienstes geborgen. Die Luftmine hatte den Eingang des Stollens getroffen. Als er nach einigen Stunden freigelegt war, konnte man fast ungehindert zu den Toten gelangen. Bei allen war der Tod durch Zerreißen der Lungen eingetreten.

Ich war während der Bergungsarbeiten im Werk geblieben, um bei eventuell notwendigen Identifizierungen behilflich zu sein. Bis am späten Abend die Särge kamen, lagen die toten Russinnen und die Deutschen, zwei Kinder, zwei Frauen, ein junger Flakhelfer und ein gehbehinderter älterer Hilfsarbeiter, nebeneinander auf ausgerolltem braunem Packpapier. Es sah aus, als ob sie alle schliefen. Ein Priester war auf den Hof gekommen, betete und erteilte die letzten Sakramente. Mittlerweile hatten sich auch die Angehörigen der deutschen Opfer eingefunden. Ihr Wehklagen erfüllte den Hof.

Um die toten Russinnen klagte niemand.

Fast jede Nacht gab es Fliegeralarm, und wir mußten viele Stunden im Luftschutzkeller verbringen, zu dem die Kellergewölbe der ehemaligen Weinhandlung im Vorderhaus der Kaiserhofstraße 12 ausgebaut worden waren. Sie hatten stählerne Türen, Gasschleuse, Frischluftschächte, Notstromaggregat, Sanitätsraum und weitere Schutzvorrichtungen, die aber eher der Täuschung der Bevölkerung als dem wirklichen Schutz vor Bombentreffern dienten. Wenn des Nachts, und immer öfter auch am Tag, die Sirenen aufheulten, eilten aus den umliegenden Häusern die Bewohner mit ihrem Luftschutzgepäck in unseren Keller. Es waren zwischen achtzig und hundert Personen, die meist schon ihren Stammplatz hatten, und sie warteten zitternd darauf, ob diesmal wieder das schauerliche Pfeifen der fallenden Bomben zu hören sein werde. Mit dem ersten Sirenenton begann auch die große Stunde der Frau Morschhäuser. Die resolute Frau des kleinen hinkenden Flickschneiders vom Mansardenstock war die mit vielen Befugnissen ausgestattete Luftschutzwartin und zudem eine gefährliche, weil fanatisierte Hitlerverehrerin. Alle Mitbewohner fürchteten sie und nahmen sich vor ihr mit politisch unbedachten Bemerkungen in acht. Zum Ausweis ihrer Würde trug sie eine schwarzweiße Binde mit den Buchstaben LS am Arm, einen Stahlhelm auf dem Kopf, der vor Granatsplittern schützen sollte, einen Erste-Hilfe-Beutel über der Schulter, eine Taschenlampe am Gürtel und die Volksgasmaske in der Hand.

Schon auf der Treppe zum Luftschutzkeller kommandierte sie die Verängstigten: »Schneller, schneller, es wollen alle in den Keller runter, bevor die Bomben fallen!« Sie allein verteilte die Sitzgelegenheiten, verbot lautes Sprechen oder das Wechseln der Plätze, schimpfte mit den unruhig werdenden Kindern, bestimmte, wann die eiserne Tür geöffnet wurde, und drohte mit »Meldung machen«, wenn während des Alarms jemand für eine Zigarettenlänge nach oben oder schon nach der Vorentwarnung den Keller verlassen wollte. Sie saß auch nie, lief immer nur herum, um alles und alle beobachten zu können. Wenn sie aber mal für kurze Zeit ruhig stand, dann in der offenen Gasschleuse. Die war sozusagen ihre Kommandobrücke.

Nie zuvor in ihrem Leben hatte Frau Morschhäuser so große Verfügungsgewalt über Menschen, hatte sie so viel Macht. Im Luftschutzkeller veränderten sich ihre Stimme, ihr Gang, ihre Bewegungen, sogar das Verhältnis zu ihren Mitmenschen – wenn sie zum Beispiel einem verängstigten Mütterchen in einer Weise Mut zusprach, als sei ihr selbst Angst ein Fremdwort.

Für Frau Morschhäuser waren diese Stunden, da die Bomben

die Stadt in Trümmer und Asche verwandelten, Höhepunkte ihres Lebens. Ich kann mir gut vorstellen, daß sie wegen dieses gesteigerten Lebensgefühls den Krieg und die Angriffe auf Frankfurt noch gern sehr lange hingenommen hätte. Sie wußte, daß nach dem Ende des Krieges auch sie wieder in das armselige, trostlose Nichts ihrer Flickschneiderei versinken würde. Die Luftschutzwartin Morschhäuser war eines jener merkwürdigen Nachtschattengewächse, die der Krieg hervorbrachte und die mit dem Kriegsende auch wieder verschwanden.

Es war im Januar 1945. Mama war bereits tot, Alex und ich befanden uns beim Militär. Wie schon so oft zuvor, saßen Papa und Paula auf den ihnen von Frau Morschhäuser zugewiesenen Plätzen im Luftschutzkeller. Mehrere Angriffswellen waren schon über Frankfurt hinweggegangen. Der Keller zitterte von den Einschlägen der Bomben in der näheren Umgebung. Aus den Mauerfugen löste sich Kalkstaub und verursachte Hustenreiz. Kinder brüllten, Frauen stöhnten und weinten oder beteten. Auch Papa und Paula hatten große Angst, denn noch nie zuvor waren so viele Bomben im Innenstadtbereich gefallen wie diesmal. Plötzlich gab es einen fürchterlichen Schlag, der Keller wurde ein ganzes Stück hochgehoben, Flaschen fielen um, Tassen und Teller klirrten, und das Licht ging aus. Alle schrien. Dann war Stille. Taschenlampen wurden angeknipst. Nach einer Weile setzte sich das Notstromaggregat in Gang, und die Birnen leuchteten wieder schwach. Eine dunkle Staubwolke hing in allen Kellerräumen, und die schwer atmenden und hustenden Menschen preßten sich feuchte Tüchter vor Mund und Nase. Von ihrer Kommandobrücke in der Gasschleuse rief Frau Morschhäuser: »Gasmasken aufsetzen, bis sich der Staub verzogen hat!« Das war zwar ein blödsinniger Befehl, denn feuchte Taschentücher taten dieselbe Wirkung und waren weitaus bequemer, trotzdem folgten einige ihrer Anweisung. Kurz darauf war sie wieder zu hören, ihre Stimme klang wie die eines Rekrutenausbilders: »Meine Herrschaften, kein Grund zur Aufregung, in unserem Haus ist nichts passiert. In der Nähe muß ein Haus eingestürzt sein.«

Die Eisentüren der Gasschleuse wurden weit geöffnet, bald surrten auch die Frischluftventilatoren, und allmählich zog der Staub ab. Mit Erleichterung hörten die Menschen im Keller, daß niemand verletzt oder gar verschüttet sei, und die Panikstimmung legte sich.

Eine halbe Stunde später war Entwarnung. Alle liefen auf die Straße hinaus, um zu sehen, was passiert sei, aber es war nirgendwo etwas zu entdecken. Jeder ging schnell in seine Wohnung, um den unterbrochenen Schlaf fortzusetzen. Auch Papa und Paula gingen, immer noch etwas benommen, über den Hof ins Hinterhaus. Dessen linke Hälfte war bereits einige Wochen zuvor von einer Brandbombe getroffen worden und ausgebrannt. In der rechten Hälfte wohnten zu dieser Zeit nur noch Papa und Paula, die anderen Mitbewohner hatten sich evakuieren lassen. Da schrie Papa auf, stolperte, und Paula konnte ihn gerade noch festhalten. In der Dunkelheit wäre er beinahe in ein großes Loch gefallen, das plötzlich im Hof entstanden war. Mit ihren Taschenlampen versuchten sie, in das Loch hineinzuleuchten, sahen aber nichts.

Sie vermuteten, daß wahrscheinlich an dieser Stelle das Bruchstück eines abgeschossenen Bombenflugzeuges eingeschlagen sei. Doch als sie am anderen Morgen zum Fenster hinausschauten, stellten sie mit Entsetzen fest, daß das Loch im Hof fast kreisrund war und einen Durchmesser von etwa zwei Metern hatte.

Am Nachmittag entdeckten Spezialisten vom Technischen Notdienst in dem Loch eine Zehnzentnerbombe, den schwersten Bombentyp, der im Luftkrieg gegen Deutschland verwendet wurde. Die Bombe hatte unmittelbar neben dem Luftschutzkeller einen Hohlraum durchschlagen und sich noch drei Meter tief in das Erdreich gebohrt, ohne zu explodieren. Andernfalls wäre keine Maus mehr aus dem Keller herausgekommen, und von den Häusern 10, 12 und 14 samt ihren Hinterhäusern wäre kein Stein mehr auf dem andern geblieben.

Bis das Haus Kaiserhofstraße 12 in den sechziger Jahren abgerissen wurde, weil es einem Parkhaus weichen mußte, war das Bombenloch im Hof zu sehen. Man hatte es nach der Beseitigung des Blindgängers mit Sand aufgefüllt. Die kleineren Kinder des Hauses spielten jahrelang in dem kreisrunden Loch wie in einer Sandkiste.

Die Frau des Bäckers

Bei einem der schlimmen nächtlichen Bombenangriffe auf Frankfurt im Frühjahr 1943 war ich gleich nach dem letzten Entwarnungston der Sirenen aus dem Luftschutzkeller die Treppen hoch in den Dachstock des Vorderhauses gerannt, um zu sehen, wo überall die Bomben eingeschlagen hatten und wo es brannte.

Ich öffnete das Fenster einer Dachluke. Es war mit einem Flacheisenstab anzuheben und festzustellen. So hatte ich einen besseren Rundblick über die brennende Stadt. Im gleichen Moment fragte jemand neben mir: »Darf ich auch mal rausschauen?«

Es war die junge Frau des Bäckers, die einen Stock unter uns im Hinterhaus wohnte, eine blonde Schönheit mit einem recht hübschen Gesicht und leicht aufgeworfenen Lippen. Von allen weiblichen Rundungen hatte sie im Übermaß und betonte sie auch noch durch enganliegende Pullover und Röcke. Wenn wir stundenlang zusammen im Luftschutzkeller saßen und sie mich immer wieder einmal anlächelte, hatte ich mir oft vorgestellt, wie das wohl sein würde, mit ihr unter einer Bettdecke zu liegen und sie so ganz hautnah zu spüren.

»Selbstverständlich, kommen Sie!« Ich ließ sie vor mich treten, denn die Luke war zu klein, um nebeneinander stehen zu können.

Die Stadt brannte an unzähligen Stellen, große Flächen waren ein einziges Flammenmeer. Das Feuer hatte einen Sturm entfacht, der bis zu uns hinauf deutlich spürbar war. Das Knistern und Krachen der Feuersbrunst mischte sich mit dem hellen Ballern der Flakgeschütze, das trotz der Entwarnung weiterging, ebenso wie das nervöse Spiel der langen Lichtfinger vieler Abwehrscheinwerfer, die aus allen Richtungen über den nächtlichen Himmel zitterten.

»Allmächtiger!« rief die Frau des Bäckers, als sie die vielen Brände sah, nahm beide Hände vor den offenen Mund und wich mit dem Oberkörper ein wenig zurück. Wir berührten uns.

»Guck doch da drüben, siehst du das? Das muß in Sachsenhausen sein.« Sie deutete zur Luke hinaus etwa in südliche Richtung. Ich war überrascht, daß sie mich duzte. Das hatte sie noch nie getan. Vielleicht kam es aus der Erregung über die brennende Stadt.

Sie nahm den Kopf auf die Seite, damit ich mich vorbeugen und nach Sachsenhausen schauen konnte. Aber der Himmel weiß, daß ich in dem Augenblick, da ich mit der rechten Backe und dem rechten Ohr ihre Haare berührte, alle Himmelsrichtungen durcheinanderbrachte und nur noch stammeln konnte: »Ja, das muß in Sachsenhausen sein.«

Ob Sachsenhausen, Bornheim oder Seckbach, konnte ich wirklich nicht mehr unterscheiden. Das war mir auch egal. Brennen tat's fast jede Nacht – aber diese Haare! Ich drückte mich mit der Brust ein wenig an ihre Schulter, als wollte ich Sachsenhausen noch genauer sehen und vielleicht auch noch Seckbach und Bornheim. Sie wich mir nicht aus. Ich bildete mir ein, daß auch sie starkes Herzklopfen hatte.

Ganz leicht, als suchte ich einen Halt, berührte ich mit der rechten Hand ihre Hüfte. Sie blickte immer noch geradeaus in die Feuersbrunst und sagte: »Da drüben, was da brennt, das ist Griesheim oder Höchst! Ob die IG Farben was abbekommen haben?«

»Schon möglich«, erwiderte ich kurzatmig, während ich den Arm um ihre Hüfte schob und die Hand leicht auf ihren Bauch legte. Ich spürte, wie er im Rhythmus des Atmens auf und nieder ging.

Es war ein schaurig-schöner Anblick, überall große und kleine Feuersäulen, die zum Himmel flackerten, dann die Flächenbrände, zwischendurch immer wieder Funkenkaskaden wie aus einem überdimensionierten Stahlkocher, wenn wo ein Haus zusammenbrach.

»Furchtbar! Guck dir das nur an!« Dabei legte sie ihre Hand auf meine Hand, mit der ich bereits die wunderbar gewölbte Gegend rund um den Nabel erkundet hatte, dessen feinen Trichter ich durch den eng sitzenden Rock deutlich fühlte, und sie tippte mich mit dem Finger an, um mir zu verstehen zu geben: Das ist mir angenehm, was du da machst, mach weiter so. Und als ich, nun mutig geworden, fest zupackte, tippte sie noch einmal an, wie um mir damit zu sagen: Kannst ruhig fester drücken, mir macht's Spaß. Ich hielt sie so fest, als sei mein rechter Arm ein ihr verordnetes Stützkorsett, und hielt sie so lange, bis ich einen Krampf in den Arm bekam.

Jetzt mußte die Frau des Bäckers weiter vorne, zur Innenstadt zu, also in einem steileren Winkel nach unten, einen neuen Brandherd oder irgend etwas anderes entdeckt haben, was ihre ganze Aufmerksamkeit in Anspruch nahm. Jedenfalls beugte sie sich stärker nach vorne und verlagerte so ihren Schwerpunkt, und mir blieb nichts weiter übrig, als diese Bewegung mitzumachen, denn ich hatte ja noch immer die Hand auf ihrem Bauch. Was hatte sie für einen prallen Hintern! Und diese nach innen gewölbte Zäsur, die die Herrlichkeit in zwei gleiche Portionen teilte, ich spürte sie in allen Details und obendrein das Spiel ihrer Muskeln. Und die Frau des Bäckers redete immer noch von Sachsenhausen und Bornheim und den vielen Bränden, aber schon leiser und mit ein wenig rauher Stimme.

Die Dachluke engte das Gesichtsfeld ein, darum mußte sie, um alles sehen zu können, den Oberkörper nach links und rechts drehen. Und da ihr Hintern die Bewegung mitmachte und sie häufig die Blickrichtung änderte, ich aber wie angegossen stehen blieb, ergab sich zwangsläufig eine beachtliche Reibungswärme.

Ganz von selbst glitt meine Hand, die zuletzt breit auf ihrem Nabel lag, langsam nach unten und entlang dem Einschnitt zwischen Oberschenkel und Bauch. Ich spürte den verstärkten Abschluß des Schlüpfers und benutzte ihn als willkommene Leitlinie für meine unruhigen Finger.

»Ich mag dich«, sagte ich leise in ihr Ohr.

»Gott, wie du schnaufst!« gab sie zur Antwort.

»Daran bist nur du schuld«, flüsterte ich heiser.

Jetzt drehte sie das erste Mal leicht den Kopf zu mir und lächelte. Und während draußen das Feuer wütete und noch immer die Flak ballerte, erklommen meine Finger mutig den kleinen und schönsten Hügel einer Frau. Da legte sie noch einmal ihre Hand auf meine, aber nicht mehr einladend, sondern abwehrend, und sagte: »Hör auf! Wenn uns jemand sieht.«

Inzwischen hatten sich nämlich an den anderen Dachluken ebenfalls Hausbewohner aufgestellt und schauten nach den Bränden, immer zwei in einer Luke. Sie konnten bestimmt nicht sehen, was wir trieben, dafür war es zu dunkel, aber wenn die Frau des Bäckers ängstlich wurde, mußte ich es hinnehmen. Meine Hand schob sich zögernd auf ihren Bauch zurück, und ich begnügte mich, mit den Fingern die trichterförmige Nabelöffnung nachzuzeichnen. Auch das war sehr angenehm. So standen wir einige Zeit, und unser beider Atem ging schwer. Da löste sie sich mit Hintern und Rücken von mir, drehte sich herum und sagte leise: »Komm nachher runter. Ich warte auf dich.« Und sie verschwand im Dunkel des Treppenhauses.

Wie benommen blieb ich in der Dachluke stehen und starrte in die Feuerfackeln und Flächenbrände. Als schon längst

189

niemand mehr auf dem Dachboden war, stand ich immer noch, roch die Haare und den leichten Schweiß im Nacken der Frau des Bäckers und spürte, als stünde sie vor mir, jeden unserer Berührungspunkte. Langsam ging ich die Treppe hinunter, über den Hof und hoch in mein Zimmer. Mama und Papa lagen bereits wieder im Bett, Paula hatte noch etwas in der Küche zu tun. Ohne mich auszuziehen, legte ich mich aufs Bett. Welch eine seltene Gelegenheit bot sich mir, eine Gelegenheit, von der ich bisher nur hatte träumen können. Ich brauchte nur aufzustehen, an die Tür dort unten zu klopfen, und es würde sich mir, leise knarrend, das Paradies öffnen.

Und doch zögerte ich. Da wartete achtzehn Stiegen tiefer eine Frau auf mich, und ich lag auf meinem Bett, rührte mich nicht, wog sorgsam alles Für und Wider ab und wußte genau, wohin das Abwägen führte – zu nichts. Ich lag auf meinem Bett und ließ die Frau des Bäckers warten.

Der Bäcker und seine Frau waren erst vor zwei Jahren in unser Hinterhaus eingezogen. Er war in der SA und hatte, bevor er vor einem halben Jahr zu den Soldaten mußte, sich häufig in seiner SA-Uniform sehen lassen. Sie war in der NS-Frauenschaft und trug auf dem Mantel eine große Nazi-brosche. Im Luftschutzkeller munterte sie die um ihr Leben bangenden Hausbewohner mit Durchhaltesprüchen auf, die sie aus der NS-Frauenschaft mitgebracht hatte.

Die nächsten Tage versuchte ich, ihr aus dem Weg zu gehen. Aber ich konnte es doch nicht vermeiden, daß wir uns begegneten. Sie war eisig, grüßte mich kaum, nur einmal im Treppenhaus zischte sie mir zu: »Du Feigling!«

Mit einer dummen, unlogischen Eifersucht mußte ich in der Folgezeit feststellen, daß die Frau des Bäckers beileibe nicht auf mich angewiesen war, trotz der kriegsbedingten Männer-knappheit. Immer korrekt mit »Heil Hitler!« grüßend und im Luftschutzkeller, wenn die Bomben herniederprasselten, Durchhaltesprüche plappernd, war sie dennoch eine eifrige NS-Frauenschaftlerin und blieb ihrem Führer treu.

Mamas letzte Fahrt

Ihr Leben war schwer, nicht weniger ihr Sterben. Bis im Herbst 1944 das kranke Herz endgültig zu schlagen aufhörte, hatte es sich Monate und Jahre verzweifelt weitergequält, flackernd wie eine verlöschende Kerze. Damals wohnten wir alle schon bei Mimi in Jügesheim. Mama war nicht bereit aufzugeben, denn sie wollte den Tag noch erleben, wo sie hätte sagen können: »Wir haben es geschafft! Von heute an brauchen wir keine Angst mehr zu haben.«

Wer von uns kannte dieses Gefühl: keine Angst mehr haben? Wir Kinder hatten es nie erlebt, Mama und Papa hatten es bestimmt vergessen, doch wie oft hatten wir uns den Tag ausgemalt, an dem wir frei sein würden von Angst.

Mama hätte es verdient, nach all dem, was sie an Ängsten durchlitten hat, und sie würde den Tag erlebt haben, ganz sicher, wenn dort, wo über Leben und Tod entschieden wird, noch ein Funke Gerechtigkeit wäre.

Was ich mir bei der lebenden Mama nie getraut hatte, holte ich jetzt bei der toten nach. Ich konnte ihr endlich einmal meine ganze Liebe und Zuneigung geben, und sie hatte Zeit, sie entgegenzunehmen. Ich nahm ihren Kopf in die Hände, strich ihr die grauen Haarsträhnen aus dem Gesicht, schloß ihr die Augen und küßte sie, das erste Mal. Papa weinte fassungslos, fragte schluchzend: »Was soll jetzt aus uns werden?« und warf sich über die tote Mama. Wir andern gingen hinaus und ließen ihn allein mit seinem Schmerz.

Ich hatte mir in den Kopf gesetzt, Mama nicht in Jügesheim, sondern in Frankfurt beerdigen zu lassen. Natürlich nicht auf dem jüdischen Friedhof, weil das ja nicht ging. Aber auch auf einem Christenfriedhof war das Ende 1944 nicht so einfach. Durch einen Telefonanruf beim Frankfurter Bestattungsamt erfuhr ich, daß man in Frankfurt kaum noch imstande war, alle Menschen, die eines natürlichen Todes gestorben und die im Bombenhagel alliierter Luftangriffe getötet worden waren, ordentlich zu bestatten. Deshalb hatte man strenge

Anweisung erteilt, keine Leichen von außerhalb anzunehmen, und alle Gemeinden waren angewiesen, keine Überführungen mehr zu genehmigen.

Ausgerechnet in diesem für das Schicksal unserer Familie vollkommen unwichtigen Punkt – schließlich war es doch gleichgültig, ob Mama ihre letzte Ruhe auf einem christlichen Friedhof in Jügesheim oder in Frankfurt fand – ausgerechnet da rührte sich bei mir der Widerstand: Mama sollte nach Frankfurt, mit oder ohne Genehmigung.

Auch wenn es noch so dumm und unvernünftig, vielleicht sogar riskant war, ich konnte nicht anders. Das erste Mal durfte ich allein bestimmen, denn man überließ mir sofort die Führungsposition in der Familie, die Mama bis zu ihrem Tod in Händen gehalten hatte. Ich mußte bei der ersten Gelegenheit eine Entscheidung treffen, die Mama bestimmt nicht getroffen hätte. Oif Zeluches – wie sie gesagt haben würde und was soviel heißt wie »jetzt erst recht« oder »und wenn es euch allen nicht paßt« – oif Zeluches sollte Mama nach Frankfurt.

Im Oktober 1944, als Tag und Nacht amerikanische und britische Flugzeuge in Deutschland einflogen und ihre Bomben auf Städte und Dörfer warfen, war es nicht einfach, jemanden zu finden, der sich bereit erklärte, die Leiche nach Frankfurt zu überführen. Die Fahrt von Jügesheim über Offenbach dauerte mit einem Pferdewagen gut drei Stunden. Genaugenommen waren es aber keine drei, sondern sechs Stunden, drei hin und drei zurück, den Aufenthalt in Frankfurt gar nicht eingerechnet und auch nicht die Verzögerungen durch Fliegeralarm, mit dem täglich gerechnet werden mußte. Die einzig mögliche Beförderungsart war die mit Pferden, denn in dieser Phase des Kriegs gab es für solcherlei Privatfahrten schon längst kein Benzin, keine Autos und auch keine Sondergenehmigungen mehr.

Allein der Dorfschreiner Franz Winter, der gleichzeitig Sargmacher und Leichenbestatter der Gemeinde Jügesheim war, kam für diesen Leichentransport in Frage, denn ihm gehörte der schöne ebenholzglänzende Leichenwagen mit den gekreuzten silbernen Palmblättern an den Seiten und auf der Rückfront, der in der Remise neben der Leichenhalle stand.

Als er und sein Geselle zu uns ins Trauerhaus kamen, um Mama einzusargen, mußten sie den Sarg im unteren Flur abstellen und den in das Bettlaken eingehüllten Leichnam die schmale Treppe hinuntertragen. Dabei wurde der leblose Körper stark gekrümmt, und aus dem Mund der toten Mama preßte sich ein schrecklicher Ton, der wie ein tiefes Schnaufen klang. Als der Schreiner den Sarg schloß, nutzte ich die Gelegenheit, ihn danach zu fragen, ob er die Tote – natürlich für ein gutes Geld – nach Frankfurt überführen wolle.

Ob man so etwas schon gehört habe, entrüstete er sich, mit dem Leichenwagen bis nach Frankfurt! Warum ich denn nicht gleich nach Amerika wolle! Wie ich mir das überhaupt vorstelle, wo dauernd die Bomber einflögen. Ich sei doch aus Frankfurt, da müsse ich eigentlich wissen, was sich dort und auch in Offenbach abspiele und nicht zuletzt im Frankfurter Osthafen, wo wir ja auch durchfahren müßten. Dieses Risiko gehe er nicht ein, fuhr der Schreiner fort, und wenn ich ihn noch so gut dafür bezahle, ich solle mir die Idee, meine Mutter in Frankfurt zu beerdigen, aus dem Kopf schlagen, die habe draußen auf dem Jügesheimer Friedhof genauso ihren Frieden wie in Frankfurt.

Aber die Überführung nach Frankfurt war inzwischen schon zu einer Machtprobe mit mir selbst geworden, ich kam nicht mehr davon los. Darum ging ich am Abend noch einmal zu dem Schreiner und Leichenwagenbesitzer, in der Tasche eine Flasche Schnaps, wohlbehütet seit langem zur Erledigung besonders schwieriger Angelegenheiten.

Meine Lügengeschichte vom letzten Wunsch der Mama, in Frankfurt zur Ruhe gebettet zu werden, der Schnaps und ein Hunderter mehr verfehlten nicht ihre Wirkung; und was ich kaum noch zu hoffen gewagt hatte: der Schreiner ließ sich überreden, Mama mit seinem Leichenwagen auf den Frankfurter Hauptfriedhof zu bringen. Er fragte nicht einmal danach, ob alle für die Überführung notwendigen Papiere vorhanden seien. Das setzte er als selbstverständlich voraus.

Am 24. Oktober in der Frühe fuhren wir los. Es regnete und es war kalt. Ich saß neben dem nicht sehr gesprächigen Schreiner auf dem Kutschbock und fror. Ich glaubte, ständig den Blick von Mama auf meinem Rücken zu spüren, und wenn ich daran dachte, was sie zu einer solchen Überführung gesagt haben würde, dann beschlich mich ein unangenehmes Gefühl. Ich drehte mich immer wieder um in der Erwartung, Mama könne mir vielleicht doch noch etwas zu sagen haben, und mich fror noch stärker.

*

Ich weiß, Mama, du würdest mit den Fäusten gegen den Sargdeckel getrommelt haben, wenn du gewußt hättest, was die Überführung gekostet hat und daß ich obendrein ohne Genehmigung losgefahren bin. »Meschugge seid ihr – alle miteinander!« So würdest du sagen. »Soviel Geld zum Fenster hinauszuwerfen. Für was? Für ein Gojimnaches*. Was willst du? Dir die ewige Seligkeit erwerben, wenn du meine Leiche spazierenfährst? Oder was sonst? Glaub ja nicht, das ist eine Heldentat, so mir nichts, dir nichts nach Frankfurt zu fahren, und noch ohne Papiere.« Und dann wäre bestimmt dein immer wiederkehrender Vorwurf gekommen: »Als ob wir nicht schon genug Zores hätten!«
Und wieder, wie so oft in früheren Zeiten, hättest du recht gehabt, Mama. Ich hatte ein schlechtes Gewissen. Wenn ich es genau überlege, hatte ich in deiner Nähe immer ein schlechtes Gewissen. Warum eigentlich?
Ich will jetzt nicht mit dir darüber streiten, was ich richtig und was ich möglicherweise falsch gemacht habe. Dazu ist der

---

* Gojimnaches: eine Narrheit, die man eigentlich nur Nichtjuden (Gojim) zutraut.

Anlaß, die Fahrt mit dem Leichenwagen nach Frankfurt, viel zu traurig. Aber könntest du mir wenigstens sagen, Mama: Warum eigentlich hast du mir nur das Vorsichtigsein, das Verstecken, das Unscheinbarwerden beigebracht, immer nur den Rückzug, das Entschuldigen, das Ducken und Schweigen, so daß ich schließlich den ganzen Tag mit einem schlechten Gewissen herumlief?

Du hast uns zu Duckmäusern erzogen. Ja, auch wenn du jetzt die Finger beider Hände krümmst, als umfaßten sie unsichtbare Kugeln, und beschwörend auf mich einredest: »Um des Überlebens willen, Walja! Doch nur um des Überlebens willen!« Mag sein. Trotzdem kann ich dir den Vorwurf nicht ersparen. Hättest du mir nur ein einziges Mal gezeigt, wie man draufschlägt!

Du warst eine jüdische Mamme, wie sie im Buch steht. Für deine Familie hättest du dich in Stücke reißen lassen. Aber irgend etwas stimmte nicht, sonst hättest du nicht so viel falsch machen können. Lag es vielleicht daran, daß du deine südrussische Welt in die Kaiserhofstraße verpflanzen wolltest?

In einem Meer von Lügen hast du uns schwimmen gelehrt und uns das Lügen zum Lebenselement gemacht. Natürlich kamen noch tausend Zufälle und einige Wunder hinzu, doch ohne die Lügen hätten auch die Wunder nichts genützt, um unser Leben zu retten. Aber was war das für ein Leben!

*

Der Weg nach Offenbach zog sich endlos. Der Nieselregen hörte nicht auf, und der Schreiner schob den Kopf immer tiefer in den hochgestellten Mantelkragen und fluchte über das Wetter, die Pferde und die Fuhre. Anfangs hatte er ab und zu ein paar Worte mit mir gewechselt. Jetzt sprach er, wenn er nicht gerade fluchte, nur noch mit den zwei mageren Rappen vor dem Leichenwagen, beschwerte sich bei ihnen, nicht bei mir; und diese nickten im Schritt mit den Köpfen, als verstünden sie ihn und stimmten ihm zu. Dann schlug er auch mal mit der Peitsche lässig auf den schwarzen Regenschutz aus Wachstuch, den er, als der Regen stärker wurde, den beiden Pferden übergelegt hatte. Das gab jedesmal einen hellen Ton, vor dem die Pferde erschraken und deshalb für kurze Zeit etwas schneller gingen; bald aber fielen sie in den alten Trott zurück.

Mit mir sprach der Schreiner gar nicht mehr, er war offenbar brojges* auf mich. Ich wußte nicht, warum, es könnte höchstens sein, daß es ihm jetzt leid tat, ja gesagt zu haben, oder daß er für das schlechte Wetter mich verantwortlich machte.

Sollte er nur brojges sein, dann störte er mich auch nicht in meiner stummen Zwiesprache mit Mama. So konnte ich meinen Gedanken nachhängen.

Mir war schrecklich elend zumute. Wie gerne hätte ich geweint, dann wäre vielleicht alles leichter gewesen, aber in dieser Stunde auf dem Weg nach Frankfurt mit der toten Mama im Rücken konnte ich nicht weinen. Ich hatte nur ein Gefühl, als sei mir die Brust zugeschnürt.

Auf dem ersten Teil der Strecke ließ mich noch das Ächzen des Sarges bei jeder Unebenheit der Landstraße erschrecken. Am liebsten hätte ich den Kutscher am Ärmel gezupft und ihm gesagt: »Kannst du nicht etwas vorsichtiger fahren, Mama liegt doch hinten drin.« Nach eineinhalb Stunden Fahrt aber war es mir fast gleichgültig, was sich um mich herum abspielte, der Sarg war weit weg. Zeitweise vergaß ich sogar, an die tote Mama zu denken.

Ich war müde und hatte nur noch den Wunsch, mich davonzustehlen und mich irgendwo hinzulegen, zu schlafen und zu vergessen.

Das häßliche zerbombte Offenbach, dessen schmutziggraue Häuserfassaden im Regen noch trostloser wirkten, empfing

---

* brojges sajn: mit jemandem böse sein.

uns in der gleichen Grundstimmung, in der ich mich befand. Trauer lag über der Stadt. Aber nicht schwarz war die Farbe der Trauer wie unser in der Nässe etwas zu provozierend glänzender Leichenwagen, sondern grau, staubgrau; so war auch die Farbe des Himmels und des Mains und der wenigen Menschen, denen wir begegneten. Eine alte Frau blieb auf dem Bürgersteig stehen und bekreuzigte sich schnell. Das tat sie wohl immer beim Anblick eines Leichenwagens, so wie wir Buben einst beim Anblick eines Schimmels schnell die Daumenkuppe der linken Hand mit Spucke naß machten und sie fest in der rechten Handfläche drehten, das brachte Glück, oder beim Anblick eines berittenen Polizisten furzten, und wenn's auch nur ein winzig kleines Fürzchen war, damit hatten wir vorgesorgt, daß uns an diesem Tag nichts mehr passieren konnte.

Wir kamen ohne Störung durch die Stadt und mußten über die Fechenheimer Brücke auf die andere Mainseite. Genau auf der Brücke gab es Fliegeralarm. Wir hatten trotzdem noch einige Minuten Zeit, den es war erst Voralarm.

»Sollen wir zurück?« fragte der verängstigte Schreiner. »Nein, vorwärts«, sagte ich, »zum Fechenheimer Bunker ist es nicht weiter als zurück nach Offenbach.« Da schlug er den Pferden mit der Peitsche links und rechts in die Flanken, schrie »Hüh«, und die bereits müden Pferde setzten sich widerwillig in einen gemächlichen Trab. Der Sarg rumpelte etwas stärker, und Mama kam mir wieder in Erinnerung, die arme Mama, deren letzter Ausflug in dieser Trostlosigkeit enden sollte.

Als wir den Luftschutzbunker erreichten, war schon wieder Entwarnung. Trotzdem hielten wir an, und der Schreiner gab den Pferden zu trinken. Dann ging es weiter. Wenig später kamen wir zu einer wichtigen Straßenkreuzung an der östlichen Ausfallstraße Frankfurts. Ich hatte gehofft, diesen Punkt, an dem immer Kontrollen waren, umfahren zu können. Aber die Seitenstraße war durch Bombentrichter und mehrere zerstörte Häuser unbefahrbar.

Es gab nunmehr keinen anderen Weg als den über die Mainkur, so hieß diese Stelle. Ich hatte starkes Herzklopfen und war gleichzeitig gespannt, was passieren würde, denn schon von weitem hatte ich die Feldgendarmen mit den roten Kellen entdeckt, die alle Fahrzeuge kontrollierten. Dem mürrischen Schreiner hatte ich weder etwas von den fehlenden Überführungspapieren noch von meinen Sorgen wegen der kontrollierenden Soldaten gesagt. Wir reichten ihnen unsere Pässe und den vom Arzt ausgestellten Totenschein. Meinen Staatenlosenpaß, das war ich mittlerweile schon gewöhnt, begutachteten die beiden Soldaten lange, einer blätterte die Seiten durch, schaute sich das Lichtbild an, dann mich, und gab ihn mir mit einem nicht ganz zufriedenen Gesicht zurück. Der Schreiner mußte absteigen und den Leichenwagen öffnen, damit sich die Soldaten überzeugen konnten, daß wir weder Schwarzmarktware noch einen lebendigen Menschen in die Stadt schmuggeln wollten. An dem Leichentransport selbst hatten sie nichts zu beanstanden, entweder kannten sie die Bestimmungen nicht oder betrachteten den Totenschein als Überführungspapier. Einer fragte nur noch, während er das Blatt zusammenfaltete und mir zurückgab, mit Anteilnahme, ob das meine Mutter sei und auf welchen Friedhof wir wollten, und er war zufrieden, als ich ihm den Hauptfriedhof nannte, es war der nächstgelegene, und wir konnten weiterfahren.

Nun waren wir im Stadtgebiet, niemandem würde es hier einfallen, einen Leichenwagen zu kontrollieren. Es hatte zu regnen aufgehört, und so war die Einfahrt der toten Mama in Frankfurt doch ein wenig freundlicher als die Fahrt von Jügesheim bis zur Stadtgrenze.

Eine halbe Stunde lang ging es nun über das Kopfsteinpflaster der Hanauer Landstraße stadteinwärts. Es war eine scheußliche Strecke. Die Pferdehufe knallten auf das Pflaster, der Wagen wurde durchgeschüttelt und ächzte in einem fort, und der Hintern schmerzte mich trotz der Decke, die auf der Sitzbank ausgebreitet war.

Mitten in dem engen Straßengewirr Bornheims gab es Vollalarm. Wir fuhren zum nächsten öffentlichen Luftschutzkeller, der Schreiner band die Pferde an eine Laterne fest, und wir gingen in den Keller hinunter.

Was würde geschehen, ging es mir durch den Kopf, während wir eingezwängt inmitten der meist älteren, verängstigten Menschen saßen, die gleich uns hier unten in dem feuchten Kellergewölbe Schutz suchten, wenn in der Nähe Bomben fielen, was doch leicht möglich war, und die Pferde sich losrissen? Ich stellte mir vor, wie die beiden wild gewordenen Rappen mit der toten Mama kutscher- und zügellos durch die Bornheimer Straßen jagten und der Leichenwagen womöglich in einer Kurve umstürzte – und ich wurde von Minute zu Minute nervöser.

Ich erinnere mich noch, daß eine Frau aufgeregt in den Luftschutzkeller in der Wittelsbacher Allee kam, wo wir saßen, und fragte, wer der Kutscher des Leichenwagens sei. Als sich der Schreiner von Jügesheim bemerkbar machte, überhäufte sie ihn mit Vorwürfen, warum er den Wagen nicht hundert Meter weiter abgestellt habe, ob er denn wolle, daß der Tod auf dieses Haus gelenkt werde. Das wollte er natürlich nicht. Die Menschen im Keller schwiegen. Offenbar fand keiner die Bemerkung dumm. Und ich möchte nicht wissen, wie viele im stillen wirklich dachten: Hätte er seinen Leichenwagen doch hundert Meter weiter abgestellt!

Wir hatten Glück, an diesem Vormittag fielen keine Bomben auf Bornheim. Eine halbe Stunde später war Entwarnung.

Da wir uns bereits dem Hauptfriedhof näherten, konnte ich es nicht mehr hinauszögern, den Schreiner darüber aufzuklären, daß ich weder eine Überführungsgenehmigung noch eine Bestätigung des Frankfurter Bestattungsamtes zur Beerdigung des Leichnams hatte. Ich mußte es ihm vor der Ankunft auf dem Friedhof sagen, denn mein Plan, wie ich den Sarg mit der toten Mama in Frankfurt loswerden wollte, schloß, wenn es die Umstände verlangten, die Mitwirkung des Jügesheimer Sargschreiners und Leichenbestatters Franz Winter ein.

Doch so schlimm, wie es dann kam, hatte ich es mir nicht vorgestellt. Der Schreiner war außer sich, wollte auf der Stelle umdrehen und nach Jügesheim zurückfahren. Er lenkte die Pferde an den Straßenrand und hielt den Wagen an. Ich versuchte vergeblich, ihn zu beruhigen. Auf dem Bürgersteig wurden bereits die Leute auf uns aufmerksam. Es war mir äußerst unangenehm.

Diese heftige Reaktion des Schreiners war typisch für die damalige Zeit. Er war zu Tode erschrocken, etwas getan zu haben – wenn auch ahnungslos und gegen seinen Willen – was behördlichen Anordnungen zuwiderlief. Nach zehn Jahren Faschismus war in den Deutschen nichts so ausgeprägt wie die Angst vor der Partei und der staatlichen Gewalt. Geringste Verstöße und Verbotsüberschreitungen wurden wie Kapitalverbrechen empfunden und meist auch so geahndet. Und entsprechend reagierten die Menschen. Ihr Verhältnis zueinander und ihr Verhalten gegenüber den offiziellen Partei- und Staatsorganen war von der Angst bestimmt.

Auch ich lebte viele Jahre in Angst – in einer ganz anderen Angst, denn mein und meiner Familie Zittern vor dem Entdecktwerden ist nicht vergleichbar mit den Ängsten der deutschen Bevölkerung im Dritten Reich. Trotzdem und vielleicht auch gerade darum war ich später bemüht, für diese Ängste ein wenig Verständnis zu finden.

Auch der Schreiner wurde von dieser Angst beherrscht. Er wollte unter keinen Umständen etwas mit der Polizei zu tun haben. Seine größte Sorge war, man könne seinen Leichenwagen beschlagnahmen. Es gelang mir nicht, ihm das auszureden, so sehr ich mir auch Mühe gab. Allmählich beruhigte er sich, schien einzusehen, daß er jetzt nicht mehr einfach zurückfahren könne. Er fragte mich, wie es nun weitergehen solle.

Vielleicht fünfzig Meter neben dem neuen Haupteingang zum Friedhof befand sich ein etwas kleineres Tor, durch das stets die Leichenwagen einfuhren. Dieses Tor, so hatte ich beobachtet, war tagsüber nicht verschlossen, und die Fahrzeuge wurden bei der Einfahrt nicht kontrolliert. Die Überprüfung der amtlichen Papiere geschah sicherlich erst an der Rampe der dahinterliegenden Leichenhalle, wo die Särge abgestellt wurden.

Darauf baute sich mein Plan auf. Ich wollte an der Rampe der Leichenhalle vorfahren, mit dem Schreiner zusammen den Sarg abstellen und die Arbeiter des Bestattungsamtes, sollten sie nach den Papieren fragen, so lange hinhalten, bis Franz Winter mit seinem Leichenwagen wieder abgefahren war. Er hatte von mir die Anweisung, unverzüglich das Friedhofsgelände zu verlassen, sowie der Sarg abgeladen sei. Was konnte die Friedhofsverwaltung anders tun als den Leichnam behalten? Ich war ganz sicher, daß man mir den Sarg nicht auf die Straße stellen, sondern nach dem zu erwartenden Gezeter notgedrungen abnehmen mußte, das heißt, ich würde auch eine Grabstelle bekommen. Im ungünstigsten Fall rechnete ich mit einer Geldstrafe.

Wir fuhren also durch das Tor und schnurstracks zur Leichenhalle. Schnell sprangen wir vom Bock, holten den Sarg heraus, ich entschuldigte mich bei Mama für die Hektik, in der ich mich von ihr trennen wollte oder auch mußte, und ein Friedhofswärter, der in einem grünlichgrauen Arbeitskittel am Eingang zum Leichenschauhaus stand, half uns, den Sarg auf einen Rollbock zu heben.

Der Friedhofswärter verlangte die Totenpapiere zu sehen. Ich kramte umständlich den vom Arzt ausgestellten Totenschein heraus und hielt ihn dem Mann entgegen. Der fragte, immer noch freundlich, nach den anderen Papieren. Ich zögerte ein wenig. Er wiederholte, nun bereits ungeduldig, er wolle die weiteren Papiere sehen, und da gab ich wahrheitsgemäß zur Antwort, daß ich keine anderen Papiere besäße, nicht mal eine Sterbeurkunde.

Mittlerweile war der Sargschreiner wieder auf seinen Kutschbock gestiegen und wollte davonfahren. Im gleichen Moment schien der Beamte meinen Trick durchschaut zu haben. Er wechselte die Stimme, drehte sich auf dem Absatz herum und herrschte den Schreiner an, er habe hier zu bleiben, bis die Angelegenheit mit den Papieren geklärt sei.

Franz Winter war natürlich viel zu langsam gewesen, er hätte schon längst wegfahren sollen. Nun aber saß er fest. Diese Situation hatte ich nicht bedacht.

Der Friedhofswärter wandte sich jetzt wieder, sehr erregt und mit lauter Stimme, zu mir. Es sei ihm strengstens untersagt, Tote ohne ordnungsgemäße Papiere und vorheriger Anmeldung beim Bestattungsamt anzunehmen. Wir müßten den Sarg wieder aufladen. Natürlich verstand ich ihn, er konnte gar nicht anders. Trotzdem erwiderte ich, das komme überhaupt nicht in Frage, wir seien alte Frankfurter und hätten ein Recht darauf, die Tote auf einem Frankfurter Friedhof zu beerdigen. Ich log ihm vor, man habe mich vom Bestattungsamt telefonisch beschieden, die Leiche auch ohne Überführungspapiere hierher zu bringen, und mir zugesagt, eine Beerdigung auf dem Hauptfriedhof schon irgendwie zu ermöglichen.

Der Friedhofswärter ließ sich auf nichts ein. Die Leute von der Verwaltung müßten sich genauso nach den Vorschriften richten wie er, und damit basta. Er wurde immer erregter und wußte nicht, wie er sich verhalten sollte. Gewiß war ihm ein solcher Fall noch nicht vorgekommen. Theoretisch durfte es keinesfalls so sein, aber praktisch stand dort auf dem Rollbock der dunkelbraune Holzsarg mit der toten Mama. Er war, trotz Verbots, ein Faktum. Der Friedhofsangestellte schaute noch einmal, völlig überflüssigerweise, auf den Totenschein und meinte dann, unter keinen Umständen werde er die Tote annehmen, wer sie auch sei, wenn nicht die Genehmigung der Verwaltung vorliege. Das sah ich ein, und ich war damit einverstanden, zur Klärung der Angelegenheit mit ihm ins gegenüberliegende Verwaltungsgebäude zu gehen. So gewann ich eine kleine Spanne Zeit.

Ich blickte nach dem Schreiner auf dem Kutschbock, in welcher Verfassung er sich wohl befinde – und war überrascht. Er blinzelte mir mit einem pfiffigen Gesichtsausdruck zu, als wolle er mir zu verstehen geben, daß es an ihm nicht liegen solle, unsere Aktion doch noch erfolgreich abzuschließen, er werde sich schon zu helfen wissen. So aufgekratzt, ja geradezu fröhlich war er den ganzen Vormittag nicht gewesen. Ich verstand Franz Winter nicht mehr und war bereit, ihm die mürrischen Stunden zwischen Jügesheim und Offenbach zu vergeben. Gerne hätte ich ihm noch gesagt, daß er sich die ewige Seligkeit erwerben werde, wenn alles noch klappte.

Es lohnt fast nicht mehr, das, was sich im Büro der Friedhofsverwaltung abspielte, niederzuschreiben, so reibungslos verlief alles. Der zuständige Beamte machte mir, wie nicht anders zu erwarten, ebenfalls Vorhaltungen, daß nicht jeder mitten im Krieg auf eigene Faust seine Toten durch die Gegend karren und dorthin bringen könne, wo es ihm gerade beliebe, schließlich gebe es klare Anweisungen, wie man sich in einem solchen Fall zu verhalten habe. Meine Handlungsweise sei zu tadeln.
Aus seinem Tonfall war aber herauszuhören, daß er mir das rein formell zu sagen hatte, von Amts wegen. Er schickte die beiden Friedhofswärter weg mit dem Versprechen, die Angelegenheit in Ordnung zu bringen, ließ mich Platz nehmen und fragte, was nun geschehen solle.
An den weiteren Verlauf des Gesprächs kann ich mich nicht mehr erinnern, jedenfalls erhielt ich die Genehmigung zur Bestattung auf dem Hauptfriedhof und sogar – trotz Überlastung des Krematoriums – kurzfristig noch eine Feuerbestattung, wie ich es wünschte, und ein Urnengrab.
Dem Beamten, der von vornherein Bereitschaft zeigte, mir zu helfen, war die Entscheidung dadurch erleichtert worden, daß unsere Familie sich bei der Evakuierung nach Jügesheim nicht offiziell in Frankfurt abgemeldet hatte. Das bestätigte ihm das Einwohnermeldeamt telefonisch.
Dieses Verhalten eines Beamten während der Hitlerzeit muß

dennoch als außergewöhnlich bezeichnet werden. Im Normalfall, wenn dann auch der Sarg mit dem Leichnam schließlich in Frankfurt geblieben wäre, hätte der Beamte mich mehrere Tage lang auf allen möglichen Ämtern zur Beschaffung der fehlenden Unterlagen herumjagen und mir am Ende noch zu einer hohen Geldstrafe verhelfen müssen.

In der Zwischenzeit handelte der Dorfschreiner und Leichenbestatter Franz Winter endlich einmal richtig. Als wir im Verwaltungsgebäude verschwunden waren, hatte er kurzerhand seinen Rappen die Peitsche gegeben und ohne Behinderung das Friedhofsgelände durchs offene Hauptportal verlassen. Bis zur Mainkur, so berichtete er mir einige Tage danach, habe er die Pferde zur Eile angetrieben, dann aber sei er sicher gewesen, daß ihn niemand mehr zurückholen oder ihm den Sarg nachtragen werde, und er habe sich dann Zeit genommen. Gleich hinter Offenbach habe er sich nach der Aufregung des Tages einen Schoppen genehmigt und noch einen zweiten. Und offenbar ist es doch sehr spät geworden, bis er zu Hause in Jügesheim die Pferde wieder ausspannen konnte.

Der Herzfehler

Im Frühsommer 1944 erhielten Alex und ich die Aufforderung zur Musterung, Alex eine Woche nach mir. »Goebbels-Aufgebot« nannte man diese große Musterungsaktion, mit der unter anderem alle in Deutschland lebenden Ausländer, sofern sie nicht in Internierungslagern festsaßen, für die Wehrmacht erfaßt wurden.
Ich besprach mich mit Alex, ob es irgendeine Möglichkeit gäbe, uns der Musterung zu entziehen, denn, so überlegten wir, einem Musterungsarzt, der täglich Dutzende junger Männer auf ihre Kriegsdiensttauglichkeit prüfte und sie auf

Geschlechtskrankheiten untersuchte, mußte ein rituell beschnittener Penis auffallen.

Was also konnten wir tun? Einfach nicht hingehen? Dann würden sie uns holen kommen. Sollten wir untertauchen? Aber wo? Selbst wenn wir verschwunden wären, hätten wir damit die Aufmerksamkeit der Behörden auf unsere Familie gelenkt. Das würde zwangsläufig ihren Untergang bedeuten. So konnten wir nichts anderes tun, als zur Musterung zu gehen. Uns blieb keine andere Wahl.

Ich hatte Angst wie selten zuvor, und in den Nächten vor der Musterung fürchterliche Alpträume. Schreiend wachte ich auf, weil vier Männer, möglicherweise waren es Militärärzte, mich an Armen und Beinen gepackt hielten und mich auseinanderreißen wollten, und ich wagte nicht mehr einzuschlagen aus Furcht, sie könnten die Tortur fortsetzen.

Mama war sehr gefaßt, als ich mich am Tag der Musterung von ihr verabschiedete. Sie sagte nur: »Komm gesund wieder, Walja!« Papa begleitete mich zur Tür und küßte mich links und rechts und auf den Mund. Ich spüre noch deutlich seinen stacheligen Bart in meinem Gesicht. Seine Stimme zitterte, als er flüsterte: »Mein guter Waljitschka«, und Tränen rannen ihm in den grauen Bart. Mit beiden Händen hielt er meinen Kopf, schaute mich an, als wolle er noch irgend etwas sagen, und ließ mich los, indem er die Hände auseinandernahm; es schien, als habe er vergessen, sie nach unten zu tun.

Papa war zu der Zeit längst in einem Zustand der Hoffnungslosigkeit und Selbstaufgabe. Kein Wort der Aufmunterung kam von ihm, keine Aufforderung an mich oder Alex, etwas zu riskieren, um zu überleben. Was auch immer geschah, er ließ es geschehen, angstgelähmt, resigniert, mit einer unendlichen jüdischen Traurigkeit. Aber war mein Verhalten anders? Was hatte ich denn riskiert?

So ging ich den Weg zur Musterung in die Wiesenhüttenstraße, fiebernd vor Angst, aber ich ging. Schleppte mich wie mit bleiernen Schuhen, quälte mich Schritt vor Schritt und malte mir aus, wie ich untersucht, als Jude entlarvt, verhaftet und unverzüglich, ohne Gelegenheit, Mama und Papa noch einmal zu sehen, in die Vernichtungskammer geschickt würde. Dann stand ich vor dem Feldwebel. Das Phantasieren hatte ein Ende: Musterungsbescheid abgeben, Formular ausfüllen, warten, ausziehen bis auf die Turnhose und wieder warten, mit acht oder zehn anderen in das Untersuchungszimmer eintreten, immer dem Alphabet nach.

Nun kam der Moment, dem ich seit zehn Tagen entgegengezittert hatte, der Befehl: »Hosen runter!« und: »Hosen nach hinten legen!« Die Befehle gab der Sanitätsfeldwebel, der seitlich stand. Der Militärarzt ging von einem zum andern und inspizierte mit solcher Akribie die Geschlechtsteile des Goebbels-Aufgebots, als hinge davon Sieg oder Niederlage ab.

Ängstlich verfolgte ich, wie dieser Teil der Untersuchung vor sich ging. Erst besichtigte der Arzt den Penis in Hängelage, dann mußte man ihn anheben, damit der Arzt die Unterseite sehen konnte, hier und da drückte er auch mal auf einen Hodensack; danach mußte die Vorhaut zurückgezogen werden. Das ging alles sehr zügig, jeder schaute beim Nebenmann ab, was er zu tun hatte.

Während er die andern begutachtete, hatte ich reichlich Gelegenheit, mich mit ihnen zu vergleichen und den Unterschied festzustellen. Er war unübersehbar. Ich mit einer blanken Eichel, und die andern in der Reihe mit einem sich verjüngenden Ende. Sie sahen nicht gleich aus, die einen waren zusammengeschrumpft, andere machten den Eindruck, als hätten frierende Kahlköpfe sich wärmende Schals umgetan, bei einigen sah das Glied wie das Endstück einer Karotte aus, von dem ein starker Strunk abgedreht war. Aber keines war dem meinen ähnlich.

Jetzt war ich an der Reihe. Wieder zuerst Besichtigung in Hängelage – ich glaube, mir blieb für einen Augenblick das Herz stehen. Ich starrte in das Gesicht des Arztes, um an seinem Mienenspiel die Überraschung über meinen beschnittenen Penis herauszulesen. Nichts geschah in seinem Gesicht, kein Zucken, keine Bewegung. Sah er denn wirklich nichts? Jetzt anheben, nochmals Besichtigung, Vorhaut zurückziehen, so gut es ging – Ende. Ungerührt machte der Arzt einen Schritt weiter zum nächsten.

Die Musterung war vorbei, und wir konnten uns wieder anziehen. Ich verstand noch immer nicht, warum der Militärarzt nichts gesagt hatte, und grübelte auf dem ganzen Weg nach Hause darüber nach. War diese Gleichgültigkeit vielleicht nur gespielt, und er hatte doch gemerkt, daß mir ein ganzes Stück der Vorhaut fehlte, genausoviel, um den Unterschied zwischen Jude und Christ zu markieren?

Acht Tage später mußte Alex zur Musterung, in das gleiche Kreiswehrersatzamt, möglicherweise zum gleichen Arzt. Und auch bei ihm gab es keine Aufforderung, sich wegen des Beschnittenseins zu erklären.

Im September 1944 wurde mein Bruder Alex zu den Panzergrenadieren nach Kassel, einen Monat später, einige Tage nach dem Tod Mamas, wurde ich zur Ausbildung als Kanonier der Schweren Artillerie nach Fritzlar eingezogen. Ich ließ Papa und Paula allein in Jügesheim zurück mit ihrer Trauer, ihren Sorgen, ihrem Zores und folgte widerspruchslos dem Einberufungsbefehl.

Vier der Rekruten, die mit mir auf einer Stube lagen, sind mir noch in Erinnerung: ein achtzehnjähriger Freiwilliger aus einem Dorf bei Duderstadt, Sohn eines Tierarztes, der es so eilig hatte, zu den Soldaten zu kommen, daß er nicht einmal mehr sein Abitur machte und bereits vier Monate später an der Ostfront als vermißt gemeldet wurde; ein Musiker aus Göttingen, der vom Morgen bis zum Abend über seine zerschundenen Hände jammerte, die wohl exzellent mit einem Cello, aber nicht mit einem Gewehr und schon gar nicht mit einer 15-cm-Feldhaubitze umzugehen wußten; der Sohn des Schriftstellers und Hitler-Apologeten Friedrich Bethge, den ich später im Lazarett wiedertraf, der nicht müde wurde, dem Vater Lorbeerkränze zu flechten, und immerzu von rassischer Elite, griechischer Geisteshaltung und der Würde des Menschen redete; und schließlich ein Staatsanwalt vom Sondergericht in Kassel mit einem kleinen Vogelgesicht und einer hellen piepsigen Stimme, der mich das Grausen lehrte.

An den Abenden nämlich sprach der Staatsanwalt gern von seiner Arbeit, den Delikten, die in die Verantwortung eines Sondergerichts fielen – von Plünderei bis Volksverhetzung – sprach von den Schwierigkeiten der Verständigung mit den angeklagten Zwangsarbeitern und von den vielen Todesurteilen, die er beantragt und die an dem Kasseler Sondergericht gefällt wurden. Oder er schilderte mit beklemmender Sachlichkeit alle Details einer Hinrichtung durch das Fallbeil.

Einmal erzählte er, daß aufgrund einer Denunziation ein nach Kassel zugezogener Mann verhaftet worden war, bei dem gefälschte Personalpapiere gefunden wurden. Die Gestapo überstellte ihn den Justizbehörden, und durch des Staatsanwalts geschickte Ermittlungen und Verhöre, die sehr langwierig und schwierig waren, wie er sagte, wurde der Verhaftete als Jude entlarvt und vor dem Sondergericht angeklagt. Fast bedauernd fügte der Staatsanwalt hinzu: »Als der Jude erkannte, daß es für ihn keinen Ausweg mehr gab, hängte er sich, noch vor der Verhandlung, in seiner Zelle auf.« Er habe sich selbst gerichtet, sagte der Staatsanwalt.

Ich stellte mir vor, daß ich es hätte sein können oder mein Bruder Alex, der dem vogelgesichtigen Staatsanwalt in die Finger geraten sei und daß er statt des andern mich oder Alex als Jude entlarvt hätte. Und wieder sah ich mich hängen, diesmal nicht mit den Füßen nach oben in den Gitterstäben des Treppenhausfensters, sondern mit den Füßen nach unten und mit schräggestelltem Kopf, und die helle Stimme des Staatsanwalts tönte: »Er hat sich selbst gerichtet.« Alex hätte ich mir nicht aufgehängt vorstellen können, er würde sicherlich bis zum letzten Augenblick um sein Leben gekämpft haben.

Höhepunkt der Ausbildung war ein mehrwöchiger Aufenthalt in einem Abhärtungslager auf einer Bergkuppe bei Fritzlar. Nachts ging die Temperatur auf minus zehn Grad zurück. Ich erkältete mich und bekam eine fiebrige Halsentzündung. Der Arzt im Krankenrevier glaubte, eine Diphtherie zu erkennen, und wies mich ins Lazarett ein. Das war Mitte Januar 1945. Ich packte meine wenigen privaten Dinge in einen Karton und begab mich in die Obhut der Ursulinen. Das Ursulinenkloster in Fritzlar war während des Krieges als Reservelazarett eingerichtet worden.

Damit hatte ich bis zum Abtransport an die Front einen nicht zu knapp bemessenen Aufschub erhalten, denn ich kam auf die Infektionsstation und hatte wegen der notwendigen drei Diphtherieabstriche, die nach Kassel zur Untersuchung geschickt werden mußten, mindestens drei Wochen Zeit bis zur Entlassung. Die beiden ersten Abstriche waren negativ, der dritte dagegen positiv, ich war also, obwohl ich längst keine Halsschmerzen mehr hatte, Bazillenträger und mußte weiter auf der Infektionsstation bleiben.

Nach vier Wochen aber stand ich endgültig zur Entlassung bereit. Ein Sanitätsunteroffizier brachte mir den Bescheid, ich habe mich in zwei Tagen zum Abrücken in die Kaserne fertigzumachen, denn dann werde meine Einheit an die Ostfront abgehen.

Doch am gleichen Tag kam in Fritzlar ein Lazarettzug von der Ostfront an, und in unsere Krankenstube wurde ein Schwerkranker mit hohem Fieber eingeliefert. Er stöhnte vor Kopfschmerzen und hatte einen plackig geröteten Körper. Nur wenige Stunden, bevor ich in die Kaserne abzumarschieren hatte, diagnostizierte der Stationsarzt bei dem Schwerkranken Fleckfieber. Zugleich wurde über unsere mit zehn Soldaten belegte Krankenstube strengste Quarantäne verhängt und damit meine Entlassung wieder für einige Zeit verschoben. Mindestens vier Wochen Quarantäne, sagte der Arzt. Meine Artillerieeinheit rückte ohne mich an die Ostfront ab, wo sie unmittelbar nach der Ankunft im Frontgebiet fürchterliche

Verluste hatte, wie ich später erfuhr.

Der Fleckfieberkranke, dem wir die Quarantäne verdankten, starb kurze Zeit darauf in Bad Wildungen, wohin man ihn, leider zu spät, zur Spezialbehandlung gebracht hatte.

Noch bevor ich in Quarantäne kam, besuchte mich Alex im Lazarett. Von Kassel aus war er nach einem kurzen Heimaturlaub an die Ostfront abkommandiert worden, fuhr einen Umweg über Fritzlar und brachte mir einen Kuchen von Mimi mit. Die letzten Worte, die wir miteinander wechselten, waren das gegenseitige Versprechen, an der Front die erstbeste Gelegenheit zum Überlaufen zu nutzen. Das war wie ein Selbstbetrug in einer ausweglosen Lage, denn wir wußten beide längst, daß in der Endphase des Krieges auf beiden Seiten keine Gefangenen mehr gemacht wurden, daß es zu dieser Zeit nur noch ein gegenseitiges Abschlachten gab.

Ich verabschiedete mich von Alex am Tor des Lazaretts und blickte ihm nach, bis er in der Dunkelheit verschwunden war. Das Herz wurde mir schwer. Ich hatte eine Ahnung, daß ich meinen Bruder Alex, den ich über alles liebte, nicht mehr wiedersehen würde.

Bis zum heutigen Tag mache ich mir Vorwürfe, mitschuldig zu sein am Tode meines Bruders. In schlaflosen Nächten überlege ich, was ich alles versäumt habe, um ihm das Leben zu bewahren. Ich war der Ältere, der Erfahrenere, in dieser Phase des Krieges mußte ich ihn daran hindern, an die Front zu fahren – egal wie, und wenn ich ihn lazarettreif geschlagen hätte. Doch ich ließ ihn laufen, hielt ihn nicht einmal fest. Alex hatte Vertrauen zu mir; würde ich ihn beschworen haben, sich irgendwo in Frankfurt zu verkriechen, er wäre meinem Rat gefolgt und hätte eine Chance gehabt zu überleben. Ich wußte, daß diese Überlebenschance an der Ostfront winzig klein war. Aber ich schwieg.

Der immer fröhliche Alex, der nie daran zweifelte, noch die Zeit nach dem Untergang der Hitlerära zu erleben, der noch auf dem Weg an die Front Briefe voller Zuversicht schrieb, der in der Hölle des Untergangs Zukunftspläne schmiedete und Zeit fand, sie niederzuschreiben und mit der Feldpost nach Hause zu schicken, mein Bruder Alex wurde in den allerletzten Kämpfen dieses Krieges, kaum zwanzig Jahre alt, von denjenigen getötet, denen seine ganze Sympathie galt, auf die er seine ganze Hoffnung auf eine bessere Zukunft gesetzt hatte.

Der unserer Quarantänestation zugeteilte Militärarzt, ein Wiener, seinen Namen habe ich vergessen, war mir in einer merkwürdigen, nicht ganz verständlichen Weise zugetan. Als ich, offenbar von dem eingelieferten Fleckfieberkranken infiziert, einige Tage später einen leichten Fleckfieberanfall bekam, setzte er sich zu mir ans Bett und sagte so leise, daß es außer mir niemand hören konnte:
»Sie werden doch nicht kurz vor dem Ende schlappmachen wollen! Der Krieg geht nicht mehr lange, dann müssen Sie auf den Beinen sein. Reißen Sie sich zusammen!«
Und ein anderes Mal, als es mir schon wieder besser ging:
»Haben Sie sich eigentlich überlegt, in welcher Lage Sie hier sind? Entweder Sie kommen mit dem nächsten Schub an die Front oder die Amerikaner schnappen Sie.«
»Das weiß ich, aber was soll ich tun?« gab ich zur Antwort.
»Das müssen Sie sich schon selbst überlegen. Gott hilft dem, der sich selbst zu helfen weiß.« Und nach einer Pause fuhr er fort: »Ich habe mir auch schon Gedanken darüber gemacht. Man müßte sich Zivilkleidung besorgen und aufs Land gehen, zu einem Bauern. Da wäre man wahrscheinlich am sichersten.«
Er untersuchte mich schweigend, zog mir die Decke über den Bauch, beugte sich über mich und flüsterte: »Soll ich Ihnen sagen, was Sie tun müssen? Abhauen, Mann! Nichts als abhauen!« Damit wandte er sich dem nächsten Kranken zu.
Diese Gespräche, wenn auch geflüstert, waren nur möglich, weil mein Bett, als ich den Fleckfieberanfall bekam, in dem verhältnismäßig großen Saal vorsorglich etwas separiert von

den anderen Kranken gestellt worden war, so daß wir mit Sicherheit keine Mithörer zu befürchten brauchten.

Er sprach mit niemandem sonst im Krankensaal so lange, das konnte ich genau beobachten. Doch ich hatte keine Gelegenheit mehr, seinem Rat zu folgen: Schon zwei Tage später war der Kanonendonner der amerikanischen Geschütze zu hören. Jede Stunde kamen neue Meldungen über den Frontverlauf und die Positionen der kaum noch aufgehaltenen alliierten Panzerkolonnen.

Im Lazarett herrschte große Aufregung. Wie aufgescheuchte Nachtfalter flatterten die Nonnen in ihrer knöchellangen schwarzen und weißen Ordenstracht durch die Gänge. Novizinnen, weltliche Krankenschwestern, Ärzte und militärisches Dienstpersonal hasteten durcheinander. Mehrere Male am Tag gab es Fliegeralarm. Dann mußten wir, die Gasmaske am Arm, hinunter in die engen Kellerräume des Klosters, wir zehn Patienten von der Quarantänestation immer zuletzt und in einen eigenen winzigen Raum, wo wir so eng beieinander saßen wie die vielen Kakerlaken, die sich an allen Flächen und besonders in den Ecken des feuchten Kellergewölbes drängten.

Eine weltliche Krankenschwester, mit der ich mich während der langen Quarantäne angefreundet hatte und die unmittelbar neben dem Kloster wohnte, bot mir an, in ihre Wohnung zu ziehen, wenn das Lazarett aufgelöst werden sollte. Sie zeigte mir auch, wie ich unbemerkt dorthin gelangen könnte. In Gefangenschaft zu kommen, sagte sie, sei immer noch besser, als an die Front abtransportiert zu werden, und damit hatte sie zweifellos recht. Von der Lazarettauflösung bis zur Ankunft der Amerikaner konnten höchstens zwei, drei Tage vergehen, und ich wäre gerettet gewesen. Ich traute mich nicht, zögerte und ließ die Chance vorübergehen.

Die Quarantäne war längst aufgehoben. Alle gehfähigen Lazarettinsassen mußten ihre Uniformen anziehen und in die Artilleriekaserne abmarschieren. So wurden diejenigen, die hoffnungsvoll darauf gebaut hatten, im Lazarett das Ende zu erleben, noch in der letzten Stunde des Krieges an die Front, vielleicht in den Tod geschickt.

Und damit auch keiner auf dem Weg vom Lazarett in die Kaserne die falsche Richtung einschlage, waren mehrere Unteroffiziere der Ausbildungsabteilung der Schweren Artillerie ins Lazarett gekommen, um die kranken Soldaten sicher in die Kaserne zu geleiten.

Ich saß in Uniform und Schnürstiefeln auf meinem Bett, wartete auf den Marschbefehl und rauchte eine selbstgedrehte Zigarette nach der anderen. Am letzten Tag hatte man nämlich den Lazarettinsassen noch großzügige Tabakrationen ausgeteilt, nachdem wir wochenlang keinen Tabak bekommen hatten, drei Päckchen für jeden. Es gab zwar kein Zigarettenpapier, aber wir hatten gelernt, in Zeitungspapier zu drehen.

Von Zeit zu Zeit erschien ein Feldwebel in der Tür, rief ein oder zwei Namen auf und übergab die Entlassungspapiere aus dem Lazarett. Ein letztes Händeschütteln, und einer nach dem andern zog ab in die Kaserne. Keinen von ihnen habe ich je wiedergesehen.

Wir waren nur noch zu zweit. Ein junger Stahlwerksarbeiter aus Soest und ich. Der andere hatte den Wundbrand im bereits amputierten linken Arm und hohes Fieber. Der Arzt meinte, es sei sehr schlimm um ihn bestellt, denn er habe keinen Willen mehr zum Weiterleben, und er wisse nicht, wie er ihm helfen solle. Knapp vierzehn Tage zuvor hatte der junge Soldat die Nachricht erhalten, daß seine Mutter und seine fünfzehnjährige Schwester bei einem Bombenangriff auf Dortmund ums Leben gekommen waren. Er hatte lange geweint und seitdem kaum noch mit jemandem gesprochen, lag nur da und hatte fast immer die Augen geschlossen.

Ich saß neben ihm und versuchte, ihm ein wenig Mut zu machen: »Mensch, beiß' die Zähne zusammen. Für dich ist doch der Krieg zu Ende!« Was sollte ich anderes sagen? Ich legte ihm die Hand auf den heißen Kopf, für einen Augenblick schlug er die Augen auf und schaute mich an. »Mach's gut, Kumpel«, sagte er leise, »sieh zu, daß du gesund nach Hause kommst.« Und mit seiner rechten Hand berührte er die meine. Ich hätte losheulen mögen.

Der Feldwebel kam wieder herein. Nun war ich an der Reihe. Aber er hatte keine Papiere in der Hand.

»Kanonier Senger.«

Ich stand auf und schaute ihn fragend an.

»Melden Sie sich beim Stabsarzt. Sofort. Verstanden?«

»Jawohl.«

Trotzdem verstand ich nicht, was das heißen sollte. Untersuchungen und ärztliche Behandlungen gab es schon seit Tagen nicht mehr. Nur noch so Schwerkranke wie mein Bettnachbar aus Soest wurden versorgt. Dieser Befehl bereitete mir Unruhe.

Ich war stets unruhig, wenn ich etwas tun mußte, was nicht in der Norm lag. Mama hatte mir eingeprägt, immer nur das zu tun, was andere auch machten, nie aus der Reihe zu tanzen, jedes Auffallen zu vermeiden. Zwei Jahrzehnte lang habe ich das so sehr geübt, daß ich in meiner Unscheinbarkeit zu erstarren drohte und noch lange nach der Hitlerzeit erschrak, wenn ich eine Meinung kundtun, Profil zeigen sollte.

Mit Herzklopfen ging ich den Gang entlang zum Stabsarzt, trat ein und machte Meldung.

»Schon gut.« Er winkte ab, als wolle er sagen: das können Sie sich jetzt auch sparen. Er nahm einige Papiere von seinem Schreibtisch und sagte in dienstlichem Ton: »Ich habe bei Ihnen einen Herzmuskelschaden festgestellt. Sie sind dienstunfähig und brauchen eine Spezialbehandlung. Am besten in Bad Nauheim.«

Bad Nauheim war noch nicht von den Amerikanern besetzt und lag in Richtung Frankfurt.

»Ich habe bereits Ihre Krankenpapiere fertiggemacht. Und hier ist der Marschbefehl, damit Sie keine Schwierigkeiten bekommen.« Überrascht und ungläubig schaute ich ihn an. »Ja, ja, das geht schon in Ordnung«, sagte er. »Lassen Sie sich in Bad Nauheim behandeln. Nehmen Sie sich Zeit.« Er steckte alles zusammen in einen Umschlag, den er mir in die Hand drückte. Dann sagte er: »Alles Gute. Ich hoffe, Sie kommen durch. Gehn Sie mit Gott.«

Das bedeutete, daß ich nicht in die Kaserne mußte und damit vorläufig auch nicht an die Front. Viel später erst machte ich mir klar, welches Risiko der Arzt mit der Ausstellung dieser Papiere auf sich genommen hatte. Nie zuvor war bei mir ein Herzfehler diagnostiziert worden, den hatte er nur für den Eintrag in die Krankenpapiere erfunden, um mich auf den Weg nach Bad Nauheim schicken zu können. Eine vernünftige Erklärung für dieses Verhalten habe ich bis heute nicht, denn das gleiche hätte er auch bei den andern machen können oder doch wenigstens bei mehreren. Er tat es nicht, alle anderen Stubengenossen, die mit mir in Quarantäne waren, wurden in die Kaserne geschickt zum Abtransport an die Front.

Die Jagdhausgesellschaft

Während die nicht bettlägerigen Soldaten in kleinen Gruppen aus dem Lazarett in die Artilleriekaserne gelotst wurden, tauchte um die Mittagszeit im Ursulinenkloster ein Mann in einem grünen Jägerrock auf. Ich hatte ihn schon ein paarmal gesehen, auch am Tag zuvor. Er mußte sich im Kloster gut auskennen und begrüßte viele Nonnen mit Handschlag. Er war Mitte vierzig, klein, hager und hatte ein Gesicht, das man sich nur schwer merken konnte.

Als ich die Krankenstube mit meinem verschnürten Paket verließ, um mich auf den Marsch zu machen – der Bahnverkehr in Richtung Bad Nauheim–Frankfurt war schon seit Tagen unterbrochen – stand er auf dem Flur und sprach mich an. Wohin ich wolle, ob es schlimm sei mit meiner Krankheit, und ob ich denn glaube, unbehelligt nach Bad Nauheim zu kommen.

Ich war ungeduldig, denn ich wollte mich auf alle Fälle bis zum Dunkelwerden noch einige Kilometer von Fritzlar absetzen. Die Kaserne und der Bahnhof, von dem immer noch Transporte an die Front abgingen, waren mir zu nahe, um mich hier sicher zu fühlen. Ich wollte die Gelegenheit, im Hinterland unterzutauchen, schnell nützen. Während er noch sprach, wollte ich schon weitergehen.

»Wenn du einen Rat von mir haben willst«, meinte der Jäger und legte mir vertraulich die Hand auf die Schulter, »nimm keinesfalls den direkten Weg über Alsfeld. Auf dieser Straße fällst du bestimmt den Heldenklaus in die Finger. Die schaffen alles an die Front.«

Jetzt wurde ich hellhörig, und drehte mich wieder zu ihm um. Er mußte aus der Gegend sein. Seine Ratschläge könnten mir mehr helfen, überlegte ich, als ein eiliger Aufbruch, denn ich hatte weder Ortskenntnisse noch eine Landkarte bei mir.

»Können Sie mir sagen, welchen Weg ich nehmen muß, um an den Kontrollen vorbeizukommen?«

»Du kannst du zu mir sagen, Kamerad. In dieser Zeit sind wir doch alle Kameraden.«

Das war eine merkwürdige Anbiederung. Ich empfand sie in dem Augenblick als unangebracht. Der Jäger legte die Hand an die Stirn, schien zu überlegen, und dann empfahl er mir, den Umweg über Bad Wildungen und ein paar Nebenstraßen zu machen, die er mir genau benannte. »So kommst du am besten durch.«

Ich war überrascht über so viel Hilfsbereitschaft in der Aufregung der Lazarettauflösung und bedankte mich für die Ratschläge. Doch er winkte ab: »Ist doch selbstverständlich, Kamerad.« Dann sagte er noch: »Ich habe zufällig den gleichen Weg. Wenn du willst, nehme ich dich ein Stück mit.«

»Gern«, gab ich zur Antwort, »aber wie wollen Sie mich mitnehmen?«

»Mit dem Pferdewagen. Ich habe draußen einen Pferdewagen stehn.« Und schon griff er nach meinem Pappkarton und lief dem Ausgang zu. Dort stand noch ein anderer Soldat, der offensichtlich auf uns gewartet hatte.

»Der kommt auch mit«, sagte der Jäger.

Vor der Tür stand der kleine Wagen. Wir hatten alle drei bequem auf dem Kutschbock Platz. Der Jäger nahm die Zügel in die Hände, und das Pferd zog an.

Bereits auf dem Fritzlarer Marktplatz gerieten wir in die erste Kontrolle. Mißtrauisch schaute der Streifenführer die Papiere von vorn und hinten an, musterte uns beide mit zusammengekniffenen Augen und fragte: »Wie krank seid ihr eigentlich?«

Da schaltete sich der Jäger ein: »Die beiden sind nicht gehfähig«, log er, »ich bringe sie nach Bad Wildungen, weil es im Lazarett keine Fahrzeuge mehr gibt.«

Der Feldwebel schien mit der Antwort zufrieden, unsere Papiere waren ja in Ordnung. Bis wir die Stadt verlassen konnten, wurden wir noch zweimal kontrolliert. Doch es ging alles gut.

»Wir nehmen nicht die Landstraße«, sagte der Jäger, »die ist zu gefährlich. Da kommen wir nicht weit. Es ist besser, wenn wir durchs Elbebachtal fahren. Das ist zwar ein kleiner Umweg, aber dort haben wir garantiert unsere Ruhe.«

Seltsam, welche Umstände sich der Unbekannte unsretwegen machte. Ich begann, ihm zu mißtrauen. Der ganze Aufwand diente bestimmt einem anderen Zweck als ausschließlich unserer Sicherheit. Aber welchem?

Nach einer Weile sagte der Jäger: »Übrigens, ich heiße Justus Mohl. Ich bin Jagdaufseher und wohne in Heimarshausen. Das ist zwölf Kilometer von Fritzlar entfernt. Ich bin hier großgeworden und kenne mich in der ganzen Gegend wie in meiner Westentasche aus.« Er hielt in seiner Rede inne, schaute zu uns herüber und dachte wohl, wir würden das Gespräch aufgreifen. Doch ich hatte keine Lust, ihm zu antworten. Dem andern Soldaten ging es offenbar genauso. Da verlor auch der Jagdaufseher die Lust am Weiterreden. Und nun konnte man sogar die Vögel zwitschern hören.

Wohlig lehnte ich mich, so gut es ging, auf dem Kutschbock zurück, und für Augenblicke rückte der Krieg in weite Ferne.

Mich störte auch nicht der anhaltende Geschützdonner, der sich wie das Grollen einer breiten Gewitterfront anhörte.

Im Weiterfahren erzählte mir der andere Soldat, daß auch er wegen einer Infektionskrankheit im Lazarett gelegen habe und am gleichen Tag entlassen worden sei. Außerdem habe er einen starken Herzfehler. Er sei in Neheim-Hüsten zu Hause, wo sein Vater eine Möbelfabrik besitze.

Wir mochten eine Stunde unterwegs gewesen sein, als wir in das kleine Städtchen Züschen kamen. Der Jagdaufseher bemerkte beiläufig, es sei schon drei Uhr vorbei, weit kämen wir heute nicht mehr. Er wisse ein gutes Quartier zur Übernachtung. Im Wald von Heimarshausen stehe ein Jagdhaus, das von einigen Frauen bewohnt werde, deren Männer im Krieg seien. Dort gebe es bestimmt Platz für uns und auch etwas zu essen. Er sei dort der Jagdaufseher.

Obwohl das Angebot verlockend war, konnten wir uns nicht entscheiden. Auf gar keinen Fall wollten wir von einer Patrouille der Feldgendarmerie entdeckt werden, während wir abseits unserer Marschroute übernachteten. Das würde gleichbedeutend sein mit dem sofortigen Transport an die Front.

»Ihr müßt es wissen«, sagte der Jagdaufseher, nahm die Zügel kürzer und trieb das Pferd an.

Zehn Minuten später hielt er an einer Straßenkreuzung. Ein Wegweiser zeigte an, daß die linke Straße nach Bad Wildungen führte, wo wir eigentlich nach unserem Marschbefehl entlang müßten. »Wie ist es?« fragte er, »kommt ihr nun mit oder nicht? Der Weg zum Jagdhaus führt nach rechts.«

»Wie weit ist es noch?« wollte ich wissen.

»Na, so vier Kilometer.«

Es blieb uns im Grunde gar keine andere Wahl als auf das Angebot einzugehen.

»Ich komme mit«, sagte ich.

»Ich auch«, sagte der andere.

Nach gut zwanzig Minuten bogen wir von der Landstraße in

einen holprigen Feldweg ein und fuhren eine langgestreckte Steigung zum Waldrand hoch. Ich war gespannt, was uns erwarten würde. Längst war mir klar, daß der Jagdaufseher von Anfang an die Absicht gehabt hatte, uns in das Jagdhaus zu locken.

Das Haus stand nicht sehr tief im Wald, trotzdem war es erst zu erkennen, als wir es fast erreicht hatten, ein stattliches Jagdhaus, zweigeschossig, mit einem großen Garten. Ein hoher Maschendrahtzaun, der nur an der Vorderseite durch ein Einfahrtstor unterbrochen war, zog sich um das Gelände.

Drei Frauen standen am Tor und begrüßten uns sehr freundlich. Sie schienen uns erwartet zu haben.

»Hatten Sie eine angenehme Fahrt?« fragte die eine.

Und die andere: »Sind Sie sehr erschöpft?«

»Kommen Sie bitte herein«, sagte die dritte.

Die jüngste der drei Frauen war Anfang dreißig, schmal, mit einem spitzen Gesicht und dünnen Lippen. Ihr glattes dunkelblondes Haar war in der Mitte gescheitelt und hinten mit einem Knoten zusammengehalten.

Die zweite schätzte ich auf fünfzig. Sie war nicht schlank, aber auch nicht dick, hatte freundliche Augen, ein weiches Gesicht und einen Bubikopf mit schlohweißen Haaren. Die dritte schließlich mochte Ende fünfzig sein. Sie stand schon ein wenig steif und schwer auf ihren Beinen. Wie sich bald herausstellte, war der Jagdaufseher von den Frauen beauftragt worden, aus dem in Auflösung befindlichen Lazarett im Ursulinenkloster zwei Soldaten herbeizuholen, die ihnen als Leibwächter in den vorauszusehenden kritischen Wochen des Zusammenbruchs dienen sollten.

Und Justus Mohl hatte den für ihn nicht ungefährlichen Auftrag übernommen. Nicht ungefährlich darum, weil er uns ja das Desertieren und Untertauchen im Jagdhaus empfahl und dazu Beihilfe leistete. Wäre das Unternehmen schief gelaufen, hätte es ihn Kopf und Kragen kosten können.

Die drei Frauen kannten sehr wohl das Risiko ihres Tuns und

sorgten vor. Ihre ständige Redewendung war: »Damit haben wir nichts zu tun. Das ist Herrn Mohls Angelegenheit.«

Das Sagen im Hause hatte Frau S., die jüngste mit dem spitzen Gesicht und dem Haarknoten. Sie war die Schwiegertochter der ältesten der drei, der Frau B. Die dritte mit den freundlichen Augen und den weißen Haaren, Frau H., gehörte nicht zur Familie. Die Männer aller drei Frauen waren höhere Offiziere, einer hatte sogar einen Generalsrang.

Sehr bald kam das Gespräch auf unser Verbleiben. Ohne darauf einzugehen, wie wir überhaupt hergekommen waren, bot uns Frau S. an, wir könnten in dem Haus Quartier nehmen, so lange wir wollten, es gebe eine Schlafkammer für uns, und auch zu essen sei genug da. Als die Frauen in die Küche gegangen waren, um das Abendessen zu bereiten, schilderte uns Justus Mohl die Situation der Jagdhausbewohnerinnen und fragte: »Wollt ihr nun hierbleiben, oder wollt ihr weiter? Es liegt an euch. Niemand hält euch. Aber eines kann ich euch im voraus sagen: wenn ihr geht, werdet ihr in kürzester Zeit in amerikanischer Gefangenschaft landen. Also, wie ist's?«

Ich hatte nicht lange zu überlegen, ich wollte nicht in Gefangenschaft kommen, obwohl ich wußte, daß es ein Spiel um Leben und Tod werden konnte. Erwischte mich eine Wehrmachtspatrouille hier im Jagdhaus, würde sie mit mir kurzen Prozeß machen. Und es sprach nichts dafür, daß sie dieses im Wald versteckte Haus übersehen sollte. Fiel ich nicht den Deutschen, aber später amerikanischen Fronttruppen in die Hände, könnte es mir genauso übel ergehen.

Und doch stimmte an dieser Überlegung etwas nicht. Die Vernunft hätte mir sagen müssen, daß ich vor den Amerikanern keine Angst zu haben brauchte. Ihr Kommen bedeutete für mich Befreiung. Aber ich hatte ebenfalls große Angst vor dem Entlarvtwerden und benahm mich wie ein deutscher Deserteur. Es schien, als bedecke die verhaßte Uniform nicht nur meinen Körper, sondern auch meine Seele. Im Innern lebte die Hoffnung auf baldige Beendigung des Krieges und auf Befreiung aus der Qual unseres Lügendaseins, überlagert jedoch von der Angst eines deutschen Landsers. Mein Verhalten in diesen Wochen war sowohl Feigheit als auch die jüdische Anpassungsfähigkeit an jede Situation, auch noch an die schmachvollste, wenn es ums Überleben geht.

Die drei Frauen hatten schreckliche Angst vor der sie bald überrollenden Front, schwatzten aber immer noch vom Standhalten. Möglicherweise glaubten sie, das ihren Männern schuldig zu sein. Sie ahnten, was geschehen würde, wenn im Chaos zwischen dem Abzug der deutschen Truppen und dem Einmarsch der Alliierten die hunderttausenden polnischen und russischen Zwangsarbeiter aus den Lagern aufbrechen würden. Aber sie selbst fühlten sich ohne Schuld und noch immer im Recht. Bis ich das richtig begriff, war ich, der Sohn von Moissee Rabisanowitsch und Olga Sudakowitsch, der wie kaum ein anderer den Tag herbeigesehnt hatte, da Amerikaner oder Russen, wer auch immer, dem Nazispuk ein Ende bereiten würde, zum Leibwächter dreier Frauen avanciert, die mich – und zwar jede von ihnen – bedenkenlos dem Henker ausgeliefert hätten, wenn ihnen mein Geheimnis bekanntgeworden wäre.

Frau S., die das Kommando führte, hatte einen ausgeprägten Sinn fürs Praktische. In den nächsten acht Tagen, in denen sich nichts tat, was die Beschützer in Funktion rufen konnte, beschäftigte sie uns von früh bis spät, denn auch der andere Soldat hatte sich zum Hierbleiben entschlossen. Mit einem Fußmarsch am Morgen nach dem dreißig Minuten entfernten Heimarshausen begann es, wo wir frische Milch vom Bauern und Brot und Brötchen vom Bäcker holten. Wir sägten und hackten Holz, schleppten Möbel, brachten den Zaun in Ordnung, machten Gartenarbeiten, und immer gab es im Haus etwas zu reparieren.

Doch dann überschlugen sich die Ereignisse. Zwei Tage lang fluteten die geschlagenen deutschen Truppen durch das Tal und durch den Wald. Alle waren des Kämpfens müde, wußten, daß das Ende da war, und hatten keine Lust, noch in allerletzter Stunde den Heldentod zu sterben. In ihren Gesichtern stand die Hoffnungslosigkeit und die Angst, viele hinkten, andere trugen Verbände. Keiner hatte mehr eine Waffe bei sich. Unten auf der Landstraße zog sich eine nicht abreißende Kette von Fahrzeugen nach Norden, alle vollgestopft mit Uniformierten.

Als nur noch vereinzelt deutsche Soldaten vorbeikamen, drängte uns der Jagdaufseher: »Ihr müßt schnellstens eure Uniformen auszuziehen, sonst nehmen euch die Amerikaner hoch.«

Das sahen wir ein. Ich fragte ihn: »Wo kriegen wir Zivilsachen her?«

»Kein Problem, ich habe schon welche beschafft. Kommt mit!«

Der Jagdaufseher ging voran auf den Flur. Dort lagen zwei alte Hosen und zwei zerschlissene Jacketts.

»Macht schnell«, drängte er, »damit niemand dazukommt, wenn ihr eure Sachen wechselt.«

Und so verwandelte ich mich wieder in einen Zivilisten, einen etwas schäbigen Zivilisten, denn die Hose war mir trotzdem noch zu lang, ich mußte sie umschlagen, das Jackett eine Nummer zu groß und das verschwitzte Ärmelfutter war zerrissen.

Am anderen Morgen, kaum daß es hell war, kam bereits Mohl, um mit uns die Wehrmachtssachen mitsamt den Papieren in einer Kiste im Wald zu vergraben. Er hatte es sehr eilig, denn er rechnete damit, daß die Amerikaner in wenigen Stunden da sein würden.

Ohne daß es die andern wußten, hatte ich meinen Fremdenpaß, den ich auch in der Kaserne und im Lazarett immer bei mir trug, auf die Seite getan und gut verwahrt. Ihn behielt ich.

Wir vergruben die Kiste an einem großen Baum, taten Laub und Äste auf die Grube und markierten im Umkreis einige Bäume. Als wir eine Stunde später zurückkamen, waren die drei Frauen eifrig dabei, ihr Geld und ihren Schmuck an vielen

Stellen im Garten zwischen Zwiebeln und Karotten, Schnitt-
lauch- und Selleriepflänzchen zu vergraben.

Ist das die Befreiung?

In höchster Anspannung starrten wir den Feldweg entlang,
der zur Straße führte. Wer würde zuerst kommen, die Polen
aus einem der vielen Arbeitslager rings um Kassel und Fritzlar
oder die Amerikaner? Würde man das Haus stürmen, es gar
beschießen, oder würde die Besetzung viel harmloser vor sich
gehen?
Die drei Frauen bejammerten den Rückzug der deutschen
Truppen an allen Fronten und nannten ihn ein großes Unglück. Ich dagegen freute mich, schwankend zwischen Furcht
und Hoffnung, über jede deutsche Niederlage und jede
Rückzugsmeldung im Radio.
In einem Waldstück auf der anderen Seite der Landstraße,
etwa einen Kilometer von uns entfernt, begann plötzlich eine
wilde Knallerei. Panzerfahrzeuge jagten die Straße entlang
und schossen in den Wald. Ich konnte deutlich die Mün-
dungsfeuer sehen. Aus dem Wald wurde zurückgeschossen.
Es hörte sich an wie Peitschenknallen. Das alles dauerte
vielleicht fünfzehn, höchstens zwanzig Minuten. Dann
war wieder Ruhe. Nur ab und zu fiel noch ein vereinzelter
Schuß.
Und dann kamen sie! Endlich! Zwei Jeeps ratterten den
Feldweg hoch, eine breite Staubfahne hinter sich herziehend.
So sehr ich vor diesem ersten Zusammentreffen mit amerikanischen Frontsoldaten zitterte, sie waren mir in dieser Stunde
doch lieber als die befreiten Polen.
Wie vereinbart gingen wir alle nach draußen, die drei Frauen
und wir zwei ehemaligen Soldaten, der Möbelfabrikantensohn als letzter. Justus Mohl hatte es vorgezogen, die Beset-

zung durch die Amerikaner bei seiner Frau in Heimarshausen abzuwarten.

Das Gartentor stand weit auf, doch die beiden Jeeps fuhren nicht auf das eingezäunte Gelände. In einem größeren Abstand vor dem Tor hielten sie. Sechs Soldaten in voller Kriegsmontur, mit Maschinenpistolen im Anschlag sprangen von den Fahrzeugen. Nur die beiden Fahrer, zwei Schwarze, blieben bei laufendem Motor in den Jeeps sitzen. Langsam und nach allen Seiten spähend, als erwarteten sie jeden Augenblick einen Angriff, näherten sich die Amerikaner der Einfahrt. Dann blieben sie in einer Reihe stehen, die Waffen auf uns fünf Deutsche gerichtet, die wir etwa dreißig Meter entfernt am Haus standen.

»Hands up!« schrie ein Amerikaner. Wir hoben unsere Arme.

»Come on!« schrie ein anderer und deutete mit seiner Maschinenpistole auf mich.

Ich wunderte mich nicht, daß der Amerikaner mit den drei Winkeln am Ärmel auf mich deutete, ich hatte es so erwartet. Wen sollte er sonst herbeiholen? Etwa den Möbelfabrikantensohn? Der hatte mir schon immer den Vortritt gelassen, solange wir zusammen waren. Darum war es nur folgerichtig, daß der Amerikaner auf mich deutete. Gebannt starrte ich auf die Mündungsöffnung der Maschinenpistole, mit der er mich herbeiwinkte.

Noch einmal schrie er: »Come on!«

Langsam, mit erhobenen Händen, ging ich auf die Soldaten zu.

*

Erinnerst du dich, Mama, wie oft wir in der kleinen Wohnstube im Hinterhaus der Kaiserhofstraße zusammengesessen und davon geträumt haben, wann und wie einmal unsere Todesängste von uns genommen würden, wie wir überlegten, ob Russen, Engländer oder Amerikaner als erste nach Frankfurt kämen, um uns das Leben wiederzugeben. Und Alex malte mit Worten und Gesten aus, wie man uns befreien würde. Er konnte es am besten. Eine seiner Visionen war, sie würden, wild um sich schießend, mit einem Panzerfahrzeug in die Toreinfahrt preschen, die schweren Torflügel zerschmettern, weil sie keine Zeit hatten, sie jetzt noch zu entriegeln und zu öffnen, und dann in den Hinterhof fahren, wo die Handkarren vom Käs-Petri stehen. Mit einer kurzen Drehbewegung würde Kleinholz daraus. Doch das machten sie nur so zum Spaß. Dann würde sich die Luke öffnen, ein russischer, englischer oder amerikanischer Stahlhelm erscheinen und eine laute Stimme würde uns zurufen: »He, ihr da oben, kommt heraus! Ihr braucht keine Angst mehr zu haben, es gibt keine Nazis mehr! Habt ihr verstanden! Kommt heraus, euch kann nichts mehr passieren!«

Eine schöne Vision, doch du, Mama, warst strikt dagegen, daß Panzer auf den Hinterhof kämen, wegen des scheußlichen Lärms der Panzerketten, und schon gar nicht, wenn sie wild um sich schössen. Vom Kleinholzmachen der Käs-Petri-Karren hieltest du auch nichts. Wenn es nach dir gegangen wäre, würden mehrere Soldaten in den Hof stürmen, am besten ohne Knallerei, und einer käme die Hinterhaustreppe hoch, denn er hätte längst gewußt, wo wir zu finden sind. Dann hätte er an die Tür geklopft, einmal, zweimal, und gerufen: »Macht auf! Warum versteckt ihr euch noch?« Aber Alex war da anderer Meinung: wenn sie schon zu Fuß kämen und einer stürmte die Treppe hoch, dann sollte er zumindest nicht höflich anklopfen und fragen, ob wir zu Hause seien. Das wäre doch keine Befreiung! Nein, nein, das dürfte nur so vor sich gehen: Bevor wir noch die Türe öffnen konnten, hätte er sie mit seinen schweren Stiefeln eingetreten und uns zugerufen: »Ihr seid frei! Geht hinaus, wohin ihr wollt! Geht schon!« Und wer er auch sein würde, dieser erste, ein russischer Iwan, ein französischer Poilu, ein englischer Tommy oder ein amerikanischer GI, in unser aller Umarmung sollte ihm die Luft wegbleiben, unsere Tränen sollten ihn nässen, unsere Küsse ihn bedecken.

Dabei kamen uns wirklich die Tränen, so überwältigte uns die

Vorstellung vom Tag der Befreiung und die Hoffnung, diesen Tag vielleicht doch noch einmal zu erleben.

Mama, du wußtest, daß dein Herz nicht mehr lange durchhalten würde, du hast dir nichts vorgemacht; du hattest die Kraft, auch darüber zu sprechen, und hast die Träume von der Befreiung mitgeträumt. »Wenn ich es schon nicht erleben werde«, sagtest du mit trauriger Stimme und versuchtest zu lächeln, »dann will ich wenigstens noch einmal davon träumen.«

Und Alex wurde nicht müde, immer neue Befreiungsträume zu erdichten. Für mich der schönste war, wenn wir uns vorstellen mußten, wie alle Bewohner unseres Hauses und unserer Straße vor den anrückenden Amerikanern oder Russen flüchten würden. Wir aber blieben da. Und wenn sie dann kämen, stürzten wir auf die Straße und würden rufen: »Wir sind gerettet, wir sind frei!«

Und die fremden Soldaten würden erstaunt fragen: »Warum seid ihr gerettet? Wer seid ihr?«

Wir würden antworten: »Wir sind Juden!«

Sie würden fragen: »Was seid ihr?«

Und nochmal würden wir sagen: »Wir sind Juden!«

»Das müßt ihr lauter sagen!« würden sie uns befehlen.

Und wir würden rufen: »Wir sind Juden!«

»Noch lauter!«

Und dann nähmen wir die Hände wie Trichter an den Mund und schrien in alle Richtungen so lange, bis wir heiser wären: »Wir sind Juden! Wir sind Juden! Wir sind gerettet!«

Und auf der Straße würden wir tanzen, du, Mama, Papa, Paula, Alex und ich, bis wir vor Erschöpfung umfielen.

*

Nun waren die Befreier da.

Aber war das die Befreiung? Eine entsicherte Maschinenpistole auf meinen Bauch gerichtet? Der sie auf mich richtete, meinte es verflucht ernst. Was interessierte es ihn in diesem Augenblick, ob ich Jude oder Christ bin – er war als Sieger gekommen, wir waren die Besiegten, und ich gehörte dazu. Ja, ich fühlte mich auch so. Sollte das die Befreiung sein? Unsere Tagträume im Familienkreis waren umsonst geträumt. Keine Umarmungen, keine Küsse, keine Freudentränen, keine Rufe, keine Tänze. Ich mußte weiterlügen, weiterzittern.

Wer mir einmal gesagt haben würde, so sähe die Befreiung aus, den hätte ich einen Lügner genannt oder ihn für verrückt erklärt. Und wenn ich zehntausend Möglichkeiten in Erwägung gezogen hätte, diese eine in der Jagdhausgesellschaft von Heimarshausen wäre mir bei aller Phantasie nicht eingefallen. Mit erhobenen Händen ging ich langsam auf die amerikanischen Soldaten zu. An einen von ihnen erinnere ich mich noch sehr genau: Er war einen Kopf kleiner als die andern und hatte eine Hasenscharte. Er fuchtelte besonders gefährlich mit seiner Maschinenpistole vor mir herum. Ich zitterte vor Angst, er könne aus Versehen abdrücken.
»Bist du deutscher Soldat?« fragte der erste Amerikaner.
»Nein.« Ich zog meinen Paß aus dem Jackett.
«Was ist das?«
»Ein Fremdenpaß«, sagte ich auf englisch. »Ich bin kein Deutscher.« Dabei zeigte ich auf die in französischer Sprache eingedruckte Zeile »Passeport pour étrangers«.
Ein Glück für mich, daß der Amerikaner offenbar das Französisch-Gedruckte verstand. Nur mit dem »Staatenlos« wußte er nichts anzufangen, fragte aber nicht weiter, als ich ihm erklärte, meine Eltern seien aus Rußland gekommen.
Dann fragte er nach dem anderen Soldaten und gab sich glücklicherweise damit zufrieden, als ich ihm versicherte, der andere sei Zivilist, herzkrank und habe ein Attest, daß er zu krank für die Soldaten sei.
»Niemand mehr im Haus?« wollte er wissen.
»Niemand.«
Ein Amerikaner tastete mich und den anderen nach Waffen ab. Danach gab der Anführer der Truppe Anweisung, daß ein

Soldat bei den Zivilisten draußen bleiben solle, während ich mit den übrigen fünf ins Haus gehen mußte. Sie durchsuchten ein Zimmer nach dem andern, ich immer voraus, öffneten jede Kammer und jeden Schrank. Der mit der Hasenscharte war dabei der eifrigste.

»Keine Waffen im Haus?« fragte einer.

»Nein«, gab ich zur Antwort.

Wir kamen in die Küche.

»Kein Schnaps?«

Ich ging in das danebenliegende Wohnzimmer, nahm aus dem Büffett eine angebrochene Cognacflasche und eine Flasche Wein heraus und reichte sie dem Soldaten.

»Das ist alles?«

Ich zuckte mit den Schultern. »Ich glaube, das ist alles.«

»Nach unten!« befahl der Truppführer.

Auf ebener Erde neben der Garage waren noch andere Räume, zu denen ich bisher keinen Zutritt gehabt hatte. Ich mußte sie öffnen und draußen stehen bleiben. Die Soldaten durchsuchten sie. Mir war nicht ganz wohl dabei. Denn nach acht Tagen Zusammenleben mit den Frauen traute ich ihnen alls zu. Doch in dem Raum befand sich nichts als Gerümpel. Ich konnte aufatmen. Wir gingen nach draußen, nur ein Soldat blieb etwas zurück und schnüffelte noch ein bißchen in den Ecken herum.

Plötzlich stieß er einen Pfiff aus. Erschrocken drehte ich mich um. Irgendwo im Hintergrund hatte er eine Tür entdeckt, die zu einem winzigen Raum führte. Im Schein einer Taschenlampe erkannte ich, daß der Raum wie ein Luftschacht aussah und leer war. Der Soldat gab sich jedoch nicht zufrieden. Er hatte Erfahrung mit solchen scheinbar leeren Räumen, klopfte mit seiner Waffe gegen die Wände und stieß mit dem Fuß gegen den Boden. Und da klang es hohl. Jetzt konnte man auch sehen, daß der Boden nur mit einer hölzernen Abdeckplatte belegt war. Der Amerikaner hob sie auf, sie war nur leicht aufgelegt. Was ich im Lichtkegel einer Taschenlampe erkennen konnte, lähmte mich vor Schreck: Ein ganzes

Lager mit Lebensmitteln in Kisten, Büchsen und Gläsern war dort gestapelt, unter anderem auch eine Kiste mit Wein und Cognac. Der Soldat sprang hinunter und reichte einen Teil der Lebensmittel und alle Spirituosen heraus. Derweil faßte mich ein anderer vorn am Jackett, schlug mich mehrere Male mit Wucht gegen den eisernen Türrahmen und schrie: »Kein Schnaps im Haus? Was? Kein Schnaps?«

Er war wütend, weil er glaubte, ich habe ihnen den Schnaps vorenthalten wollen. Mit dem Knie stieß er mich in den Bauch und wieder schlug er mich mit dem Kopf gegen den Rahmen. Der Kleine mit der Hasenscharte richtete, wie um meine Gegenwehr zu verhindern, seine Maschinenpistole auf mich und trat mir fest gegen das Schienbein. Es tat fürchterlich weh.

Der schlägt mich tot, zuckte es mir durch den Kopf. Ich sackte zusammen. Da ließ er von mir ab. Mit einem gezischten »Fuckin' German!« stieß er mich zu Boden. Der Kleine trat mir noch mit der Fußspitze in die Nierengegend, daß ich laut aufschrie. Danach kümmerte sich keiner mehr um mich.

Mit Schmerzen im Kopf und im Rücken taumelte ich nach draußen, vorbei an den drei Frauen und dem Möbelfabrikantensohn, die in der geöffneten Garageneinfahrt standen. Sie hatten die Szene beobachtet.

Die Generalsfrau, die mit den weißen Haaren, faßte mich am Arm und fragte: »Kann ich Ihnen helfen? Sind Sie verletzt?« Das Blut tropfte mir aus der Nase, ich wischte es mit dem Handrücken ab. Ein Soldat mußte mich mit dem Stiefel oder dem Gewehrkolben am Steißknochen getroffen haben. Das tat am meisten weh. Ich schleppte mich noch bis zur Treppe. Dann verlor ich das Bewußtsein.

Als ich wieder zu mir kam, lag ich auf dem Sofa im Wohnzimmer. Jemand hatte mir die Schuhe ausgezogen und eine Decke übergelegt. Frau S. bemühte sich um mich, gab mir zu trinken und legte mir ein feuchtkaltes Tuch auf den Kopf. Die Amerikaner waren bereits abgefahren.

Ich starrte die Decke an und erinnerte mich langsam an das,

was geschehen war. In welch eine Situation war ich geraten! Ich hatte nicht gezählt, wie oft ich in den letzten zehn Jahren durch eine seltsame Häufung von Zufällen der Entdeckung und damit dem Tod entkommen war. Und das alles, damit ich jetzt von den Amerikanern totgeschlagen würde, weil die drei Frauen gehortete Lebensmittel und einige Flaschen Schnaps vor ihnen versteckt hatten.

Während ich mir noch den benommenen Schädel hielt und in die Sonne blinzelte, beschloß ich, so schnell wie möglich die Jagdhausgesellschaft zu verlassen.

Mit der Axt unterm Kopfkissen

Zuerst kamen nur zwei Mann. Die beiden Polen umkreisten das Haus, schauten sich alles genau an, kamen dann herein, fragten, ob amerikanische Soldaten im Haus seien, und verlangten Lebensmittel. Frau S. gab ihnen Wurst, Brot und zwei Büchsen Konserven. Scheinbar zufrieden zogen sie wieder ab. Aber wir hatten allen Grund, unruhig zu sein. Das Verhalten der beiden Polen war gar zu auffällig, ihre Neugierde zu groß. Wir wußten, sie würden wiederkommen – und nicht nur zu zweit. Wir machten das Haus dicht, so gut es ging, verschlossen die Außentüren, verbarrikadierten alle Zugänge und überprüften die Fenster im Erdgeschoß. Danach wurden wir zwei Männer aus der oberen Schlafkammer nach unten verlegt, in das dem Eingang nächstliegende Zimmer. Und noch ein übriges tat Frau S., sie übergab jedem von uns eine Axt. Wir sollten sie unters Kopfkissen legen, um uns zu verteidigen, wenn nachts die Polen kämen.

Mir eine Axt! Damit auf einen Menschen einzuschlagen! Welch eine unmögliche Vorstellung! Wer mit einer Axt unterm Kopf einschlafen kann, muß stählerne Nerven haben. Daß die Polen in der Nacht kommen könnten, beunruhigte mich sehr, was aber meine Unruhe noch steigerte, war die Vorstellung, mich mit der Axt verteidigen zu müssen. Eher hätte ich mich mit einer Axt erschlagen lassen als selbst eine zu gebrauchen.

Mit den Fingern tastete ich unter das Kopfkissen, um zu fühlen, wie scharf eigentlich die Schneide war. Nicht sonderlich scharf, stellte ich etwas beruhigt fest, und voller Scharten, wie eine ganz gewöhnliche Axt, mit der man täglich Holz hackt.

Etwas später griff ich wieder unters Kissen, weil mir der Axtstiel in die Schultern drückte. Drehte ich den Kopf auf die linke Seite, drückte das stumpfe Ende auf mein Ohr und der Stiel gegen die Halsschlagader. Ganz unerträglich war es, wenn ich mich so weit zur Bettkante drehte, daß ich die Axt überhaupt nicht mehr spürte.

Plötzlich hatte ich den Gedanken, die gleiche Klinge, die fünf Zentimeter von meinem Hals entfernt zwischen Kopfkissen und Matratze eingeklemmt war, könnte mir den Kopf vom Hals trennen. Warum eigentlich nicht?

Mein ganzer Körper war schweißbedeckt.

Ich hielt es nicht mehr aus, zerrte die Axt unter dem Kopfkissen hervor und stellte sie neben die Bettlade. Das machte mich etwas ruhiger. Erschöpft und übermüdet fiel ich in einen unruhigen Halbschlaf, schreckte aber beim leisesten Geräusch auf, denn jedesmal glaubte ich, nun kämen die Polen.

Die Axt ließ mich immer noch nicht in Ruhe. Jetzt begann sie zu wachsen und wurde ein riesiges Schlachterbeil. Dann wuchs auch der Stiel, und das Schlachterbeil verwandelte sich in ein Henkerbeil. Zwei von oben bis unten tätowierte Arme hielten den Stiel fest. Breitbeinig stand der Kerl, zu dem die tätowierten Arme gehörten, am Fußende des Bettes und hatte eine spitz zulaufende Kapuze wie vom Ku Klux Klan über den Kopf gestülpt. Hell hob sich das geschliffene Eisen von dem düsteren Hintergrund ab. Es war ein ganz besonderes Henkerbeil, das Fratzen schnitt und sich wellenförmig verbog, als läge es auf dem Grund eines klaren, leicht bewegten Gewässers.

Es wurde Tag, und die Polen kamen nicht.

Oft habe ich in späteren Zeiten an Heimarshausen zurückgedacht und an all das, was dort geschehen ist, und immer wieder kam die Erinnerung an die Nacht mit der Axt. Ich habe mich gefragt, warum ich die Axt nicht weggeworfen habe. Ich wollte sie ja wegwerfen, aber mein Arm war kraftlos, war wie eingeschlafen, und meine Hand nicht fähig, den Axtstiel zu fassen. Ich war wie gelähmt. Diese Empfindung des Gelähmtseins hatte ich oft in der Vergangenheit, schon während meiner Schulzeit. Sie hat mich ein Leben lang begleitet. An diesem Gelähmtsein bin ich fast verzweifelt, habe es verflucht und bin es doch nicht losgeworden.

Es geschah auf der Straße, daß ein gleichaltriger Junge meinen Bruder Alex verhaute. Ich hatte keine Angst vor ihm, hatte ihn am Arm gepackt und wollte ihn schlagen – aber ich konnte nicht. Es geschah, daß ich mich in einer Diskussionsrunde zu Wort meldete, weil ich glaubte, etwas Wichtiges sagen zu müssen, aufstand – und keinen Ton herausbrachte. Es geschah, daß ich auf eine Frau zuging, um ihr einen Antrag zu machen, ich wußte, sie wartete darauf – und keine Macht der Erde hätte ein Wort aus mir herausgelockt.

Ich glaube auch zu wissen, wo diese Lähmung ihren Anfang nahm: im Hinterhaus der Kaiserhofstraße. Dort wurde der Keim gelegt. Papa, Paula, Alex und ich, wir waren alle zur Inaktivität verurteilt. Mama zwang uns dazu. Aus Angst, wir andern könnten vielleicht einen Fehler machen, könnten uns verraten, hat sie für die ganze Familie gedacht und gehandelt. Diese Angst übertrug sie auf mich. Die Angst verkrampfte zur Lähmung. Sie hat mich daran gehindert, auf die Amerikaner zuzugehen und zu sagen: »Ich bin Jude!« Sie hat mich auch daran gehindert, die Axt in weitem Bogen zum Fenster hinauszuschleudern.

Am späten Vormittag kamen die Polen, ein Trupp von acht Mann, bewaffnet mit Gewehren, Messern und Eisenstangen. Vom Fenster aus sahen wir sie aus dem Wald kommen und sich um das Haus verteilen. Unsere Äxte hatten wir vernünftigerweise bereits am frühen Morgen wieder dorthin gestellt, wo sie hingehörten, zum Holz.

Einige Minuten später schlug einer gegen die Tür und rief: »Aufmachen!« Während ich nach draußen ging, die Haustür zu öffnen, hielten sich die anderen Jagdhausbewohner im großen Zimmer im Erdgeschoß auf.

Zwei Gewehre waren auf mich gerichtet. Ein Pole drückte mir den Lauf gegen die Brust und schob mich zur Wand zurück.

»Wo sind andere Leut?« fragte er in gebrochenem Deutsch. Ich antwortete: »Im Wohnzimmer.«

»Geh vor!«

Ich folgte dem Befehl und ging voraus. Jetzt hatte ich den Gewehrlauf im Rücken.

Wir traten ins Wohnzimmer. Stehend erwartete uns dort die übrige Jagdhausgesellschaft.

»Alles in die Toilette!« kommandierte der Pole. Sie drängten uns ins Bad und schlossen es ab. Eine peinliche Enge herrschte in dem kleinen Raum, und ein ständiger Berührungskontakt mit den Frauen war nicht zu vermeiden. Frau B. saß auf dem Abortdeckel, rieb sich die Stirn mit Eau de Cologne ein oder hielt den Kopf in den Händen und stöhnte: »Ob wir hier noch einmal lebend herauskommen?«

Wir andern standen zitternd um sie herum und fragten uns dasselbe. Überflüssigerweise rief noch der Wortführer der Polen durch die verschlossene Tür: »Wer rauskommt, wird erschossen!«

Dann räumten sie das Haus aus. Überall rumorte und krachte es, Türen wurden geschlagen, Kisten und Koffer über Treppen und Flure geschleift.

Zwischendurch kamen zwei Polen ins Bad und nahmen den Frauen Armbanduhren, Ringe und anderen Schmuck, den sie nicht vergraben hatten, ab. Auch meine schöne Armbanduhr, die mir Mimi zum Geburtstag geschenkt hatte, mußte ich ihnen geben.

Nach etwa einer Dreiviertelstunde wurde es still. Sie waren wieder abgezogen.

Wir warteten noch etwas, bevor wir die Tür aufbrachen und sehen konnten, was passiert war. Die Räume und das Mobiliar waren nur wenig beschädigt. Aber es fehlten alle Wertgegenstände, Uhren, Bestecke, Silberleuchter. Außerdem hatten es die Polen auf Textilien, Schuhe und Stiefel abgesehen.

Die Frauen schlichen von einem Zimmer ins andere, schauten in die leeren Schränke und Schubladen, jammerten, weinten und fluchten auf die Polen.

Ich empfand kein Mitleid mit ihnen, obwohl sie Schlimmes durchgemacht hatten. Wenn ich in diesem Augenblick mit den Frauen am gleichen Strang zog, waren sie noch lange nicht meine Schicksalsgenossen. Unser Zwangsaufenthalt zwischen Abortschüssel und Badewanne hatte uns keinen Zentimeter nähergebracht. Von Anfang an mochten wir uns nicht. Die Abneigung war gegenseitig.

Alle Frauen im Jagdhaus mißtrauten mir, und auch der andere Soldat aus dem Ursulinenkloster. Sie beobachteten jeden Schritt, den ich tat und jede Arbeit, die ich machte. Sie hörten zu reden auf, wenn ich vorbeikam, schlossen häufig die Tür hinter sich und tuschelten miteinander. Frau S. gab ihre Aufträge jetzt meist nur noch an den andern Soldaten weiter.

Das Mißtrauen war noch dadurch verstärkt worden, daß sie zwar beobachteten, aber nicht verstanden, was ich mit dem amerikanischen Soldaten wegen meines Passes gesprochen hatte.

Frau S. wollte später einmal, nachdem ich schon von den Amerikanern meine Prügel bekommen hatte, wissen: »Was haben Sie denen für einen Ausweis gezeigt?«

»Einen Fremdenpaß.«

»Sind Sie kein Deutscher?«

»Nein.«

»Was sind Sie denn?«

»Staatenlos.«

»Und wieso haben Sie in der Wehrmacht gedient?«

»Das müssen Sie andere fragen.«

»Das verstehe ich nicht.«

»Ich auch nicht.«

Damit war das Gespräch zu Ende, doch ich spürte deutlich, wie das Mißtrauen weiter wuchs.

Ich grübelte darüber nach, wie ich von dem Jagdhaus loskommen könne. Doch zu dem Zeitpunkt war es unmöglich, einen einmal gefundenen Unterschlupf zu verlassen. Wo sonst sollte ich mich verstecken?

Mich den Besatzungssoldaten anzuvertrauen war undenkbar. Welcher Amerikaner hätte mir schon geglaubt? Meine Geschichte war zu phantastisch. Nach Hause konnte ich auch nicht, nach wenigen Kilometern bereits würden sie mich gefaßt haben. Ständig sah man amerikanische Lastwagen vollgestopft mit deutschen Soldaten und Zivilisten über die Straße fahren. Sollte es mir genauso ergehen wie denen, die sie in Gefangenenlager abtransportierten?

In welch einer Lage war ich! Die Todesangst, als Jude erkannt zu werden, war von mir genommen. Aber eine andere hatte sich eingenistet: die Angst, als Deserteur entlarvt zu werden. Ich fühlte mich in meiner Haut immer weniger wohl. Es war eine fatale Situation, und mir fiel nichts ein, sie zu ändern. Also blieb ich in der Jagdhausgesellschaft, blieb der Beschützer der Frauen vor plündernden amerikanischen Soldaten und ehemaligen Zwangsarbeitern und lebte in der Furcht, den Schädel eingeschlagen zu bekommen.

Ich wollte mir nicht eingestehen, daß das Jagdhaus mir auch eine gewisse Geborgenheit gab und ich aus diesem Grund keinen Weg fand, es zu verlassen. Es war doch, bei allen Ängsten, die ich hatte, eine Höhle, ein Nest. Gewiß, eine kotige Höhle, aber sie gab Wärme; ein Nest aus Stacheldraht, aber es gab Schutz. Wie sehr mir die Mitbewohner zuwider sein mochten, gemeinsam waren uns unsere Ängste und unser

Zittern, es war trotz allem eine Geborgenheit.

Der Raubüberfall der Polen wurde auch den amerikanischen Besatzern bekannt. Darum kamen jetzt mehrmals am Tag Patrouillen vorbei, um im Jagdhaus nach dem rechten zu sehen. In Wirklichkeit aber sahen sie mehr nach dem Schnaps, den es in unserem Haus gab und den Justus Mohl besorgte. Das fiel ihm nicht schwer, denn nach der Flucht der deutschen Truppen hatte die Bevölkerung der näheren Umgebung die Vorratslager der Fritzlarer Kaserne und einen Versorgungszug mit Lebensmitteln auf der Bahnstrecke Fritzlar-Kassel geplündert. Dabei waren auch viele Flaschen Schnaps erbeutet worden. Der Tauschhandel blühte in dieser Zeit, und gern gaben die Menschen eine oder zwei Flaschen Schnaps für ein Stück Wild, das ihnen der Jagdaufseher anbot. So konnte Justus die schnell zur Neige gehenden Alkoholvorräte immer wieder ergänzen.

Die amerikanischen Soldaten ließen sich gern bewirten, denn die reguläre Alkoholzuteilung an die Besatzungstruppen war weitaus geringer als die an die Fronttruppen. Aber auch die kultivierte Atmosphäre der Jagdhausgesellschaft behagte den Amerikanern, und sie fühlten sich geschmeichelt, wenn die Generalsfrau oder Frau S. ihr Schulenglisch hervorkramten und sich mit ihnen ein wenig in ihrer Muttersprache unterhielten.

Die Umstellung von Feind auf Freund machte den Frauen keine Mühe. Jetzt gab es für sie nur noch einen gemeinsamen Feind: die Russen. Und sie haßten – genau wie ihre neuen Freunde, die Amerikaner – nur noch die Kommunisten. Der Krieg mit den Amerikanern, Engländern und Franzosen schrumpfte zu einem tragischen Mißverständnis zusammen.

In den umliegenden Dörfern hatte es sich bald herumgesprochen, daß die Amerikaner im Jagdhaus ein- und ausgingen, und wir hatten in der Tat vorerst keinen Ärger mehr mit Plündereien. Es kam so weit, daß Bauern aus der Umgebung in unser Haus kamen, um mit einem nahrhaften Geschenk die

Frauen zu bitten, bei den Amerikanern ein gutes Wort einzulegen, damit eine Maßnahme der Besatzer rückgängig gemacht, ein beschlagnahmtes Fahrzeug zurückgegeben, oder auch nur etwas bei den Soldaten eingetauscht würde.

Der amerikanische Kommandant

Eines Morgens kam, wie schon so oft in den letzten Tagen, ein Jeep den Feldweg hoch. Aber diesmal wollten die Amerikaner weder nach dem Schnaps noch nach dem rechten sehen. Mich wollten sie.

Ich erschrak nicht sonderlich, irgendwann mußte das Versteckspiel ja zu Ende sein. Ich fragte nur: »Wo geht's hin?«

»Zum Kommandanten.«

Die amerikanische Kommandantur war im Schloß Garvensburg einquartiert, zehn Autominuten vom Jagdhaus entfernt. Ich mußte in der Vorhalle warten, ein Soldat blieb bei mir. Die Besatzungstruppen waren sehr darum bemüht, die kommunale Administration in Gang zu halten, und so herrschte reger Publikumsverkehr. Der Kommandant ließ mich rufen. Er residierte in einem großen Bibliotheksraum mit lederbezogenen Sesseln und Stühlen und einem wahren Prunkstück von Schreibtisch, vor dem ich Platz zu nehmen hatte.

Ich bemerkte, wie der Offizier hinter dem Schreibtisch mich auf eine peinliche, fast lauernde Weise fixierte. Er war noch jung, vielleicht fünfundzwanzig Jahre, im Rang eines Oberleutnants und etwas zu klein für den großen Schreibtisch. Seine schwarzen Haare und die dunklen Augen in einem schmalen Gesicht gaben ihm fast etwas Jüdisches. Aber dafür war er wieder zu militärisch-schneidig.

An seiner Seite saßen noch zwei andere Soldaten, einer der dolmetschte, und einer, der Protokoll führte.

Ich war ruhig, hatte keine Angst mehr, wartete darauf, daß

der Amerikaner mir endlich eröffnen werde, ich sei als ehemaliger Wehrmachtssoldat identifiziert und solle in Gefangenschaft abtransportiert werden.

Doch wieder kam es anders. Ganz undiplomatisch eröffnete mir der Amerikaner, ich stehe im Verdacht, als Spion für den Osten gearbeitet zu haben. Wenn sich das bestätige, werde man mich umgehend abschieben. Für Ostspione sei in dem von Amerikanern besetzten Gebiet kein Platz.

Ich brauchte eine Zeit, um zu begreifen, wessen man mich beschuldigte. Ich ein Ostspion! Wie kamen sie dazu? Mein Staatenlosenpaß! Das war es – der Paß! Es gab nur zwei Möglichkeiten: entweder hatten die Soldaten, die mich zuerst kontrollierten, Verdacht geschöpft und ihre Beobachtung weitergemeldet; oder eine der Frauen hatte mich wegen meines Fremdenpasses bei den Amerikanern denunziert.

Beschwörend sagte ich, jedes Wort einzeln betonend:

»Ich bin kein Spion, Lieutenant! Ich war es nie!«

»Das müssen Sie erst beweisen! Jedenfalls stehen Sie im Verdacht, einer zu sein.« Der Dolmetscher übersetzte.

»Da könnte man doch jeden verdächtigen!«

»Wir verdächtigen nicht jeden, wir verdächtigen Sie.«

»Haben Sie Gründe für Ihren Verdacht?« fragte ich.

»Natürlich, sonst hätten wir Sie nicht geholt.«

»Welche?«

Der Kommandant wurde ärgerlich: »Ich stelle hier die Fragen. Also: Wo kommen Sie her? Und wie kommen Sie hierher?«

Jetzt wäre die letzte, ja die beste Möglichkeit, endlich einmal die Wahrheit zu sagen; zu sagen, wer ich bin und über welche Stationen ich in das Jagdhaus gekommen war. Doch ich log weiter, von der fixen Idee besessen, der Kommandant dürfte nicht erfahren, daß ich die deutsche Wehrmachtsuniform getragen hatte. Ich erzählte ihm, daß ich bis vor wenigen Wochen in Frankfurt gewohnt habe, dann aber hierher geflüchtet sei, als sie mich zu den Soldaten holen wollten.

Das glaube er nicht, unterbrach mich der Amerikaner. Ausländer würden nicht eingezogen, und nach meinem Paß sei ich doch ein Ausländer.

Ich versicherte ihm, daß es trotzdem so gewesen sei, er könne sich ja erkundigen. In Frankfurt werde man ihm auch bestätigen, daß ich dort seit meiner Geburt gelebt habe. Der junge Kommandant hörte aufmerksam zu, was ihm sein Dolmetscher übersetzte. Er ließ sich noch einmal meinen Fremdenpaß zeigen, blätterte ihn durch, und nun hatte ich das Gefühl, er glaube meinen Angaben.

»Wir werden uns in Frankfurt erkundigen«, sagte er, »bis dahin bleiben Sie in dem Haus, wo Sie bisher gewohnt haben.« Damit war ich entlassen. Der Soldat, der mich abgeholt hatte, brachte mich auch wieder zurück.

Die Jagdhausgesellschaft war sehr überrascht, daß ich wieder zurückkam. Sie hatten mich offenbar schon abgeschrieben. Frau S., der am stärksten die Enttäuschung anzumerken war, fragte sogleich: »Was wollte man von Ihnen auf der Kommandantur?«

»Darüber darf ich nicht sprechen«, gab ich zur Antwort und wandte mich ab. Platzen sollte sie vor Neugierde! Vielleicht hatte sie mir den ganzen Schlamassel eingebrockt.

Wieder wurde die Distanz zwischen mir und den andern ein Stück größer.

Um nicht den ganzen Tag mit den Frauen zusammenzusein, ging ich jetzt täglich nach Heimarshausen und half Bäuerinnen, deren Männer noch nicht zurückgekommen waren, bei der Feldarbeit. Immer seltener ließ ich mich im Jagdhaus blicken, was den übrigen Bewohnern nur recht war. Ich schlief oft im Haus von Justus Mohl, entgegen der Anordnung des amerikanischen Kommandanten.

Mohls Frau, die selbst keine Kinder hatte, nahm mich auf wie ihren eigenen Sohn, wusch meine Wäsche, stopfte meine Strümpfe, fragte, was ich gern essen wollte, und machte mir am Abend auf dem Sofa im Wohnzimmer das Bett zurecht. Sie mochte gleich alt wie ihr Mann sein, Mitte bis Ende vierzig, und war, wie in diesem Alter die meisten Frauen auf dem Land, längst jenseits von Gut und Böse. Sie war klein, gedrungen, ohne Taille, mit dicken Beinen, die immer in schwarzen Wollstrümpfen steckten, und hatte einen Watschelgang. Nur wenn sie einmal lachte, was sehr selten vorkam, denn Justus hatte nie ein gutes Wort für sie, erkannte man, daß sie früher doch schön gewesen sein mußte. Sonst waren von ihrer Jugend nur noch zwei kleine goldene Ohrringe mit roten Steinen übriggeblieben, die sie nie ablegte – und auf dem Speicher zwischen Gerümpel und Spinnweben in einer vermoderten Pappschachtel mit einem rosa Seidenband ein vergilbtes Hochzeitskrönchen, das ich irgendwann einmal bei einem Streifzug über den Dachboden entdeckte. Ich hatte eine besondere Zuneigung zu ihr, denn sie war ein guter Mensch, selbstlos und zu allen großzügig, sogar zu Justus, obwohl der ihr großen Kummer bereitete. Eine Freundin reichte ihm nicht, er brauchte zwei, um sich seine Männlichkeit bestätigen zu lassen, eine in einem Nachbardorf, von der es hieß, sie sei etwas beschränkt, und eine Bäuerin in Heimarshausen, deren Mann schon zu Anfang des Krieges gefallen war.

Bald gewann ich Frau Mohls Vertrauen, und sie hatte das Bedürfnis, mit mir über ihren Kummer zu sprechen. Sonst gab es niemanden, dem sie sich anvertrauen, dem sie einmal ihr Herz ausschütten konnte.

Eines Tages kam eine entfernte Verwandte Mohls aus Holland zurück. Sie war dort als Wehrmachtshelferin zum Militär eingezogen, für kurze Zeit in Gefangenschaft geraten und entlassen worden. Schon vorher hatte sie im Haus des Jagdaufsehers gewohnt und die kleine Kammer dort nun wieder bezogen, worüber Frau Mohl gar nicht glücklich war und bitter sagte: »Jetzt geht das Theater von neuem los.« Gerdi hieß sie, war einige Jahre älter und einige Zentimeter größer als ich. Mit ihrem knochigen Körperbau und ihrem großen kantigen Gesicht erinnerte sie mich irgendwie an einen Ackergaul. Dazu paßte auch ihr starkes Gebiß, das sie gern und oft zeigte. Ihre dunklen strähnigen Haare fielen fast bis auf die Schultern. Die sehnigen Hände konnten zupacken, sie war stark wie ein Mann.

Mit ihrem Einzug kam Leben ins Haus. Immerzu wollte sie feiern, jeden Abend. Der Jagdaufseher mußte manche Flasche aus seinen Wein- und Schnapsvorräten herausrücken, er konnte Gerdi nicht widerstehen. Wenn sie den Arm um ihn legte und ihre knochige Backe an seine rieb, wurde er schwach und holte noch eine Flasche aus dem Keller. Dafür durfte er sie auch, wenn seine Frau mal nach draußen gegangen war, mit der Hand am Oberschenkel packen, recht weit oben, damit sein Handrücken Kontakt mit ihrem Bauch fand, und so fest zudrücken, daß sie vor Lust und Schmerz quietschte.

Frau Mohl beobachtete die beiden genau. Wenn sie etwas zu früh aus der Küche zurückkam und Gerdi in gespielter Entrüstung dem Jagdaufseher auf die Hand schlug, brachte sie nur ein vorwurfsvolles »Aber Justus!« heraus. Ihr Unbehagen war so groß, daß sie mich eines Tages auf die Seite nahm und mir nahelegte, mich doch ein wenig um Gerdi zu kümmern. Sie war dabei sehr verlegen und merkte, daß ich ihre Absicht durchschaute. »Sie müssen nicht«, sagte sie. Im Gegensatz zu ihrem Mann duzte sie mich nie. Und sie fuhr fort: »Aber ihr seid doch beide allein. Soll ich mal mit ihr sprechen?«

»Um Himmels willen, nein. Das kann ich schon selbst.«

»Ich meine ja bloß«, sagte sie entschuldigend.

Ihre Empfehlung war überflüssig. Gerdi gefiel mir sehr, weniger ihre Figur als ihre Art zu lachen, ihre Unbekümmertheit, ihr Männerhunger. Aber ich fühlte auch, daß ich nicht so recht ihr Typ war. Sie suchte wahrscheinlich einen großen, starken Mann mit Händen wie Schraubstöcke. Das war ich nicht, und das machte mich traurig.

Ein- oder zweimal kam am Abend auch der im Jagdhaus zurückgebliebene Soldat zu uns, um mitzufeiern. Zu meinem Ärger zeigte Gerdi ihm unmißverständlich ihre Sympathie, obwohl er doch immer sehr blaß aussah. Zum Glück war er noch weit mehr gehemmt als ich und stellte sich so ungeschickt an, daß sie bald das Interesse an ihm verlor und sich endlich mir zuwandte. Mitternacht war vorbei, als wir schlafen gingen. Gerdi verabschiedete sich mit einem langen, vielsagenden Blick von mir.

Um zu Gerdis Kammer zu gelangen, mußte man auf den Flur hinaus, von wo eine kurze Treppe nach unten direkt dorthin führte. Nur oben an der Treppe war eine Tür mit einer kleinen geteilten Glasscheibe. Als ich annehmen konnte, daß Justus und seine Frau eingeschlafen waren, zog ich die Hose an und schlich mich leise aus dem Wohnzimmer. Die Tür zur Treppe war nur angelehnt. Gerdi wartete also auf mich. Eine kleine Nachttischlampe hatte sie brennen lassen, so konnte ich die Treppenstufen erkennen.

Schnell war ich ausgezogen und unter ihre Bettdecke geschlüpft. Gerdi empfing mich mit stürmischer Umarmung. Wunderbar roch es bei ihr. Wie in einem warmen, ungelüfteten Kuhstall, nach frischer Milch, saurer Silage und dampfendem Dung. Und Gerdi hatte es eilig, hatte lange genug gewartet, wollte keine Vorspiele, keine Fisimatenten.

Da zuckte ich zusammen und ließ Gerdi los. Ich hatte deutlich Schritte und das Knarren einer Tür gehört.

»Gerdi! Da ist wer!« flüsterte ich erschrocken.

»Wirklich? Das kann nur Justus sein, der geile Bock«, gab sie nicht ganz so leise zurück.

»Der kann doch hier heruntergucken.« Das Bett stand unmittelbar am Fuß der Treppe. Durch das kleine Fenster der oberen Tür hatte man den Blick direkt auf das Bett. Ich schaute nach oben und glaubte auch, hinter der Scheibe einen Kopf zu sehen.

»Der steht bestimmt da oben und schaut uns zu«, sagte ich leise.

»Das ist schon möglich. Laß ihn doch.« Gerdi war nicht im geringsten irritiert.

»Mach wenigstens das Licht aus«, bat ich.

»Warum denn?« gab sie zur Antwort. »Stört's dich?«

»Ja, er kann doch alles sehen.«

Sie lachte: »Laß ihn nur gucken. Das macht mich gerade scharf.« Und sie fuhr fort: »Da hat er auch mal was davon.« Sie drückte sich erneut an mich, hielt verblüfft still und sagte: »Was ist denn los? Du bist ja nicht mehr da?« So war es in der Tat. Die Vorstellung, daß uns jemand zuschauen könnte, hatte bei mir eine niederschlagende Wirkung. Nur noch mein Gesicht glühte, sonst nichts mehr. Ich war ein richtiger Versager.

»Verzeih, Gerdi«, stammelte ich, »wenn wer da oben guckt, kann ich nicht.«

»Dann schicken wir ihn einfach ins Bett.«

»Laß sein. Ich glaube, jetzt ist es zu spät.«

»Komm, das sind doch halbe Sachen. Nimm dir Zeit. Oder hast du mich nicht gern?«

»Ich habe dich sehr gern, Gerdi.«

»Na also, ich dachte schon.«

»Aber heute geht's nicht mehr. Ich kenne mich.«

»Gott, bist du ein komischer Kerl. Wenn ich das gewußt hätte!« Sie warf sich auf die andere Seite und kehrte mir den Rücken zu.

Ich faßte sie am Arm: »Entschuldige bitte, Gerdi, ich kann wirklich nichts dazu.«

»Laß mich gehn!« Sie war enttäuscht und auch gekränkt. Ich zog die Hose an, gab Gerdi, die ihren Kopf in die Kissen vergraben hatte, noch einen Kuß auf die nackte Schulter und schlich mich nach oben. In dieser Nacht schlief ich nicht gut. Gerdi ging mir aus dem Weg, und ich ihr auch. Wir sprachen kaum noch ein Wort miteinander. Dann kam der Sonntag. Nach dem Mittagessen waren Justus Mohl und seine Frau zu einem Besuch in die Nachbarschaft gegangen. Wir waren allein im Haus. Sie saß im Wohnzimmer und hatte eine Schallplatte aufgelegt. Als ich mich zu ihr setzte und zärtlich werden wollte, wehrte sie mich ab: »Gib dir keine Mühe, du bist doch ein Versager. Ich kenne andere, die's besser machen.«

Das hätte sie nicht sagen dürfen. Wütend schlug ich ihr einen

Bisquit, an dem sie herumknabberte, aus der Hand, drückte sie mit aller Kraft auf das Sofa nieder und warf mich über sie. Wir rutschten von dem schmalen Sofa ab und kamen auf den Holzdielen zu liegen.

Ich war über mein Unbeherrschtheit sehr erschrocken, hatte mich aber bereits wieder in der Gewalt und wollte Gerdi loslassen. Doch sie war merkwürdig ruhig, lag da, wehrte sich nicht und machte keine Anstalten aufzustehen. Im Gegenteil, sie bemühte sich, auf der harten Unterlage die richtige Position unter mir zu finden. Ihre Beine spreizten sich von selbst. Wie in einem Glühofen verschmolzen wir ineinander, tief tauchte ich in sie ein. Wieder dieser betörende Geruch! Doch ich roch sie nicht nur, ich fühlte und schmeckte sie, sah und hörte sie. Mit einem tiefen Grunzlaut verbiß sie sich so fest in meine Schulter, daß ich noch Tage danach die blutunterlaufene Stelle im Spiegel betrachten konnte.

Am gleichen Abend wurde Gerdi krank, bekam hohes Fieber und Schmerzen in der Nierengegend. Ich saß an ihrem Bett, legte ihr kalte Tücher auf die Stirn, hielt ihre Hand und spürte, wie froh sie war, daß jemand sich um sie sorgte. Anderntags kam der Arzt aus Züschen und stellte eine Nierenbeckenentzündung fest. Er kam fast zur gleichen Stunde, als ich erneut zur amerikanischen Kommandantur beordert wurde.

Am Fenster stand Papa

Der Offizier empfing mich ungewöhnlich freundlich und gab mir sogar die Hand. »Ich habe gute Nachricht aus Frankfurt. Ihre Angaben wurden mir bestätigt.«

Ich atmete erleichtert auf. »Es besteht also kein Verdacht mehr, daß ich Spion bin?«

Er klopfte mir auf die Schulter: »Nein, kein Verdacht mehr.«

Wir nahmen auf einem Sofa Platz, und der Offizier fuhr fort:

»Sagen Sie mir eines noch: Warum sind Sie staatenlos?«

»Das ist schwer zu erklären.«

»Erklären Sie's mir.«

Jetzt war ich an der Reihe. Tief atmete ich ein – es war, wie wenn man die Sehne eines Bogens mit aller Kraft zurückzieht und dann losläßt.

»Ich bin Jude.«

Der Amerikaner stand auf, ging einige Schritte zum Schreibtisch, kam wieder zurück, blieb vor mir stehen und starrte mich an, ohne etwas zu sagen.

»Glauben Sie mir vielleicht nicht? Ich bin wirklich Jude.«

»Ich glaube Ihnen.«

»Wir lebten versteckt in Frankfurt, nein illegal, nein, auch das nicht. – Ach, das ist schwer zu erklären.«

Der amerikanische Offizier faßte mich am Arm, drückte und schüttelte mich: »Was wollen Sie erklären? Mir erklären! Mann! Ist das zu fassen! Sie sind durchgekommen? Der Himmel hat Sie bewahrt.«

»Ja, mich und meine Familie.«

»Ich bin auch Jude.« Sein Englisch brach ab und er sprach in einem deutsch-jiddischen Kauderwelsch weiter: »Mein Vater und meine Mutter kommen aus der Gegend von Lodz. Sie sind 1921 in die Vereinigten Staaten ausgewandert. Ich bin auf dem Schiff zur Welt gekommen. Wir leben in Boston.« Er setzte sich neben mich und faßte mich noch einmal am Arm: »Aber wie haben Sie es geschafft? Wie sind Sie durchgekommen?«

»Wie? Das frage ich mich oft selbst.«

»Das müssen Sie mir erzählen. – Sind Sie fromm?«

»Nein.«

»Dann ist's gut. Heute ist Schabbes.« Er hielt mir eine Zigarettenschachtel hin, gab mir Feuer und steckte sich selbst auch eine Zigarette an.

»Trinken Sie?«

»Ja, gern.«

Er ging nach draußen und kam mit einer Flasche Whisky und

zwei Gläsern zurück. Er schenkte ein und prostete mir zu. »Lé Chajm!*«

Eine deutsche Bedienstete brachte etwas später Kaffee und Gebäck.

Dann erzählte ich ihm die Geschichte der Familie Senger, unvollständig und stockend, und allmählich löste sich Schicht um Schicht.

Als ich geendigt hatte, schwieg der Amerikaner. Nach einer Weile fragte er: »Kann ich irgend etwas für Sie tun?«

»Ich möchte zu meiner Familie nach Frankfurt zurück. Können Sie mir einen Passierschein ausstellen, daß ich auch durchkomme?«

»Und sonst nichts?«

»Sonst nichts. Ich will nach Hause.«

Einen Tag später verließ ich das Jagdhaus, dessen Gesellschaft, die drei Offiziersfrauen und den Möbelfabrikantensohn, ich schon lange nicht mehr ertragen konnte, nahm Abschied von dem schlitzohrigen Justus Mohl und seiner Frau, deren armseliges Leben mich tief schmerzte und die mir für wenige Wochen eine gute Mutter gewesen war, verließ Heimarshausen und die kranke Gerdi mit dem Pferdegebiß, bei der es einmal nicht geklappt und einmal doch geklappt hatte und die mich in einer einzigen Stunde die ganze Misere der Jagdhausgesellschaft vergessen ließ.

In der Tasche hatte ich einen Passierschein, der mir bis Frankfurt freies Geleit sicherte. Das war Ende April 1945.

Am 8. Mai, dem Tag der Kapitulationsunterzeichnung, kam ich in Frankfurt an. In der Nähe des zerstörten Eisernen Stegs erreichte ich den Main. Alle Mainbrücken, die Frankfurt mit Sachsenhausen verbanden, waren von den deutschen Truppen bei ihrem Rückzug gesprengt worden.

Mit einem Fischerkahn, der als Notfähre diente, setzte ich

---

*   Lé Chajm!: (hebräisch) Auf das Leben! (Trinkspruch).

über. Auf der anderen Mainseite sah ich bereits den zerbombten Römer und den stark beschädigten Kaiserdom. Mitten im
Fluß geriet der Kahn ins Schwanken, weil zwei Männer, die
mit ihren Fahrrädern in der Mitte standen, aus dem Gleichge-
wicht gekommen waren. Ein Fahrrad fiel gegen meine Knie
und drückte mich fast über Bord. Nur das geschickte Manö-
ver des Fährmanns verhinderte, daß ich hinunterkippte. Mein
linker Arm war schon eingetaucht.

Mit einem nassen Jacket und mit klopfendem Herzen lief ich
durch das Ruinenfeld und über Berge von Schutt, vorbei an
der zerstörten Hauptwache, in Richtung Opernplatz. Noch
die letzten Häuser der Altstadt lagen in Trümmern oder
waren ausgebrannt, auch große Teile der Innenstadt gab es
nicht mehr.

Je mehr ich mich der Kaiserhofstraße näherte, desto zittriger
wurde ich in den Knien. Ich ging langsamer. Da war der
Milch-Kleinböhl, dann kam der Obst-Weinschrod, und da
war schon die Ecke vom Käs-Petri. Ich schaute die Straße
hoch, suchte das Haus Nummer 12, wo die Gaslaterne
davorstand. Gott sei Dank, die Gaslaterne war noch da, und
das Haus stand auch noch. Ob Papa und Paula wohl zu Hause
waren? Papa bestimmt. Ich stellte mir vor, er würde, wenn ich
in den Hinterhof käme, am Fenster stehen und auf die
Einfahrt zum Hof hinunterstarren, weil er ja auf Alex und
mich wartete.

Ich bog in das Tor ein, ging durch den dunklen Gang und
schaute hoch. Da stand Papa hinter dem Fenster und blickte
nach unten, genau auf das Tor zum Vorderhaus, wo ich
herkam. Es war mir, als habe er so Wochen und Monate
gestanden, Tag und Nacht, und habe auf mich und auf Alex
gewartet.

Inhalt